Arno Meyer zu Küingdorf

Was nützt die Liebe in Gedanken

Roman

Aufbau Taschenbuch Verlag

ISBN 3-7466-1931-9

1. Auflage 2004

Das Werk ist erstmals unter dem Titel »Der Selbstmörder-Klub«
bei Reclam Leipzig erschienen
Umschlaggestaltung Preuße & Hülpüsch Grafik Design
Umschlagmotiv X-Verleih AG

Fotograf Walter Wehner
Druck GGP Media, Pößneck
Printed in Germany

www.aufbau-taschenbuch.de

I

Das Vorspiel

»Spring schon, Paul!« rief Günther aufmunternd seinem Freund zu. Paul blickte nach unten. Dunkel und unruhig schwappten die Wellen des Wassers zu seinen Füßen. Günther stand ungeduldig hinter ihm auf dem Sprungturm. Er hatte die sehnigen Arme vor der Brust verschränkt und blinzelte in das verheißungsvolle Blau des Himmels. Paul strich seine nassen flachsblonden Haare zurück und hielt Ausschau nach den drei Mädchen. Endlich entdeckte er sie am anderen Ende des Beckens. Sie scharten sich eng um einen Mann mit einem Schnäuzer. Paul hob seine Arme und winkte ihnen, aber sie nahmen ihn nicht wahr.

»Los, Paul, willst du Wurzeln schlagen?« unkte Günther.

»Schißhase, oder was?« rief ein anderer aus der Schlange der Wartenden.

»Fliegen lernen kannste später!« schrie ein Dritter.

Alle lachten. Paul trat zurück, nahm Anlauf und sprang ab. Mit einem eleganten Kopfsprung tauchte er in das Wasser ein. Blitzschnell griff er nach seiner Badehose, damit sie ihm nicht herunterrutschte. Das Gummi war alt und ausgeleiert, und der Bindfaden, mit dem er sich aushalf, war ein schlechter Ersatz. Mit kräftigen Stößen tauchte er wieder auf, gerade noch rechtzeitig, um Günther zuzusehen, der einen gehockten Salto in der Luft vollführte und dann senkrecht die Wasseroberfläche durchstieß. Paul schwamm zum Beckenrand. Er war unbeschwert und glücklich. Die Luft war mild und warm. Der Sommer hatte Besitz von Berlin ergriffen. Die Jungen trugen weite Hosen und Baumwollhemden, die Mädchen luftige Kleider ohne Strümpfe. Das Freibad Südende im Bezirk Steglitz hatte vor vierzehn Tagen seine Pforten geöffnet. Die Liegewiesen des hügeligen Geländes waren überfüllt, jeder nutzte die Chance, einen

Hauch Sonne zu ergattern. Ein gutgelauntes Schwirren lag über dem weitläufigen Areal. Pferdekutscher lagen neben Staatsdienern, Bäuche wurden zum Himmel gestreckt, Bürgersfrauen schnatterten mit ihren Hausmädchen, schlafende Babys lagen im Schatten, und alles, was jung war, tummelte sich um das Schwimmbecken.

»Das Leben kann so schön sein«, sinnierte Paul, während er zu den Mädchen hinübersah, »aber auch so grau und drückend. In einem Jahr machen wir Abitur. So lange muß ich noch zu Hause leben. Du hast ja keine Ahnung, wie froh ich bin, dort rauszukommen. Diese Enge. Ich frage mich, wie ich es überhaupt noch aushalte ...«

»Ist was passiert?« fragte Günther mitfühlend.

»Ach, mein Stiefvater kam wieder betrunken von einem Auftritt mit seinen Freunden nach Hause. Sie haben die ganze Nacht Karten gespielt. Meine Mutter weinte, ich konnte nicht schlafen. Früh um fünf bin ich aufgestanden, um mir einen Kaffee zu kochen. Plötzlich stand mein Stiefvater in der Küche. Voll wie eine Haubitze. Mit blutunterlaufenen Augen starrte er mich an. Wollte wissen, was ich tue. Schrie, fegte ein Glas vom Tisch ...«

»Hat er dich geschlagen?«

»Das traut er sich nicht mehr«, nuschelte Paul.

»Ich frage meine Eltern, ob wir nicht doch in unser Sommerhaus ziehen dürfen«, sagte Günther und streckte sich genüßlich. »Wir können von dort aus zur Schule gehen!«

»Letztes Jahr hat meine Mutter es mir verboten!« erwiderte Paul deprimiert.

»Das wird sie dieses Jahr kaum noch können. Mensch, Paul, du bist achtzehn. Fast erwachsen. Sei doch mal etwas selbstbewußter«, versuchte Günther ihn aufzumuntern, während seine Augen einem jungen Mädchen mit einem blonden Zopf folgten, das an ihnen vorbeistolzierte. Er steckte zwei Finger in den Mund und stieß einen gellenden Pfiff aus. Das Mädchen zuckte zusammen und fuhr herum.

»Na, Kleene, haste heute schon was vor?« fragte Günther

sie schmeichelnd. Sie stemmte ihre schlanken Arme in die Hüften, ihre Augen blitzten frech.

»Ick jeh nich mit Zwergen!« gab sie hochmütig zurück.

»Gehst lieber alleene, wa?« rief ihr Günther hinterher, als sie von dem Gewühl verschluckt wurde. Paul sah bereits wieder hinüber zu den Mädchen, die sich sichtlich mit dem Fremden amüsierten. Günther stieß ihn an.

»Trübsal wird jetzt nicht geblasen. Vergiß den Mist zu Haus. Was ist? Springen wir noch mal?«

»Später vielleicht. Ich schwimme noch ein wenig. Deine Schwester ist groß geworden!« sagte Paul und deutete auf das Trio. Hilde wandte ihnen ihr Profil zu. Sie war Günthers drei Jahre jüngere Schwester. Vor einem Jahr hatte sie ihre wallenden braunen Haare einem Kurzhaarschnitt geopfert, einem Bubikopf. Stolz zeigten sie und ihre Freundinnen ihre Körper. Die nassen Badeanzüge lagen eng an. Paul spürte seine Erregung und entschied, besser im Wasser zu bleiben. Günther schwang sich behende auf den Rand des Beckens und musterte erst seinen Freund und dann seine Schwester.

»Hilde ist hübsch«, konstatierte er sachlich, »und küssen kann sie auch. Wenn ich nicht ihr Bruder wär ... Nur zu, Paul. Nicht so schüchtern. Hilde ist ein modernes Mädchen. Sie hat gestern nach dir gefragt. Ich habe ihr erzählt, daß du ein hervorragender Dichter bist.«

Mit einem Schwung warf er seine Haare nach vorne, drückte das Wasser aus ihnen heraus und spazierte lässig zu der Gruppe hinüber. Paul sah ihm hinterher. ›Du alter Angeber‹, dachte er.

Seit gut einem Jahr war er mit Günther befreundet. Sie gingen in die zwölfte Klasse der Oberrealschule in Berlin-Mariendorf. Günther hatte schon mehrere Schulen besucht und sollte nun dort sein Abitur machen. Paul fühlte sich von ihm angezogen, von der Respektlosigkeit, die er gegenüber den Lehrern an den Tag legte, von seinem Draufgängertum, aber vor allem von der Undurchschaubarkeit, die

Paul besonders faszinierte. Günthers Eltern, Kaufleute, ließen ihm und seiner Schwester viel Freiheit und kümmerten sich kaum um das, was er trieb. Er hatte sich, anders als viele andere in der Klasse, nie ablehnend gegenüber Paul verhalten, obwohl sie aus zwei gesellschaftlichen Schichten stammten. Paul kam aus ärmsten Verhältnissen, sein Stiefvater war Gelegenheitsmusiker, sie lebten in einer dunklen Mietskaserne in Mariendorf, acht Menschen teilten sich zwei Zimmer. Er war ein sogenannter Freischüler, einer, der aufgrund seiner Begabung auf die höhere Schule aufgenommen worden war.

Günther wurde mit lautem Hallo von der Gruppe begrüßt. Der fremde Mann schüttelte ihm jovial die Hand. Günther legte besitzergreifend einen Arm um seine Schwester und einen um ihre Freundin Ellinor. Hilde genoß sichtlich die Zuneigung ihres Bruders. Günther riß einen Witz, Hilde stieß den fremden Mann herausfordernd an. Ellinor verschränkte schüchtern ihre Arme vor ihrer Brust. Sie schämte sich für die Aufmerksamkeit, die ihr Körper erregte. Hilde wandte sich plötzlich um und sah zu Paul hinüber. Er fühlte sich ertappt und wich ihrem Blick aus.

Seufzend stieß er sich vom Rand ab. Wieder einmal gehörte er nicht dazu. Er beschloß, ein paar Bahnen zu schwimmen. Schließlich mußte er trainieren. Bald fand der Langstreckenwettkampf im Müggelsee statt, und er hatte sich vorgenommen, dort mitzumachen. Mit starken, gleichmäßigen Zügen teilte er das Wasser. Überholte andere, die langsamer waren, schlug an, wendete, stieß sich kraftvoll ab, konzentrierte sich ganz auf die Abfolge seiner Bewegungen. Immer wenn er die Augen schloß und in das Wasser eintauchte, sah er Hildes knabenhafte Figur vor sich, ihr Gesicht, ihr verhaltenes Lächeln, ihre suchenden Augen, die eben noch scheu blickten, um sogleich unternehmungslustig zu funkeln. Ab und zu hob er seinen Kopf. Günther entfernte sich zusammen mit dem Fremden von den Mädchen, und daraufhin ergriffen zwei Jungen die Chance, die

Mädchen in eine Unterhaltung zu verwickeln. Er sah den Bademeister, der mit hochrotem Kopf einen Haufen ausgelassener Zehnjähriger zurechtwies. Er sah eine wütende Mutter, die ihren heulenden Sprößling verfolgte. Er sah einen athletischen Mann, der selbstvergessen Liegestütze machte. Und immer wieder sah er Hilde, deren verspielte Unbekümmertheit ihn gefangennahm.

Bahn um Bahn legte er zurück. Die ersten tausend Meter hatte er gerade hinter sich gebracht, als dicht hinter ihm jemand ins Wasser sprang und ihn mit den Füßen streifte. Noch während er sich darüber ärgerte, spürte er, wie ihn von hinten zwei entschlossene Arme umschlangen und ihn in die Tiefe zogen. Er schluckte Wasser und schlug verzweifelt um sich. Als er etwas Weiches traf, ließen die Arme ihn los. Heftig nach Luft schnappend, kam er an die Wasseroberfläche und wirbelte herum.

Prustend und keuchend tauchte eine Armlänge von ihm entfernt das verdutzte Kindergesicht von Hans Stephan auf, der sich eine Backe hielt.

»Bist du verrückt geworden?« brüllte Paul, spuckte einen Rest Wasser aus und schlug nach seinem Gegenüber, der zurückzuckte.

Hans blinzelte weinerlich und kniff ein Auge zusammen. »Ich habe doch nur Spaß gemacht«, brachte er stotternd hervor.

»Du Idiot! Spaß gemacht! Ersäufst mich fast. Bist du besoffen, oder was?« fauchte Paul ungehalten. Seine ganze angestaute Wut entlud sich. »Du hättest mir das Kreuz brechen können. Total bescheuert.«

Hans paddelte unsicher zum Rand und tastete seine Wange ab. Er spuckte aus, eine kleine rote Lache breitete sich auf der Wasseroberfläche aus. Tränen schossen ihm in die Augen.

»Du hast mir einen Zahn losgeschlagen«, murmelte er.

»Ach was!« brummte Paul, schwamm aber nun doch zu ihm hin, weil er sich für seinen plötzlichen Ausbruch schämte. ›Warum zieht er mich auch unter Wasser‹, dachte er, ›selber schuld, wenn ihm was passiert.‹

»Zeig her!« sagte er unwirsch.

Hans öffnete zögernd seinen Mund. Sie kannten sich erst seit ein paar Tagen. Sie hatten sich durch die Mädchen kennengelernt, denen seine freundliche, offene Art gefallen hatte. Er hatte ein rundes, verschmitztes Gesicht, blitzende blaue Augen und einen verwöhnten Zug um die Lippen. Paul starrte in den Mund seines Gegenübers. Aber außer einem Fetzen Haut, der zwischen zwei Zähnen klemmte, und einem kleinen Riß in der Zunge entdeckte er nichts.

»Alles in Ordnung. Mach das aber nicht noch mal. Ich hasse es, wenn man von hinten auf mich springt. Wieso bist du überhaupt schon hier? Mußt du nicht arbeiten?« Hans machte eine Ausbildung als Kochlehrling in dem größten Berliner Hotel, dem »Exelsior«, gegenüber dem Anhalter Bahnhof. Und das hieß, daß er im Gegensatz zu den Gymnasiasten, deren Unterricht gewöhnlich um halb zwei endete, erst gegen sechs Uhr Schluß hatte. Er rieb sich die Backe und lächelte lausbübisch.

»Hab' heute meinen freien Tag. Hilde hat mich angerufen. Sie hat mich gefragt, ob ich nicht kommen wolle. Ihr wäret alle hier. Weißt du, wo sie steckt? Ich habe sie schon überall gesucht, aber in diesem Gedränge hier ist das sinnlos.«

Er sah sich suchend um. Paul richtete sich unmerklich auf, um ihm den Blick zu versperren, und versuchte seinen anschwellenden Ärger zu unterdrücken. Hilde hatte Hans angerufen. Was hatte das zu bedeuten? Paul streckte den Arm aus.

»Ich glaube, dahinten sind sie.«

»Hilde!« schrie Hans, die Hände zu einem Trichter geformt. Er hatte die kleine Gruppe hinter Pauls Rücken in der Menge entdeckt. Ohne ihm einen weiteren Blick zu schenken, kletterte er aus dem Becken und lief zu den Mädchen hinüber. Paul sah ihm düster nach und ließ sich in das Wasser zurückfallen. In der letzten Nacht hatte er ein Gedicht an Hilde geschrieben: *Ich will in süßem Rausch versinken, in deinen Küssen tief ertrinken, in deinen Armen will ich liegen, mich leidenschaftlich an dich schmiegen ...*

»Wie schön, daß du gekommen bist«, sagte Hilde und reichte Hans kokett die Hand. Er zog Hilde blitzschnell an sich heran und gab ihr einen Kuß. Sie versuchte ihn wegzudrücken, er aber küßte sie noch auf die andere Wange.

»Du bist doch sonst nicht so schüchtern«, sagte er mit einem siegessicheren Lächeln. »Schämst du dich etwa für mich?«

»Ach, Quatsch. Jetzt laß mich aber los.« Energisch befreite sie sich aus seinem Griff. »Ich mag es nur nicht, wenn ich überrumpelt werde. Gegen einen Kuß habe ich ja nichts, aber du mußt nicht gleich an mir festkleben. Was ist denn mit Paul? Kommt der nicht?«

»Och, der Spinner!« Hans warf einen herablassenden Blick über seine Schulter. »Entweder er schwimmt, oder er dichtet.«

»Laß mal. Ich mag ihn«, erwiderte Hilde und versuchte einen Blick auf Paul zu erhaschen, aber das Gewimmel im Becken war zu groß, als daß sie ihn hätte ausmachen können. Hans musterte die drei Mädchen unverhohlen von Kopf bis Fuß. Hilde trug einen tintenblauen Badeanzug mit roten Streifen an den Rändern. Ihre schlanken Beine waren bereits zart von der Sonne gebräunt, eine Locke fiel ihr lebenslustig in die Stirn, und ihre Augen blitzten selbstbewußt.

Neben ihr stand Ellinor, der ihre italienische Herkunft väterlicherseits deutlich ins Gesicht geschrieben stand. Sie hatte einen dunklen Teint, kräftige Augenbrauen über tiefbraunen Augen, runde Hüften und einen großen Busen, dessen Wirkung auf die Männer sie beunruhigte. Ihr Blick verriet Zweifel und Unsicherheit. Die Dritte im Bunde war

Luise, ein sportliches, nordisch-kühles Mädchen mit sandgelben Haaren. Sie trug eine mintgrüne Bluse über ihrem Badeanzug. Hans, der stolz auf seinen trainierten Körper war, stemmte die Arme in die Hüften, um seine Vorzüge besser zur Geltung zu bringen.

»Gehen wir nachher noch was trinken?« fragte er.

Hilde sah ihn verwundert an, so als ob sie bereits vergessen hatte, daß sie ihn gebeten hatte, auch in die Badeanstalt zu kommen. Sie spürte seine Oberflächlichkeit und wie er versuchte, vor ihren Freundinnen anzugeben, und sie sehnte sich plötzlich nach Paul, der so ganz anders war. Letzte Woche hatte sie ein paar seiner Gedichte gelesen, die in seinem Deutschheft standen, das aufgeschlagen auf Günthers Schreibtisch gelegen hatte. Da Günther ein eher mittelmäßiger Schüler war, lieh er sich öfter Hefte von Paul, um Aufgaben nachzuholen.

»Nachher?« fragte sie gedehnt, um Zeit zu gewinnen, während ihre Augen unruhig herumhuschten »Nachher? Nein! Nachher habe ich keine Zeit. Alexander hat uns zu einer Autofahrt eingeladen!«

»Alexander?« fragte Hans mißtrauisch. »Wer ist das?«

»Kennst du nicht!« sagte sie schnippisch.

»Alexander Zipser. Kaufmann ist er, sagt er. Reist herum und wohnt gerade am Wannsee. Er hat einen Wagen!« sagte Ellinor. »Und er ...«

Sie bemerkte Hildes ärgerlichen Blick und stockte. Schuldbewußt sah sie zu Boden und sog verlegen ihre geschwungene Oberlippe mit den Zähnen ein, so daß sie wieder wie ein kleines Mädchen aussah.

»... hat einen Schnäuzer«, vollendete Hans mit triumphierender Stimme ihren Satz. »Außerdem quatscht er mit Günther! Am Getränkestand. Ich wollte mir eh gerade was zu trinken holen. Na, da gehe ich mal fragen. Sicher ist noch ein Platz frei. Danke, Süße!«

Er ergriff Hilde an den Schultern, küßte sie auf den Mund und rannte, bevor sie reagieren konnte, davon.

»Mußt du immer alles ausplappern?« zischte Hilde Ellinor an. »Hans schmeißt sich doch jedem an die Brust. Dieser Angeber!«

»Ja, aber«, stammelte Ellinor verwirrt, »du hast ihn doch gebeten, zu uns in die Badeanstalt zu kommen!«

»Ja und?« sagte Hilde. »Sei bloß ruhig. Du verstehst manchmal gar nichts.«

»Ich würde zu so einem wie dem Zipser nicht ins Auto steigen«, sagte Luise, »der lädt sich gerne junges Gemüse ins Auto. Ihr wißt doch, was Lilly neulich erzählt hat. Wie sich ein Mann erst so nett benahm und dann plötzlich seine Hose öffnete und von ihr verlangte, seinen …«, sie verzog ihr Gesicht und schüttelte sich, »… in den Mund zu nehmen.«

»Es gibt Schlimmeres, Luise«, sagte Hilde von oben herab, »ich fahre eben wahnsinnig gerne Auto. Vor allem offen. Ich glaube, es hat sogar Ledersitze. Außerdem, wo lebst du denn? In Günthers Klasse haben schon einige mit gewissen ›Onkels‹ Ausflüge unternommen. Taschengeld ein bißchen aufbessern. Kommt, wir schauen uns mal ein wenig um.«

Sie legte ihre Arme um ihre beiden Freundinnen. Zu dritt bahnten sie sich ihren Weg durch das Gewusel von Kindern, Jugendlichen, Erwachsenen, tuschelnd, lachend, Komplizinnen, aber auch Konkurrentinnen in der Gunst um die begehrlichen Blicke der jungen Männer.

»Schneller, schneller, schneller«, skandierten Günther, Paul und Hans lautstark von der Rückbank, »drück auf die Tube. Schnapp dir die lahme Ente.« Hilde saß auf dem Beifahrersitz. Ihr kariertes Baumwollkleid flatterte im Fahrtwind. Mit der rechten Hand hielt sie ihren Strohhut auf dem Kopf fest. Der Abstand zu dem Wagen vor ihnen wurde immer geringer. Alexander Zipser warf den ausgelassenen Jugendlichen einen amüsierten Blick zu und trat auf das Gaspedal. Sein Wagen, ein scharlachroter Horch

Spezial mit schwarzen Schutzblechen, war erst sieben Monate alt, die sechs Zylinder schnurrten wie ein Uhrwerk. Er wechselte auf die Überholspur der Avus, der Autobahn, die aus Berlin durch den Grunewald zum Wannsee führte. Die Bäume flogen vorbei. Er ermahnte die Jungen, sich nicht zu weit aus dem Wagen herauszulehnen. Er genoß ihren jugendlichen Übermut. Als sie den fremden Wagen überholten, in dem ein ernster Mann mit Hut saß, johlten die drei. Hilde drehte sich zu ihnen um und ermahnte sie mit gespieltem Ernst, ruhig zu sein. Hans streckte ihr die Zunge raus, und Paul starrte sie so intensiv an, daß sie sich wieder zu dem fremden Mann herumdrehte.

Alexander Zipser war ein Kavalier, Hilde schätzte das. Er verkörperte all das, was sie an den Jungen vermißte – er war höflich und selbstsicher, er hatte einen Wagen, und er gab ihr die Sicherheit, eine Frau zu sein. Der offene weiße Kragen seines Hemdes flatterte unter seinem Leinensakko. Er verringerte das Tempo und verließ die Avus in Höhe der Spanischen Allee. Er hatte die Jugendlichen zu einem Eis in den »Schwedenpavillon«, eine beliebte Ausflugsgaststätte am Großen Wannsee, eingeladen, und sie hatten nur allzu bereitwillig zugestimmt.

»He, seht mal, der da!« rief Paul und zeigte auf einen flachen, gelben Sportwagen, der an ihnen vorbeiflog. »Mann, der hat mindestens 120 Sachen drauf.«

»140«, setzte Günther noch was drauf.

»Ich kaufe mir später auch ein Auto. Stellen Sie sich das mal vor. Ich als Dame am Steuer. Alle sähen mir neidisch hinterher«, sagte Hilde verträumt. »Warum hat Ihr Wagen eine Schweizer Nummer?«

Alexander war ein ausgesprochen gutaussehender Mann, 31 Jahre alt, mit einem buschigen Schnäuzer, feurigen Augen, der sich mit der Selbstverständlichkeit eines Gentlemans bewegte. Er lächelte verführerisch und betätigte den Winker, bevor er weich und schleppend antwortete.

»Ich halte mich oft in Zürich, Paris und Berlin auf. Internationale Patentfinanzierungen. Eduard Zipser & Sohn, Bielitz, Schlesien. Ich habe heute leider nicht allzuviel Zeit. Um fünf muß ich zum Bankdirektor Elfer in den Grunewald. Die Gattin lernt bei mir Autofahren.«

Günther, der den letzten Satz mitbekommen hatte, schnellte nach vorne.

»Fahren Sie auch Rennen? Der macht doch sicher über hundert Sachen. Wir sind nämlich alle ganz verrückt nach dieser Raserei, müssen Sie wissen! Können Sie mir nicht auch das Autofahren beibringen? Meine Eltern haben nichts dagegen. Ich könnte Ihnen auch was zahlen!«

»Vielleicht«, sagte Alexander gemächlich und musterte Günther abschätzend, »aber zahlen mußt du mir nichts. Da gibt es andere Wege, wie du dich erkenntlich zeigen kannst.«

Er bog schnell um eine Kurve, die drei auf dem Rücksitz purzelten johlend durcheinander. Dann lag plötzlich seine muskulöse und gebräunte Hand auf Hildes nacktem Knie. Obwohl ihr das Gefühl nicht angenehm war, ließ sie ihn gewähren, vor allem, um den Jungen zu zeigen, daß sie frei und unabhängig war, daß es ihr überlassen war, wem sie ihre Zuneigung schenkte, und daß sie sich verdammt viel Mühe geben mußten, wollten sie gegen diese Konkurrenz bestehen. Ellinor hatte von sich aus verzichtet, an dem Ausflug teilzunehmen, und so war der Platz für Paul freigeworden, der gerade das Bad verließ, als sie losfuhren. Erst hatte er nicht mitgewollt, wegen Hans und »dem Zipser«, wie er ihn nannte, aber Günther hatte ihn überzeugt und ihn darum gebeten.

»Du hast hübsche Beine«, sagte Alexander zu ihr, »und so eine zarte Haut. Aber vor allem hast du einen hübschen Bruder.«

»Wollen Sie mal meine Muskeln sehen?«

Hans beugte sich nach vorne und präsentierte prahlend seinen angespannten Oberarm.

»Das hier, mein lieber Hans«, sagte Günther drohend

und zog Hans am Hemdkragen zurück, »ist unser Bekannter! Halt dich zurück.«

»Du kannst mir gar nichts vorschreiben«, knurrte Hans und löste Günthers Hand von seinem Kragen, »paß bloß auf.«

Alexanders Hand glitt Hildes Oberschenkel empor. Paul bereute es, daß er dem Drängen seines Freundes nachgegeben hatte. Hilde schien kein Auge für ihn zu haben. Sie genoß die Tatsache, im Mittelpunkt zu stehen, in Konkurrenz zu den älteren Jungen zu treten. Als die Hand die Mitte ihres Oberschenkels erreichte, nahm sie die Finger behutsam von ihrem Bein, so daß er sich nicht zurückgewiesen fühlen mußte. Die Tatsache, daß das Interesse des Mannes am Lenkrad ihr, aber auch den Jungen galt, die er interessiert im Rückspiegel beobachtete, versetzte sie in eine innere Spannung. Schon im Freibad war ihr sein Interesse an wohlgeformten, geschmeidigen jugendlichen Männerkörpern aufgefallen, denen er schamlos hinterhersah.

Vor dem »Schwedenpavillon« am Großen Wannsee stauten sich die Wagen. Alexander parkte in einer Seitenstraße. Paul versuchte vergeblich, die beiden Risse in seinem alten braunen Hemd zu verdecken, als sie sich zwischen den Leuten an den vielen Tischen vorbeischoben. Schließlich ergatterten sie einen freien Tisch in der zweiten Reihe, mit Blick auf den Schiffsanleger und den träge daliegenden See. Die Männer trugen Strohhüte mit dunklem Samtband, die Frauen wallende Blusen, schwarz-weiße Kellner huschten eilfertig zwischen den langen Tischreihen hindurch, beladen mit Gedecken.

Paul war bemüht, sich seine Unsicherheit nicht anmerken zu lassen. Gelangweilt betrachtete er die Umsitzenden, so als ob er sich täglich in solchen Lokalitäten aufhalten würde. Schmerzlich wurde ihm wieder bewußt, daß er aus einer anderen Welt kam. Günther und Hans machten sich über die Leute lustig. Alexander begrüßte den Kellner wie einen alten Bekannten. Hilde, die Paul gegenübersaß, war so damit beschäftigt, wie eine erwachsene Frau zu wirken und die Kleider der anderen Frauen zu begutachten, daß sie keine Augen für Paul hatte, der das Treiben stumm über sich ergehen ließ und sich über sich selbst ärgerte. Aber als der Kellner jedem einen großen Eisbecher vor die Nase stellte, war es um seine Selbstbeherrschung geschehen – hungrig stürzte er sich auf die Kugeln und verschlang gierig die krönende Sahne wie ein Hund, der seit Tagen nichts mehr gegessen hat.

*

Kriminalsekretär Wilhelm Latruschatz fügte seinen Aufzeichnungen am 2. Juli folgenden Vermerk hinzu:

Ich habe in den Häusern Albrechtstraße 72c verschiedene Zeugen gehört, die angeblich am Morgen die Schießerei in der Schellerschen Wohnung gehört haben wollen. Frau Ella Raasch hat die Wohnung direkt über der der Eheleute Scheller. Beide Wohnungen sind gleich groß. Frau Raasch erklärte mir, daß sie ungefähr um 7 Uhr zuerst einen Schuß gehört habe. Sie sei aus dem Bett aufgestanden, über den Korridor bis in die Küche gegangen und von dort wieder ins Schlafzimmer zurück. Darauf fielen zwei Schüsse kurz hintereinander. Frau Raasch hörte, wie Hilde laut aufschrie und rief: »Du bist wohl wahnsinnig!« Frau Raasch betont, daß zwischen dem ersten und zweiten Schuß ein ziemlich großer Zwischenraum gewesen sei. Sie könne sich nur nicht mehr genau besinnen, ob sie beim zweiten und dritten Schuß bereits wieder im Bett gelegen habe. Ihr Schlafzimmer befindet sich über dem der Eheleute Scheller.

Frau Märten erklärte, daß sie ebenfalls Schüsse gehört habe. Aus irgendeinem Grund weigerte sie sich aber, mir hierüber nähere Angaben zu machen.

Der Kaufmann Walter Hamburger erklärte, daß er, als es dunkel war, bereits einen Schuß gehört habe. Gegen 7 Uhr morgens habe er dann drei Schüsse gehört, und zwar fielen der erste und der zweite ziemlich aufeinander, während der dritte erst nach einer längeren Pause fiel. Er schilderte mir die Zeit der Schüsse so, daß, wenn man langsam bis 4 zählt, bei 1 und 2 je ein Schuß fiel, bei 3 eine Pause war und bei 4 der dritte Schuß fiel. Das Schlafzimmer des Herrn Hamburger liegt Wand an Wand mit dem der Eheleute Scheller.

Frau Frieda Bronk erklärte, daß sie an dem betreffenden Tag ungefähr um halb sieben aufgestanden sei. Sie habe sich in der Küche beschäftigt. Ihr Fenster stand offen. Um 7 Uhr herum habe sie einen Schuß gehört. Sie sei aus der Küche zu ihrem Mann gegangen und habe sich mit ihm über diesen Schuß unterhalten. Als sie darauf wieder in die Küche kam, habe sie zwei weitere Schüsse gehört. Frau Bronk erklärt, daß zwischen dem ersten und dem zweiten Schuß eine gewisse Pause gewesen wäre, während der zweite und der dritte Schuß kurz hintereinander folgten. Sämtliche gehörten Personen haben um 7 Uhr nicht mehr als 3 Schüsse gehört.

*

Günther ließ sein nagelneues Arcona-Rad achtlos in die Hecke fallen. Wortlos stürmte er an dem fettleibigen Mann vorbei, der griesgrämig neben der Haustür stand. Ein scharfer Gestank schlug ihm im Flur entgegen. Unwillkürlich hielt er sich die Nase zu. Drei Stufen auf einmal nehmend, sprang er die Treppe zu Pauls Wohnung hoch.

Das graue, fünfstöckige Haus lag am Rande Mariendorfs, im Süden Berlins, in einer Siedlung, die man während der Bauspekulation Anfang des Jahrhunderts hochgezogen hatte. Die Straßen hatten ihren dörflichen Charakter zum Teil bewahrt, aber hinter den Gehöften wuchsen immer häufiger wuchtige Gebäudemassen mit runden Schornsteinen in den Himmel. Zwischen geduckten Ziegelfabriken dehnten sich weitläufige Wiesen und Weiden.

Das Treppenhaus war dunkel und unbeleuchtet. Eine zersplitterte Toilettentür auf einem Flurabsatz hing schief in ihren Angeln, schmutzige Windeln lagen zusammengeknüllt in einer Ecke, ein Stapel ausgelesener Zeitungen baumelte aufgespießt auf einem rostigen Nagel an der Wand. Kindergeschrei hallte aus einer Wohnung heraus. Zwei Jungen, die auf den Stufen saßen, zuckten zusammen, als Günther an ihnen vorbeieilte, und versteckten blitzschnell etwas zwischen ihren Beinen. Günther schlug mit der Faust an Pauls Wohnungstür.

»Was ist denn …«

Paul riß die Tür auf und sah seinen Freund verblüfft an.

»Kommst du? Wir haben nicht mehr viel Zeit!«

Günther sah neugierig in den schmalen Flur hinein. Zwei zerwühlte Eisenbetten, in denen Paul mit seinen drei Geschwistern schlief, standen hintereinander an der Wand, ein Holzkäfig mit vier zwitschernden Kanarienvögeln schaukelte unter der bräunlichen Decke, aus einer halboffenen Tür drang Stimmengewirr. Der einzige Farbfleck in dem graubraunen Einerlei war ein kleiner bunter Blumenstrauß auf der schmalen, angestoßenen Anrichte. Paul machte keinerlei Anstalten, Günther hereinzubitten. Steif und unbeholfen stand er im Flur und nestelte an seinem weißen Hemd.

»Ich kann nicht«, er zuckte mit den Schultern, »meine Mutter hat doch Geburtstag. Ich habe ihr versprochen, heute nachmittag daheim zu bleiben. Hast du vielleicht meine Brüder gesehen?«

Im selben Moment gab es eine Etage tiefer einen gewaltigen Knall. Die beiden Jungen kamen die Treppe hochgeflitzt, quetschten sich zwischen Paul und Günther durch und verschwanden im Schlafzimmer.

»Ihr verdammten Lausebengels«, schrie eine rohe Männerstimme, »wenn ich euch erwische, drehe ich euch durch den Wolf!«

»Sorgen Sie lieber mal dafür, daß das Licht im Treppenhaus geht«, brüllte Paul barsch zurück, »hier spart man sich noch zu Tode!«

»Ruhe!« kreischte eine Stimme.

»Ist das schon wieder der vorlaute Sohn vom Zigeunerfiedler, der seinen Mund so weit aufreißt?« gellte es erneut von unten.

Günther drängte sich zu Paul in den engen Flur.

»Du willst doch nicht den ganzen Tag hier vertrödeln?!«

Paul, der es grundsätzlich vermied, sich von Freunden aus seiner Schule besuchen zu lassen, weil er sich wegen seines armseligen Elternhauses schämte, schien wie gelähmt. Verzweifelt blickte er zwischen Günther und der offenen Flurtür hin und her. Günther bemerkte seinen Blick und drückte die Tür zu. Er war entschlossen, nur mit Paul wieder zu gehen. Er spürte, daß es sein Freund nicht schaffen würde, sich alleine aus seiner Lage zu befreien. Da kam er gerade recht.

»Jetzt gehen wir zu deiner Mama, ich wünsche ihr alles Gute. Wir bleiben zehn Minuten, sind nette Jungs, und dann verdrücken wir uns. Klar?« Er hob den Kopf und sog schnüffelnd die Luft durch die Nase ein. »Es riecht ja wie im Zoo bei euch.«

»Ich kann nicht ...«, murmelte Paul schicksalsergeben, »vielleicht ist es besser, wenn du gehst.«

»Quatsch nicht. Hilde kommt auch. Du willst doch nicht, daß sich Hans um sie kümmert, oder? Gestern hast du dich dusselig genug angestellt. Sei nicht so verdammt schüchtern. Geh ran. Die Mädchen mögen das. Glaube mir.«

Er griff Paul am Hemd und zog ihn hinter sich her. Er verkniff sich einen Kommentar über die Verhältnisse, in denen Paul lebte, da er wußte, wie sehr Paul darunter litt. Die Wohnung bestand aus der Küche, dem langen, lichtlosen Flur, einem Schlafzimmer und der sogenannten »guten Stube«, die für besondere Gelegenheiten reserviert war. Günther stieß die Tür auf und steuerte auf Pauls Mutter zu. Sie trug ein kirschrotes Kleid und eine helle Bluse. Ihre traurigen Augen lagen tief in einem müden, breitflächigen Gesicht. Sie versuchte zu lächeln, als Günther eine elegante

Verbeugung machte und ihr zum Geburtstag gratulierte. Drei weitere Frauen drängelten sich auf dem Sofa, ein Mann mit einer Augenklappe saß in einem schäbigen Anzug in dem einzigen Sessel, und ein weiterer füllte gerade ein paar geschwungene Gläser mit Likör. Das Radio, das eine Nachbarin zur Feier des Tages mitgebracht hatte, spielte Lieder aus der Operette »Der Zarewitsch«.

In der Mietskaserne wohnten hauptsächlich Arbeiter, aber es gab auch einige Angestellte und kleinere Beamte. Jede Gruppe hielt sich sorgfältig von der anderen fern und verachtete sie. Pauls Stiefvater versicherte gerne allen im Rausch, ob sie es hören wollten oder nicht, er als Künstler stehe über allen anderen. Doch für die war er nur ein Vertreter einer brotlosen Kunst.

Paul und Günther teilten sich einen wackeligen Küchenstuhl. Pauls Mutter hatte die Vorhänge frisch gewaschen, die Uhr aufgezogen, das einzige Bild, das sie besaßen, eine Moorlandschaft, entstaubt und die beiden Porzellanengel, die schon so oft geklebt waren, sorgfältig auf der Kommode drapiert. Alle waren sichtlich eingeschüchtert von den guten Manieren und dem Auftreten von Günther, der höflich, aber von oben herab die an ihn gerichteten Fragen beantwortete. Das Interesse an ihm erlahmte bald, und er nutzte die erste Gelegenheit, um Paul in die Küche zu folgen. Der setzte gerade Wasser auf dem Herd auf. Günther blickte aus dem Fenster und summte ein Lied, das ihm durch den Kopf ging.

»*Licht aus! Messer raus! / Haut ihn, daß die Fetzen fliegen. / Straße frei, Fenster zu! / Runter vom Balkon! / Seit vierzehn Tagen hab ich schon keim Hemd mehr an! / Alles wegen dir, alles wegen dir …* Sehen lecker aus, die Äpfel«, sagte er und deutete auf die Obstgärten auf der anderen Straßenseite.

»Sie haben sogar Selbstschußautomaten konstruiert, um uns Kinder davon abzuhalten, dort einzusteigen, von den Fußangeln ganz zu schweigen. Aber wir haben immer einen Weg gefunden«, erwiderte Paul stolz.

»Seit wann weißt du eigentlich die Sache mit deinem Stiefvater?«

Eine Pause trat ein. Paul starrte in die Kaffeedose.

»Ich wollte es gar nicht wissen«, sagte er schließlich, »meine Welt war in Ordnung. Meine Familie war meine Familie. Aber er brüllte mir im Rausch die Wahrheit ins Gesicht, als ich zwölf war. Meine Mutter war dabei. Sie heulte vor Schreck und kriegte eine Extratracht Prügel.«

Er verschloß die Dose und stellte sie ordentlich in das Regal über dem Herd. »Eines Tages zahle ich es ihm heim!«

»Und dein richtiger Vater?«

»Keine Ahnung!«

»Wie hältst du das nur aus hier? Daß Menschen so leben können!«

Günther schob mit seinem Fuß einen ausgewrungenen Scheuerlappen beiseite und sah sich kopfschüttelnd um. Ein abgeschrubbter Tisch, umgeben von fünf verschiedenen Stühlen, stand in der Mitte des Raumes. Der Küchenschrank hatte eine zerbrochene Glasscheibe, die notdürftig mit einem Stück Zeitung geflickt worden war, zwei Regale dienten allerlei Töpfen als Aufbewahrung, und in einer Ecke stand ein verrußter, gußeiserner Ofen.

»Meine Mutter schuftet den ganzen Tag wie eine Verrückte. Sie hat ihre Kinder so jung bekommen. Alle wollen satt werden. Ihr Mann säuft, das Haus stinkt, die Wohnung ist verdreckt, ihr Rücken schmerzt – was ist das für ein elendes Los! Tagaus, tagein sich plagen«, stieß Paul hervor, »manchmal sitzt sie hier am Tisch und weint stundenlang. Nichts kann sie trösten. Oder sie steht am Fenster, dort, wo du jetzt stehst, und dann habe ich Angst, daß sie eines Nachts runterspringt. Ehrlich gesagt, wundere ich mich fast ein bißchen, daß sie es nicht schon längst getan hat.«

Paul nahm das kochende Wasser vom Herd und goß es langsam durch den Kaffeefilter. Günther beugte sich aus dem Fenster und blickte in den Hof. Grashalme wuchsen aus dem steinernen Pflaster hervor. Der Mann, der ihn beim

Kommen beobachtet hatte, machte sich fachmännisch an einer Mauer zu schaffen.

»Da unten spannt einer Stacheldraht.«

»Sicher der Verwalter. Er treibt die Mieten ein und haßt alles unter Dreißig.«

»Meinst du, daß man dann tot ist?«

»Wann?«

»Wenn man hier rausspringt!«

»Ich würde es tun, wenn ich wüßte, daß sich mein Leben nicht ändern würde. Wenn ich meine Tage in dieser Düsternis verbringen müßte.« Paul sog gierig den Duft des Kaffees ein. »Echte Bohnen. Ich muß hierbleiben, Günther. Das bin ich meiner Mutter schuldig.«

Günther spuckte in den Hof. Er verfehlte den Mann nur knapp. Als er sich umdrehte, lagen Spott und Verachtung in seinen Zügen.

»Mensch, Paul! Immer lässig bleiben! Wenn meine alten Herrschaften feiern, bin ich nie da. Laß die quatschen, wir amüsieren uns im Biergarten.«

»Nicht so laut!« ermahnte Paul ihn. »Die Wände sind aus Pappe. Geheimnisse gibt's hier keine. Hier kommt das Leben, und es geht, und die Kinder wissen Bescheid. Über alles! Ich kann nicht. Ich habe es ihr versprochen.«

»Du hast es ihr versprochen ...« Günther äffte Pauls Tonfall nach und legte ihm fürsorglich die Hände auf die Schultern und zog ihn zu sich heran, so daß ihre Gesichter nur noch eine Handbreit voneinander entfernt waren. Sein linkes Auge, das seit einer Operation etwas schielte, zuckte nervös, ein sicheres Zeichen, daß er seine Ungeduld nicht mehr beherrschen konnte. Sein rechtes fixierte Paul, der seinen Blick mied. »Sind wir denn willkommen in dieser Welt? Alle behandeln uns wie ein Stück Dreck. Erst wenn wir tot sind, heulen sie um uns. Du willst doch nicht so enden wie deine Mutter, oder? Oder wie dein Vater? Gelegenheitsmusiker auf Schieberbällen? Dafür bist du doch viel zu klug!«

»Er ist nicht mein Vater ...«, wehrte sich Paul schwach.

»Papperlapapp. Wenn du mein Freund bist, kommst du mit. Wenn nicht, sind wir geschiedene Leute, verstehst du? Das ist nicht das Leben, das dir zusteht. Hör zu, Paul. Du gehst da jetzt mit dem Kaffee rein, schenkst ihn schön aus, und ich komme dann und pauke dich da raus. Denk an Hilde.«

Die Erwähnung von Hildes Namen räumte seine letzten Zweifel beiseite. Das schlechte Gewissen, seine Mutter bei ihrem Geburtstag alleine zu lassen, unterlag dem Drang, unter seinesgleichen zu sein, bei Hilde zu sein. Er hatte ein Recht auf ein eigenes Leben, auf sein Leben.

*

Doktor Erich Freund, Hausarzt der Familie Scheller, gab am 29. Juni folgendes zu Protokoll:

Ich wurde am 28. Juni von einer weiblichen Person um 7 Uhr 10 angerufen, mit der Bitte, ich möchte sofort nach der Albrechtstraße 72 zu Scheller kommen, es habe sich ein Unglück ereignet. Ich hörte gleich an der Stimme, daß etwas Schlimmes passiert sein mußte. Es kann sein, daß die weibliche Stimme auch gesagt hat: »Ich glaube, mein Bruder stirbt.« Ich telefonierte sofort nach meiner Garage, um meinen Wagen kommen zu lassen, zog mich schleunigst an, ohne mich jedoch noch zu waschen, und war etwa 12 Minuten nach dem Anruf an Ort und Stelle. Hilde Scheller erwartete mich auch schon im Treppenflur. Es kann sein, daß sie mir auch hier erst gesagt hat, ihr Bruder sterbe. In der Schellerschen Wohnung fand ich nunmehr im Schlafzimmer den Tatbestand genauso vor, wie die beiden Fotografien ihn wiedergaben. Hans Stephan war bereits tot, Günther Scheller röchelte noch. Da ich mit der Möglichkeit rechnete, daß ihm noch zu helfen sei, rief ich für alle Fälle einen Krankenwagen telefonisch herbei und benachrichtigte die Polizei.

Dann sah ich mir den Günther Scheller an und kam zu der Überzeugung, daß ihm nicht mehr zu helfen sei. Ich habe die Lage des Körpers bei der Untersuchung von beiden nicht verändert. Nunmehr benachrichtigte ich noch telefonisch den Vater des Hans Stephan und forderte ihn auf, zu dem Tatort zu kommen. Bis zum Eintreffen der Polizei habe ich mich dann mit Hilde Scheller und Paul Krantz in dem Eßzimmer unterhalten. Die Situation war mir gar nicht klar. Während Hilde Scheller einen traurigen und bestürzten Eindruck machte, war Paul Krantz ganz kalt. Ich fragte zunächst, wo sie denn geschlafen hätten. Hilde Scheller gab an, daß sie auf der Chaiselongue in dem Zimmer neben dem Eßzimmer geschlafen habe, Paul Krantz wollte in der Kammer neben der Küche geschlafen haben. Beide erklärten mir einstimmig, daß Günther Scheller und Hans Stephan im Schlafzimmer der Eltern geschlafen haben. Auf meine Frage nach dem Hergang der Tat erklärte mir Paul Krantz, daß Günther Scheller den Hans Stephan und dann sich selbst erschossen habe. Es seien drei Schüsse gefallen. Günther Scheller habe einen unauslöschlichen Haß gegen den Hans Stephan gehabt, weil dieser seinem Vater mitgeteilt habe, daß er mit einem Homosexuellen eine Reise gemacht habe. Hilde Scheller bestätigte diese Darstellung. Ich hatte aber den Eindruck, daß sie unter der Suggestion des Paul Krantz stand. Die Darstellung kam mir unwahrscheinlich vor, weil ich mir nicht erklären konnte, daß Günther Scheller und Hans Stephan trotz ihrer Verfeindung die Nacht über zusammen verbracht haben sollten. Ich hielt das Paul Krantz vor und fragte ihn, warum er denn trotz Kenntnis von der Verfeindung die beiden zusammen gelassen habe und warum er die Tat nicht verhindert habe. Er sagte darauf: »Ich konnte nicht herein!« Als ich ihm nun vorhielt, daß das Schlafzimmer doch offen sei und daß niemand dagewesen wäre, der es von innen hätte öffnen können, sagte er: »Verschlossen war es nicht, es war nur zugemacht.«

Wie gesagt, machte Paul Krantz bei dieser Unterredung einen ganz kalten Eindruck. Er ging mit den Händen in den Hosentaschen im Zimmer umher und machte den Eindruck, als wenn er überlegte. Dabei äußerte er unter anderem: »Nun wird's wohl mit der Sommerreise Essig werden, und das Abitur ist auch verpfuscht.« Ferner bat er mich um eine Zigarette. Ich war darüber ganz empört und fragte ihn, ob er nichts Besseres zu tun habe, als jetzt Zigaretten zu rauchen. Darauf antwortete er, er müsse rauchen, um sich zu beruhigen, seine Nerven seien kaputt.

Im Verlauf der Unterhaltung fragte ich, wo der Revolver geblieben sei, weil ich ihn im Schlafzimmer nicht gesehen hatte. Paul Krantz brachte ihn von der Anrichte des Eßzimmers herbei, was mir auffiel. Ich habe nicht gefragt, aus welchem Grund der Revolver dort hingebracht worden sei. Ich habe nur dem Paul Krantz gesagt, daß er den Revolver wieder dort hinlegen müsse, wo er gelegen habe. Er legte ihn darauf in die rechte Hand des Günther Scheller. Ich habe mir den Revolver nicht besonders angesehen und kann darum nicht sagen, ob eine Patrone zwischen Lauf und Schlitten klemmte. Ich persönlich habe nicht veranlaßt, daß der Revolver entladen wurde. Ich kann auch keine Erklärung dafür geben, aus welchem Grunde das Magazin entleert vorgefunden worden ist.

Aus dem ganzen Verhalten des Paul Krantz entstand bei mir ein gewisser Verdacht gegen ihn. Ich sagte ihm deshalb, daß ich mich nicht wundern würde, wenn er verhaftet werden würde. Er antwortete darauf ganz kühl, daß er mit der Möglichkeit schon gerechnet habe. Ich habe mich dann entfernt, nachdem die Polizei erschienen war und die Wache übernommen hatte.

*

»Zigaretten! Zigaretten! Wer hat was zu rauchen? Otto, Herbert, Fritz, Georg, Max? Hat denn keiner Zigaretten? Ein Königreich für eine Zigarette!« schrie Paul lauthals, als er sich mit Günther zwischen den Bänken im Biergarten durchschob. Die fünf, die auf sie warteten, begrüßten sie ausgelassen.

»Dein Reich kannste behalten«, konterte einer von ihnen, Fritz Karowski, ein träger, mittelgroßer Junge mit warmen Augen.

»Dich haben se wohl mit sauren Jurken ausm Urwald jelockt«, sagte Ernst Otto trocken.

»Ach, verdammt«, machte sich Paul wichtig, »hab' schon seit Stunden nichts zu paffen gehabt. Nun macht mal Platz für einen durstigen Gesellen. Nicht so müde, Männer. Hopp, hopp!«

»Spuckst ganz schön große Töne!« Fritz rutschte behäbig auf seiner Holzbank zur Seite. Die beiden gingen seit längerem in die gleiche Klasse, in die Oberprima von Dr. Gladow, waren jedoch erst seit zwei Jahren enger befreundet. Günther zog das Sakko aus, öffnete die Hemdmanschetten und setzte sich. Er hatte am Nachbartisch ein Mädchen mit einem blonden Zopf entdeckt, das neugierig zu ihnen herübersah. Als er sie anlächelte, verzog sie das Gesicht, wich ihm aber nicht aus. Max, im Betragen eine Eins, akkurat gekleidet, mit weichen Gesichtszügen, verteilte Zigaretten. Paul nahm gleich zwei.

Der Biergarten platzte aus allen Nähten. Mit Mühe hatten die Jungen die Plätze für Günther und Paul verteidigen können. Dichtgedrängt saßen sie um ihren Tisch. Stämmige Ahornbäume breiteten ihre grünen Laubdächer über dem kiesbedeckten Boden aus, Spatzen hüpften von Tisch zu Tisch, und die Nachmittagssonne schickte ihre wärmenden Strahlen zwischen den Ästen hindurch. Ein Koch in einer bespritzten Schürze thronte hinter einem Grill, türmte Berge von Sauerkraut auf Porzellanteller, legte eine Wurst dazu und reichte sie den Kellnerinnen, die die Gäste mit mürrischen Gesichtern versorgten.

Paul durchsuchte seine Taschen. Seit er jüngeren Schülern Nachhilfe gab, hatte er stets etwas Geld bei sich. Eigentlich sollte er es ja zu Hause abgeben, aber er behielt etwas mehr als die Hälfte für sich. Er sprang auf, um die Bedienung auf sich aufmerksam zu machen.

»Frau Kellnerin, zwei Bier, bitte! Wir verdursten!«

Seine gedrückte Stimmung war verflogen. Er dachte nicht mehr an den Geburtstag seiner Mutter, an die Gäste, die sich sicher betrinken würden, an die lauten Lieder, die sie singen würden, an den Katzenjammer, der am nächsten Tag die Mutter und den Stiefvater heimsuchen würde. Zum Glück war sein Stiefvater nicht da gewesen, der hatte ein Engagement gehabt und würde erst später kommen, wahrscheinlich bereits angeheitert. Paul zog sein schwarzes Tagebuch hervor, legte es auf den Tisch und blickte herausfordernd in die Runde. Aber noch war es nicht soweit. Erst mal kam das Bier. Paul hob sein Glas, alle anderen taten es ihm gleich. Sie stießen die schweren Krüge kreuz und quer über dem Tisch zusammen, daß das Bier herausspritzte. Paul musterte Gustav Caspary, einem dunkelhaarigen Jungen mit einem eckigen Gesicht.

»Gustav zahlt!« sagte er zu Günther. »Du gibst das Startzeichen. Oder trinkst du mit?«

»Gustav zahlt«, das hieß, daß derjenige, der als letzter seinen Krug geleert haben würde, für die gesamte Runde aufkommen mußte. Bei ihrem letzten Treffen hatten Gustav und er alle anderen bezwungen. Heute kam es zum Stechen zwischen ihnen beiden. Paul war sich sicher, daß er schneller als jeder andere seinen Krug leeren würde.

»Na, das warten wir mal ab«, tönte Gustav unerschrokken, krempelte seinen rechten Ärmel hoch und entblößte einen gewaltigen Oberarm. »Das letzte Mal hast du nur ganz knapp gewonnen.«

Günther wartete, bis die beiden Kontrahenten bereit waren. Die Jungen saßen sich schräg gegenüber. Pauls Hand umschloß den Glaskrug. Gustav sah ihn lauernd an. Günther füllte beide Krüge bis zum Rand mit Bier aus seinem Glas. Dann schlug er mit den Händen auf den derben Holztisch und brüllte: »Los!« Die beiden hoben den Krug mit einer Hand zum Mund und ließen das Bier in langen Schlucken die Kehle hinabfließen. Paul sah aus den Augenwinkeln seinem Herausforderer zu. Die Krüge waren zur Hälfte geleert, Paul setzte zum Endspurt an, als eine besorgte Stimme irgendwo im Biergarten »Paul, kommst du her! Sonst gibt's was auf die Neune!« rief. Paul stockte, das Bier lief ihm aus den Mundwinkeln und in die Luftröhre. Er verschluckte sich, hustete und setzte hitzig den Krug ab. Gustav knallte das geleerte Glas auf das Holz.

»Gewonnen!«

»Nichts da! Das war unfair. Jemand hat meinen Namen gerufen. Ich war abgelenkt.«

»Ich habe gewonnen, und du hast verloren!« rief Gustav. »Du kannst wohl nicht verlieren, was?«

»Ich habe nicht verloren!«

Pauls Gesicht nahm eine dunkle Farbe an, er sprang auf und schlug mit den Händen krachend auf die Tischplatte.

»Na ja, Paul, ich weiß nicht«, sagte Max besonnen, »wenn dich was ablenkt, ist das nicht die Schuld von Gustav.«

»Kellnerin! Zwei Bier!« schrie Paul bissig und sah dann erst Max und dann Gustav an. »Ich habe nicht verloren. Wir trinken noch mal!«

Die ersten fremden Köpfe flogen herum, um den jungen Mann zu betrachten, der aufgebracht neben dem Tisch stand. Selbst das blonde Mädchen musterte Paul interessiert.

»Mäßige dich, Paul. Wir sind das letzte Mal schon beinahe rausgeflogen, weil zwei Gläser zu Bruch gegangen sind«, mahnte Fritz mit gedämpfter Stimme. Paul starrte ihn an, als ob er ihre Freundschaft mit diesem Satz auf die Probe gestellt hatte. Alle am Tisch schwiegen. Ein Leierkastenmann spielte, die Kellnerin brachte die neuen Biere. Paul starrte wütend über die Köpfe hinweg in das Grün der Bäume. Er war entschlossen zu gehen, wenn sie ihren Wettkampf nicht wiederholen würden. Seine Ehre stand auf dem Spiel. Er mußte gehen. Er hatte nicht genug Geld dabei, um für alle zahlen zu können. Wenn er dieses unausgesprochene Gebot brach, würden sie ihm nicht verzeihen. Er konnte nicht nachgeben. Er hatte zu oft nachgeben müssen – als kleiner Junge in der Schule, der von den anderen wegen dreckiger Finger und verschmutzter Hefte gehänselt wurde, als Heranwachsender, dessen abgetragene Kleider ihn zum Spott der Kameraden machten. Um der Anerkennung willen hatte er das alles geschehen lassen. Er wollte einer von ihnen werden, er wollte seine Geschichte hinter sich lassen. Vielleicht spürte Gustav, daß Paul weder nachgeben konnte noch wollte, daß er bereit war, ihre Freundschaft wegen dieser Kleinigkeit zu kündigen. Er angelte sich die beiden Biergläser und schob eins gutmütig zu Paul hin.

»Laß man gut sein, Paul. Wir sind ja hier zum Dichten. Wenn es dir so wichtig ist, trinken wir noch mal.«

»Es ist ja nur gerecht«, sagte Paul trotzig und sank auf die Bank nieder. »Günther gibt wieder das Kommando!«

Entschlossen legte er seine Hand um das Glas, ohne sich weiter um Gustav zu kümmern. Er spürte, daß er kämpfen mußte, um zu gewinnen. Günther ließ seinen Blick über den Tisch schweifen. Sechs Jungen sahen ihn konzentriert an. Mutig geworden, lächelte er das blonde Mädchen an. Er befeuchtete seine Lippen, um die Spannung zu halten, und erst, als sich alle fragten, wann er das Startzeichen geben würde, schlug er mit beiden Händen auf die Tischplatte und gab so das Kommando.

Pauls Konzentration zahlte sich aus. Als er den geleerten Krug donnernd auf den Tisch hieb, kämpfte Gustav noch mit seinem letzten Viertel.

»Na also«, schnaubte Paul und wischte sich den Schaum vom Mund, »ich sitze hier / trink' das Bier / wie ein Stier. / Bald besoffen / hab's genossen.«

»Und du, Gustav?« fragte Fritz forschend seinen Nebenmann, der noch nach Luft schnappte.

»In die Welt hinaus schickt man mich / beim Glase Biere sitze ich / als Sieger sah ich mich / ein dummer Tropf bleibe ich«, reimte er zögernd, Wort um Wort suchend. »Gratuliere, Paul. Nächstes Mal gibst du mir Revanche. Ich weiß, ich kann dich schlagen.«

»Das ist doch selbstverständlich«, sagte Paul großzügig.

»Aus der blassen Dämmerung / Fuhren deine Silberblicke / Wie zwei Speere. / Im Genicke / Fühlt ich ihren Eisensprung. Und es warf mich auf das Fließ / Wie ein Sterbender die Hände / Hob ich in die roten Brände / Deiner Seele, welche mich verstieß«, zitierte Max und blickte die anderen bedeutungsvoll an.

»Schon wieder Klabund«, stöhnte Paul auf. »Fällt dir nichts Besseres ein? Das ist doch kinderleicht, das kann ich auch.«

»So? Das wollen wir mal sehen. Hör zu: *Da erbleichte selbst die Sonne vorzustellen: Michael Jaroschin / Hob den goldenen Sonnendolch und stieß ihn strahlend durch das Fenster / Stieß dem Mann ihn in den Nacken / fuhr der Dolch da durch den Nacken / Und dem Weibe in die Brust noch: Also lagen auf dem Diwan beide hingestreckt, durchbohrt ...* Soll ich weitermachen?« fragte Max glühend. »Das ist Sprache. Ungekünstelt und geradeheraus. Es ist formlos. Es ist reimlos. Gefühlt und gelebt.«

»Klabund, Klabund, Klabund. Das hältst du nun für die Neue Sachlichkeit?« Paul stützte seinen Kopf in die Hand und schlug das schwarze Heft auf, das vor ihm lag. »Hört zu: *Auf dem Boden liegt die Leiche / Meines Freundes Robert Krause / Aus der Wunde sickert langsam / Rotes Blut zur grauen Erde / Neben ihm sitzt stieren Blickes / Er, der ihn gemordet hat / Es verglimmt die Zigarette / Zitternd in der Mörderhand ...*«

»Unser Dichter spricht / die Frauen seufzen / das Ende naht / ist's Himmel oder Hölle?« unterbrach ihn Fritz gutgelaunt.

»Wir treten in eine neue Zeit ein. Aus ist's mit dem Kitsch, den Blumen, der Romantik. Weg mit den Reimen. Das Klare zählt«, meldete sich erstmals Herbert Kunz zu Wort, ein stiller Junge mit kurzgeschorenen Haaren. »Wir müssen uns auf das Eigentliche konzentrieren. Wie bei einem Haus. Fenster, Türen, Flächen. Weg mit den Schnörkeln, den Balustraden, den Putten, den schmückenden Elementen. Hin zum Kern der Sache. Klarheit im Äußeren und Klarheit im Inneren. Die Dekoration verstellt uns nur den Blick auf das Wesentliche.«

»Und was ist das Wesentliche?« wollte Max wissen. »Bier und Weiber? Zigaretten und feuchte Träume? Tempo, Rausch und Raserei?«

»Tempo, Rausch und Raserei! Genau. Aber nicht als Äußerlichkeit. Sondern als Spiegel unserer Seele. Auf die Gefühle kommt es an, du Torfkopp«, wies ihn Paul zurecht, »der Mensch und seine Gefühle. Wichtig ist nicht die Frage, was etwas ist, sondern wie es sich anfühlt. Wie ist es, wenn man verliert, Gustav?«

»Beschissen! Drum brauch' ich noch ein Bier«, murmelte Gustav mit gespielter Verzweiflung.

»In der Liebe kannst du verbrennen. Dich verlieren. Starke Gefühle sind das Größte. Wenn sie ganz und gar von dir Besitz ergreifen, keinen Platz lassen für etwas anderes. Wenn du nur noch das eine willst und spürst, erst dann lebst du richtig. Erst dann bist du eins. Kopf und Herz, Seele und Schwanz«, stieß Günter hervor, während seine Augen unruhig flackerten und immer wieder zu dem Mädchen am Nachbartisch wanderten.

»Uhhh, er hat Schwanz gesagt, unser Geheimrat«, brummte Ernst Otto.

»Das Dichten ist das eine. Das Tun das andere. Manche reißen nur das Maul auf, und andere schreiten zur Tat!« gab Günther gelassen zurück. Er schob den vollen Bierkrug, den ihm die Kellnerin hingestellt hatte, zur Seite. »Nein, danke, ich möchte nicht mehr. Bekommt mir nicht. Außerdem habe ich noch was vor!«

»Und du bist einer, der zur Tat schreitet?« fragte Ernst belustigt und lehnte sich über den Tisch. Er war ein massiger Junge mit breitem Kreuz, der vor keiner körperlichen

Bedrohung Angst hatte. Günthers Hand kroch nach vorne, hakte sich im Kragen von Ernst ein und drehte ihn bedächtig zu. Bevor der ausholen konnte, löste Fritz Günthers Griff und ermahnte beide, nicht zu streiten.

Sie fühlten sich frei und ungezwungen. Niemand sagte ihnen, was sie zu tun hatten. Die Eltern sprachen keine Ermahnungen aus, und die Lehrer drohten nicht mit schlechten Zensuren. Paul griff sich Günthers Bier und leerte es mit einem Zug. Fritz sprang auf, um Zigaretten zu holen. Günther erhob sich und sprach das blonde Mädchen an. Ernst versuchte sich an schnell erfundenen Vierzeilern. Herbert half seinem Banknachbarn bei einer Mathematikaufgabe, und Georg, der bisher geschwiegen hatte, tuschelte leise mit Paul.

»Glotz nicht so unverschämt, du Fatzke«, rief Hilde streitlustig dem hochaufgeschossenen Jungen hinterher, der sich nach den beiden Mädchen umdrehte und ihnen unverhohlen nachstarrte, »sonst fall'n dir noch die Augen raus!«

»Solche wie dich ess' ick zum Frühstück dreie«, schrie er zurück. »Werd erst mal groß, und dann bild dir was ein! Butze!«

»Dünn wie 'nen Regenwurm biste!«

Der Junge wollte etwas erwidern, stolperte aber über eine Holzkiste und schlug lang hin.

»Siehste, det kommt davon«, frohlockte Hilde laut und hakte sich bei ihrer Freundin Ellinor unter. »Ich flaniere so gern. Das Leben zieht an mir vorbei, und ich sehe ihm zu. Ich bin eins mit mir. Alle haben es eilig, nur ich nicht. Süß und verschwenderisch gebe ich mich meinen Gefühlen hin, diesem seligen Schweben.«

»Das hast du irgendwo gelesen, was?« fragte Ellinor.

»Na ja«, sagte Hilde nur und drückte sich an ihre Freundin.

Sie öffnete einen weiteren Knopf ihres zitronengelben Kleides, das kurz über dem Knie endete und von einem schwarzen Band unterhalb der Hüfte zusammengerafft wurde. Ihr Hut saß schief auf ihrem Bubikopf. Wohlgefällig sah sie an sich herunter. Ihre gebräunte Haut sah verlockend aus, der schlesische Kaufmann Alexander Zipser hatte ihr am Telefon reichlich Komplimente gemacht, soeben hatte sie sich mit Hans Stephan geküßt, und die Männer betrachteten sie mit begehrlichen Augen.

Eine Straßenbahn bog klingelnd um eine Ecke, Menschen hasteten zur nächsten Haltestelle. Die beiden Mädchen blieben vor einem Schaufenster stehen, hinter dem Schuhe in Reihen aufgebaut waren.

»Du hast schon einen richtigen Busen«, sagte Hilde und legte prüfend ihre Hände auf ihre Brust, »ob meiner noch wächst? Manchmal stelle ich mir vor, die Männer seien Mädchenhändler. Der da vorne zum Beispiel. Der starke mit dem breiten Gesicht und den wulstigen Lippen. Und ich bin sein Opfer. Eine Prostituierte, die sich fügen muß. Er hat eine Peitsche. Und ist gemein. Scheußlich, nicht wahr? Sich aufzugeben. Da bleibe ich doch lieber wählerisch. Und tue nur manchmal so, als sei ich leicht zu haben.«

»Wie ist es denn so mit dem Hans?« wollte Ellinor wissen. In der nächsten Woche wurde sie 16, sie wirkte aber älter, weil sie ruhig und nachdenklich auftrat. Sie trug ein sandfarbenes kariertes Baumwollkleid, Sandalen ohne Strümpfe und einen hellgrünen Hut mit einer Feder. Ihre schulterlangen dunklen Haare wehten im Wind. Ihre hochstehenden Jochbeine gliederten ihr Gesicht in klare Flächen, leicht zweifelnd blickten ihre tiefbraunen Augen in die Welt.

Hilde öffnete einen weiteren Knopf ihres Kleides.

»Er will unbedingt mit mir schlafen. Ich mußte sein Ding schon zweimal anfassen. Na ja. Küssen tut er aber gut, ein bißchen feucht vielleicht. Er will immer seine Zunge in meinen Mund stecken. Und seine Hände sind dann überall ... Soll ich den letzten Knopf auflassen?«

»Zeige nicht zuviel. Dann denken die Jungen, du wärest leicht zu haben. Die sind sowieso alle gleich. Dein Bruder auch.« Ellinor sah ihre Freundin an, deren zarte Sommersprossen ihrem Gesicht etwas Spielerisches verliehen. »Stört es dich, wenn ich so über ihn rede?«

»Nein, warum denn? Wollte er was von dir?«

»Letzte Woche waren wir spazieren. In der Laubenkolonie. Erst haben wir uns geküßt, und dann wollte er es mit mir machen. Er war verdammt hartnäckig. Er hat geredet wie ein Buch. Schon verrückt, was die Jungs alles tun, um einen rumzukriegen. Er hat meinen Busen gestreichelt und unter meine Röcke gefaßt. Es war ...«

»Es hat sich doch gut angefühlt, oder?«

»Ich bin ihn kaum wieder losgeworden. Ich finde, ich bin noch zu jung, um mit einem Mann zu schlafen.«

»Zu jung? Du bist fast 16! Du hast einen schönen Körper. Was meinst du, wozu der da ist? Um in lebenslanger Keuschheit zu leben?« entgegnete Hilde entrüstet und hielt ihre Freundin am Arm fest. »Wohl kaum! Ich lasse mir das Leben nicht durch die Lappen gehen. In den letzten Tagen habe ich mich mit Fritz geküßt und mit Ernst und mit Hans.«

»Aber kommst du da nicht durcheinander?«

»Wieso? Wenn ich den einen küsse, dann mag ich ihn, und wenn ich später den anderen küsse, dann bin ich nur für den da!« sagte sie im Brustton der Überzeugung.

Gemeinsam, Arm in Arm, schlenderten sie weiter. Aufmerksam registrierten und erwiderten sie die Blicke der Männer, die ihnen entgegenkamen.

»Hast du denn schon einmal mit einem Jungen geschlafen?«

»Aber nein, Ellinor, was du immer denkst. Außerdem würde ich es dir sofort erzählen, das weißt du doch«, sagte Hilde leichthin. »Gehen wir heute abend wieder tanzen ins Excelsior-Hotel? Mein Vater ist nicht da. Somit kann er es nicht verbieten.«

»Heute abend ist doch der Schulball!« erwiderte Ellinor. »Hast du das vergessen?«

»Ach ja. Na, auch nicht schlecht. Die Jungen. Hoffentlich treten sie mir nicht wieder ständig auf die Füße. Richtige Männer haben doch ihre Vorteile.«

»Ich muß erst fragen, ob ich darf. Ich finde es komisch, daß du alle Jungen küßt. Weißt du, Hilde, ich würde es dir sehr übelnehmen, wenn du es mir nicht erzählen würdest, wenn du mit einem Jungen schläfst. Wo wir uns doch sonst alles sagen.« Ellinor sah ihre Freundin ernsthaft an.

Die Unbedenklichkeit, mit der Hilde ihre Liebschaften wechselte, bereitete ihr Kummer.

»Wenn dir der Gedanke solche Sorgen macht, dann kann ich es dir ja schwören«, besänftigte Hilde sie. »Oh, schau mal, was für ein schöner Wagen!«

Sie deutete auf ein froschgrünes Mercedes-Cabrio, das vor ihnen an einer Kreuzung hielt. Ein rumpelndes Pferdefuhrwerk einer Brauerei, beladen mit Fässern, versperrte ihnen einen Moment die Sicht. Am Steuer des Cabrios saß ein Mann, den Kopf lässig mit der linken Hand abgestützt, eine Zigarre zwischen den Lippen, die Augen hinter einer Sonnenbrille verborgen. Obwohl ihn die Mädchen unverhüllt musterten, schenkte er ihnen keinen Blick. Der Wagen bog um die Kurve und schnitt ihnen den Weg ab, als sie auf die Straße traten.

»So ein arroganter Pinkel!« beschwerte sich Hilde gekränkt. »Was denkt der denn, wer er ist?«

»Er sah aus wie ein Filmstar!« sagte Ellinor. »Oder wie ein berühmter Schriftsteller. Wie, wie ... Mist, jetzt fällt es mir nicht ein. Weißt du übrigens, wer auch sehr schön dichtet?«

»Dichtet? Oder küßt?«

»Ach, du. Paul. Er hat mir ein paar Sachen vorgelesen. Ich war gerührt. Und bewegt. Er versteht sehr geschickt mit den Worten umzugehen. Er blickt den Dingen in die Seele.«

»Willst du mich mit ihm verkuppeln?« fragte Hilde mißtrauisch. Sie fand es ungewöhnlich, daß ihr Ellinor, obwohl sie ihre beste Freundin war und sie über alles redeten, einen Jungen ans Herz legte.

»Er ist anders als die anderen. Nicht so grob. Romantisch und empfindsam, dabei hat er es weiß Gott nicht leicht. Sonst wollen die Jungen immer nur eins. Er dagegen ...« Ellinor ließ ihren Gedanken unausgesprochen, sie wußte, wie empfindlich Hilde darauf reagierte, wenn man sie beeinflussen wollte.

»Vielleicht traut er sich nicht«, sagte Hilde. »Ich ziehe Draufgänger den stillen Träumern vor. Da weiß ich, woran ich bin. Bei denen, die dich nur stumm wie ein Ochse anstarren, weil sie vor lauter Verliebtheit das Maul nicht aufkriegen, kriege ich zuviel. Hast du ihn geküßt?«

»Er hat sich ziemlich ungeschickt angestellt. Viel zu hastig. Seine Hände waren mal da und dann wieder hier«, kicherte Ellinor und deutete an, wie Pauls Finger über ihren Körper geglitten waren. Mittlerweile waren sie an dem Biergarten angekommen, in dem sich die Jungen versammelt hatten. Das Tor war von grünem Efeu umrahmt, und der Lärm drang bis auf die Straße hinaus. Zwei Männer schwankten aneinandergelehnt an ihnen vorbei.

»Ihr wart ja schon ganz schön fleißig«, sagte Hilde und betrachtete die Biergläser auf dem Tisch. Die Jungen lachten, aber keiner von ihnen machte Anstalten, für die Mädchen Platz zu machen. Diese »Männerrunde« war ausschließlich für sie bestimmt. »Na, dann sauft nur fleißig weiter«, sagte sie schnippisch, da sie sich ihren Empfang euphorischer vorgestellt hatte, »Mädchen mögen es, wenn Männer nach Alkohol und Tabak stinken. Günther, hast du einen Wohnungsschlüssel? Ich habe meinen vergessen. Wann kommt Papa eigentlich wieder?«

»Der ist doch an der Ostsee«, sagte Günther mit leicht glasigen Augen.

»Mama ist an der Ostsee!«

»Dann kommt er Dienstag wieder, also in vier Tagen«, brummte er und durchwühlte seine Taschen. Währenddessen stieß er Paul unter dem Tisch mit dem Fuß an. Hilde stand genau in Pauls Rücken. ›Ihre Stimme ist hell und klar wie fallende Silberspäne‹, dachte er. Schon seit längerem fühlte er sich zu ihr hingezogen, nicht erst seit sie sich im Bad getroffen hatten. Aber er wollte sich keine Blöße geben. Leise sprach er mit seinem Nachbarn Fritz über Hertha BSC und die deutsche Meisterschaft. Seine Gefühle für Hilde verwirrten ihn. Er hatte Angst, von ihr abgewiesen zu werden. Und den Spott seiner Kameraden konnte er sich auch ersparen. Also tat er so, als sei sie Luft. Günther fand endlich den Schlüssel und reichte ihn seiner Schwester über den Tisch. Noch einmal warf er Paul einen eindeutigen Blick zu und verwickelte seine Schwester in ein belangloses Gespräch.

Hildes Blick fiel von oben in Pauls Nacken, auf den Hemdkragen, der ausnahmsweise ziemlich sauber aussah. Sie wußte nicht, wie sie ihn ansprechen sollte. Sie ärgerte sich, daß er sich nicht zu ihr umdrehte. War sie nicht gut genug für ihn? Er war doch ein Freund ihres Bruders. Er hatte ihre beste Freundin geküßt. Warum tat er so, als existiere sie nicht? Kurz bevor sie sich verabschiedeten, wischte sie wie nebensächlich über Pauls Schulter. Sie spürte mit Genugtuung, wie er unter ihrer raschen Bewegung zusammenzuckte, wie er sich fast wegduckte, und als er sich endlich mit gerötetem Gesicht zu ihr umdrehte, triumphierte sie innerlich.

»Du hattest etwas auf dem Anzug«, sagte sie zuvorkommend, »und hier auch, warte.«

Sie strich ihm zärtlich über die andere Schulter, sein Gesicht wurde zum zweiten Mal innerhalb der letzten Stunde knallrot, und er sah sie regungslos an, als sei sie ein Wesen von einem fremden Stern. Seine wasserblauen Augen wanderten unsicher über ihr zitronengelbes Kleid. Sie genoß seine taxierenden Blicke, sie spürte, daß sie ihn an der Angel hatte.

»Das ist nett, danke«, nuschelte er und drehte sich ruckartig um. Paul spürte, daß er sich falsch verhalten hatte. Ihre Miene gefror. Der Kies knirschte unter ihren Sohlen. ›Du Idiot‹, sagte er zu sich selbst. Günthers Fuß traf ihn knapp unter dem Knie.

»Wollt ihr nicht noch bleiben?« fragte Günther die Mädchen.

»Warum? Um zu sehen, wie ihr in die Büsche kotzt?« spottete Hilde.

Paul holte tief Luft und wandte sich um. Er ergriff ihren gebräunten Arm, der sich fest und zart anfühlte. Ihm war, als ob ihr Geruch, nach Mandeln und Orangen, in seinem Gehirn explodierte.

»Hilde ...«, begann er.

»Ja ...?« unterbrach sie ihn forsch. Prompt ärgerte sie sich über sich selbst. Denn Pauls bittender Blick tat ihr gut. Endlich. Die nächste Sekunde erschien ihr wie eine Ewigkeit: Der Lärm verstummte, die anderen Jungen rückten weit fort, wurden unscharf – es gab nur noch Paul und sie. Im Zentrum der Welt, alles drehte sich um sie, entfernte sich immer mehr. Sie meinte seinen Herzschlag durch seine Hand zu spüren.

»Was hältst du davon, wenn wir mal spazierengehen? Ich könnte dir auch etwas vortragen. Natürlich nur, wenn du magst«, sagte Paul mit bestimmter Stimme. Der Schmerz in seinem Knie half ihm, seine Schüchternheit zu überwinden. Hilde nickte überrascht.

»Ja, ja, natürlich. Gerne. Ruf mich doch einfach an, wenn du magst.«

»Würdest du dich denn freuen?« wollte Paul wissen. Unwillkürlich verstärkte er den Druck seiner Hand, so als ob sie für immer ein Teil von ihm sein sollte.

»Du tust mir weh.« Sie befreite sich von seiner Hand.

»Das wollte ich nicht«, entschuldigte er sich rasch.

»Ruf mich halt an«, gab sie knapp zurück. Schwungvoll drehte sie sich herum, hakte sich bei ihrer Freundin unter und ließ den Wohnungsschlüssel klimpernd wie eine Trophäe um ihren Zeigefinger kreisen. Günther stieß Paul ein weiteres Mal unter dem Tisch an und schob grinsend den Daumen zwischen Zeige- und Mittelfinger durch.

*

Am 30. Juni machte Elisabeth Krantz, Pauls Mutter, folgende Aussage: Mein Sohn Paul ist der älteste von meinen vier Kindern. Er hat in der Erziehung keinerlei Schwierigkeiten gemacht, ich bin bis vor kurzer Zeit seine Vertraute gewesen. Bis zum 6. Lebensjahr war er bei meinen Eltern, dann kam er zu uns zurück und besuchte die Gemeindeschule in Berlin-Mariendorf. Sein Lehrer Kneisel und Rektor Janitz waren besonders zufrieden mit ihm. Im Alter von 12 Jahren bekam er als begabter Schüler eine Freistelle im Gymnasium Mariendorf. Auch dort ging es ihm zunächst gut, Schwierigkeiten stellten sich nach einem Lehrerwechsel im Mathematikunterricht ein. Ostern sollte er sein Abitur machen.

Da wir in sehr schlichten häuslichen Verhältnissen leben, versuchte Paul uns durch Nachhilfestunden zu unterstützen. Er gab das verdiente Geld zunächst pünktlich ab. Bald aber fing er an, in Gesellschaft von Söhnen reicher Eltern Vergnügungen zu besuchen und mehr Geld auszugeben. Auch neigte er zum Trinken, gelegentlich prahlte er damit, daß er die anderen unter den Tisch trinken könne. Nebenbei beschäftigte er sich sehr viel mit Dichten und Schriftstellerei. Vor zwei Jahren verliebte er sich in ein junges Mädchen. Nach einem Jahr wendete sie sich von ihm ab und ging mit seinem Freund. Dieses Erlebnis hat ihn tief erschüttert. Er hatte sein seelisches Gleichgewicht vollkommen verloren, außerdem litt er sehr unter unseren engen Verhältnissen. Im Herbst 1926 ging er heimlich mit einem Freund nach München. Er hatte offenbar keine schlechten Absichten, sondern wollte durch eigene Kraft es zu etwas bringen. Schulfreunde wußten von dem Tun und haben ihn offenbar in phantastischer Weise in seinen

Plänen unterstützt. Wir haben ihm damals Reisegeld zur Rückkehr geschickt, er ist wieder in die Schule gegangen und hat sich zunächst durchaus gut geführt. Damals hat er sich sehr viel sportlich betätigt. Aber er blieb auch abends länger weg, er war wieder in dem alten Kreis der jungen, gutsituierten Leute.

Günther Scheller war mit ihm in einer Klasse. Die Beziehungen zu ihm haben sich erst in der letzten Zeit intimer gestaltet. Allerdings sollte Paul schon im vorigen Jahr mit Günther Scheller nach Mahlow in das Landhaus der Familie Scheller ziehen. Wir erlaubten es jedoch nicht. Dieses Mal wollte ich nachgeben. Paul kam fast täglich, um sich Frühstück zu holen. Vor Pfingsten erklärte er mir, daß er sich von der Familie Scheller zurückziehen wolle, etwas passe ihm da nicht. Schellers seien komische Leute. Ich wollte Paul gern wieder ins Haus zurückhaben, etwas in seinem Wesen gefiel mir nicht. War ich bis dahin der Meinung gewesen, daß er sich in geschlechtlicher Beziehung absolut sauber hielt, kam er mir nun nicht mehr unbefangen vor. Ich sagte ihm das auch eines Tages, und er erwiderte nur: »Meinst du?«

Auffällig war auch, daß die Schwester, Hilde, seine Hemden gewaschen hat. Um den 26. Juni herum fand ich in seinem Bett unter der Matratze ein Hemd von ihm, das er wohl kurz zuvor gewechselt hatte. Das Hemd zeigte Spuren einer klebrigen Masse, die ich für Samen hielt, und ich hatte den Eindruck, daß sich jemand, ich nehme an, das Mädchen, mit dem er zusammen war, damit abgewischt hat. Fast vermute ich, daß Paul Umgang mit Ellinor gehabt hat, ich schließe das aus ihrem Verhalten zu Paul. Sie versuchte wiederholt, ihn zu sprechen bzw. ihn durch Karowski, einen gemeinsamen Freund, zu erreichen. Ob er mit Hilde Verkehr gehabt hat, weiß ich nicht, nehme es aber an, zumal sie seine Wäsche gewaschen hat. Auch haben Kameraden mir davon erzählt. An meinem Geburtstag war Paul mit Günther da. Er blieb nicht, obwohl er es versprochen hatte, versprach aber, bald wiederzukommen. Auch das tat er nicht.

*

»Paul, Sie haben den besten Aufsatz geschrieben. Ich möchte Ihnen gratulieren. Sie wissen, daß ich Sie für einen sehr begabten Schüler halte!«

Dr. Gladow, seit vier Jahren Klassenlehrer der Oberprima, musterte seine 27 Schüler, die vor ihm in ihren Schulbänken saßen. Er las Neugier, Langeweile, Verdruß und auch Respektlosigkeit in den Gesichtern, deren kindliche Züge zusehends entschlossenen, erwachsenen Charaktermerkmalen wichen.

Er hob Pauls Heft hoch und schwenkte es herum.

»Daran sollten Sie sich ein Beispiel nehmen, meine Herren. Brillante Disposition. Einleitung, Hauptteil, Schluß, hervorragend, einfach hervorragend!«

Mit kurzen Schritten trat er vor Pauls Tisch, dessen zweiter Stuhl frei war.

»Ist Günther schon wieder krank?«

Dr. Gladow verschränkte die Hände hinter dem Rücken und heftete den Blick an die Augen des Schülers, um zu erkennen, ob der die Wahrheit sprach. Paul hielt ihm stand, ohne das kleinste Zucken eines Lides. Er lehnte sich zurück. Im letzten Jahr noch wäre es eine Provokation gewesen, sitzen zu bleiben, nicht aufzuspringen, aber ihr Klassenlehrer hatte es ihnen überraschenderweise eines Morgens gestattet. Manchmal fühlte sich Ernst Gladow wie der Anführer eines Wolfsrudels – noch konnte er seine Position behaupten, aber er spürte, und die Schüler spürten es auch, daß seine Stellung als Leittier zusehends ins Wanken geriet.

»Ihm steckt die Grippe in den Knochen, Herr Doktor«, log Paul mit seinem unschuldigsten Gesicht, »ich werde ihm aber heute nachmittag die Schulaufgaben bringen. Günther hat mich darum gebeten.«

»BRINGEN! Aber nicht MACHEN, Krantz! Sie wissen, daß wir bald die Beurteilungen schreiben, in denen wir entscheiden, wer zum Abitur zugelassen wird. Wenn Günther sich nicht ranhält ...« Sein Blick, verstärkt durch die beiden kreisrunden Brillengläser, wanderte drohend über die Schüler, um ihnen den Ernst ihrer Lage vor Augen zu führen. »Das gilt auch für einige der Herren, die sich anscheinend lieber mit Damen amüsieren, anstatt für ihr Fortkommen zu lernen!«

Die Primaner ächzten im Chor. Die »Damen« waren ihre Privatangelegenheit, in die sich ihr Lehrer nicht einzumischen hatte. In acht Monaten würden sie die Schule das letzte Mal betreten – langsam entwuchsen sie dem Lehrbetrieb.

»Stöhnen Sie nicht, meine Herren. Sie haben allen Grund, sich zusammenzunehmen. Man kann nämlich auch wegen mangelnder sittlicher Reife das Ziel der Klasse verfehlen. Wir werden keine unfertigen Menschen in diese Welt entlassen, die uns die Aufgabe übertragen hat, Sie zu erziehen.«

Steif und aufmerksam stand Dr. Gladow vor seiner Klasse. Die Brust nach vorne geschoben, die breiten Schultern Angriffslust signalisierend, der Hemdkragen, Modell Vatermörder, spitz nach oben abstehend. Die dunkle Krawatte, zu einem breiten Knoten gebunden, steckte in einem Pullunder mit V-Ausschnitt. Er galt als fortschrittlicher Lehrer, aber auch als Vertreter einer Ordnung, die den Schülern im Genick saß. Er legte das Heft auf die blank gescheuerte Schulbank und beugte sich zu Paul herunter, seine Stimme sank auf ein leises Tremolo herab.

»Haben Sie immer noch keinen Tisch zu Hause? Ihre Unterlagen ...«

Paul zuckte mit den Schultern. Er wußte, was Dr. Gladow meinte. Die Seiten seiner Hefte waren voller Flecke und fettiger Fingerabdrücke. Er besaß keinen eigenen Arbeitstisch, ihm blieb ein schmales, verbogenes Fensterbrett oder eine Ecke des wackeligen Küchentisches, und seine drei jüngeren Geschwister trugen auch nicht dazu bei, daß er sich in angemessener Form seinen Aufgaben widmen konnte. »Für etwas Ordnung könnten Sie schon sorgen, Paul. Mit genialer Veranlagung allein ist es nicht getan. Fleiß und Ausdauer gehören nun mal dazu. Auch Ihre Bummeligkeit, Ihr mangelndes Interesse an den Naturwissenschaften und an der Mathematik – ich würde mir wünschen, daß Sie da noch an sich arbeiten!«

Trotz aller Strenge gehörte Dr. Gladow zu den wenigen Lehrern, die von den Schülern respektiert wurden und zu denen sie ein gewisses Vertrauen hatten. Er hatte sich stets um Pauls Integration in die Klasse bemüht, denn es waren nicht nur die Schüler, die sich für etwas »Besseres« hielten. Auch die Lehrer versicherten sich gern der Sympathien bei den Schülern, die aus begüterten Familien stammten.

Sein letzter Satz, »Und Ihre Fingernägel könnten Sie sich mal schrubben!«, ging zu Pauls Erleichterung in dem Schrillen der Glocke unter. Nachdem Dr. Gladow die Klasse verlassen hatte, machte sich aufgestaute Unruhe breit – Stühle wurden gerückt, Papiere raschelten, Bücher wurden zugeschlagen, kleine Grüppchen bildeten sich, und zotige Sprüche flogen durch den Raum. Paul steckte das Deutschheft in die Schultasche. Fritz sank behäbig auf den Platz neben Paul. Er hielt Sport für eine unangenehme Betätigung, beim 3000-Meter-Lauf gab er schon nach einem Drittel auf, seine ganze Liebe galt dem Freihandzeichnen, in dem er es schon zu beachtlichen Ergebnissen gebracht hatte.

»Ist Günther wieder unterwegs?« fragte er leise, aber laut genug, daß es die Umstehenden hören konnten. In der Klasse ging das Gerücht um, daß Günther mit einem reichen Freund, einem Homosexuellen, Reisen in andere Städte unternahm. Großspurig hatte er davon erzählt – auch geprahlt mit den sexuellen Ausschweifungen, die er erlebt habe. Paul, der Günther diese Geschichten nicht recht glaubte, zuckte nur mit den Schultern, woraufhin Fritz das Thema wechselte. Er klappte sein Heft auf.

»Mensch, Paul, kannst du mir das noch mal erklären? Mir geht diese Schreiberei einfach nicht von den Fingern.«

»Die Disposition, das ist des Doktors Heiligtum, Fritz. Schau her. Ich schreibe erst den Aufsatz, dann die Disposition.« Paul lächelte, zog sich das Heft heran, schlug es auf und skizzierte mit ein paar Worten das, was er meinte.

»Der Doktor denkt natürlich, ich hätte es von Anfang an sauber durchdacht. Einleitung, Hauptteil, Schluß. Ordnung und Systematik«, imitierte er seinen Klassenlehrer, »die Grundpfeiler unseres Vaterlandes, nicht wahr, Karowski?«

Fritz beeilte sich, Stichworte aus Pauls Aufsatz zu übertragen. Sein Füller flog über das Papier.

»Fabelhaft, Paul. Werde mich revanchieren. Kenne da eine Braut ...« Seine freie Hand malte ausladende Kurven in die Luft, die Umstehenden lachten, nur Paul stützte seinen Kopf ab und sah melancholisch zum Fenster hinaus. Das Klassenzimmer befand sich im zweiten Stock, unten auf dem Pausenhof tobten die jüngeren Schüler herum. Es war ein warmer Tag im Juni, grün platzten die Blätter aus den Zweigen hervor. Aber vielleicht war es gerade das, was Paul so nachdenklich stimmte.

»Was plagt dich, Paul?« fragte Fritz.

»Keiner versteht uns«, sprach er mehr zu sich selbst als zu seinem Freund, »nicht die Eltern, nicht die Lehrer. Waren die denn selber nicht auch einmal jung? Kennen sie nicht die Macht, mit der die Gefühle sich ihren Weg suchen? Die Ausschließlichkeit unseres Wollens?«

»Der Dichter spricht ...«, unkte Fritz. »Welches Drängen meinst du? Dieses Gefühl, das ich habe, wenn ein Mädchen meinen Weg kreuzt?«

»Ach, Fritz. Wenn es so einfach wäre. Wenn sich das Begehren so einfach stillen ließe ... Nein, sie gehen nicht auf uns ein. Sie sind nur daran interessiert, uns den Lehrstoff einzupauken. Was uns bewegt, was wir fühlen, das ist ihnen egal. Dabei unterscheiden doch seine Gefühle den Menschen vom Tier.«

»Unsere Jule meint, ich täte es wie ein Tier!« sagte Fritz und legte sein pausbäckiges Gesicht in verschmitzte Falten. Er war einer der ältesten Jungen in der Klasse und wurde bereits in einem halben Jahr zwanzig. Paul versetzte ihm einen Nasenstüber, sein Kummer aber war verflogen. Fritz' Stellung in der Klasse war unangefochten. Er war technisch begabt, er wollte Ingenieur werden und Staudämme in Afrika bauen. Seine Eltern besaßen ein florierendes Fuhrgeschäft, er war das einzige Kind, und er erzählte gerne von seinen intimen Erlebnissen mit dem jungen Dienstmädchen, das seit kurzem bei ihnen arbeitete. Sicher schnitt er manchmal ein bißchen auf, vor allem, wenn er auf seine Heldentaten zu sprechen kam. Paul jedoch, dessen sexuelle Erfahrungen sich auf einige Küsse und ein paar ungeschickte Handgriffe beschränkten, folgte stets gebannt seinen Ausführungen.

»Weißt du, was Günther macht?« Fritz legte ihm den Arm auf die Schulter, als sie die Klasse verließen. »Erinnerst du dich an die Blonde aus dem Biergarten? Ich glaube, er versucht sie mit seiner Begeisterung für Friedhöfe anzustecken. Aber sag ihm nicht, daß ich es dir erzählt habe. Ich habe ihm versprochen, nichts zu verraten. Er ist ja ziemlich eigen in diesen Dingen.«

Nur ein paar Schüler standen auf dem hellen, langen Flur herum, dessen Wände bis in eine Höhe von 120 Zentimetern mit braunen, lasierten Kacheln gefliest waren. Jeder Flur beherbergte sechs Klassenzimmer, die wie Perlen aneinandergereiht waren. Rennen war verboten, lautes Reden, Schreien oder etwa Rutschen auch. Es roch nach Linoleum und Schmierseife.

Paul und Fritz lehnten an einem Pfeiler. Max Barnick gesellte sich zu ihnen, aber erst nachdem er sich vergewissert hatte, daß sein heimliches Vorbild, Friedrich Rende, der Klassenbeste, davongeeilt war. Als er sich unbeobachtet fühlte, stieß er Paul unauffällig an. Der fischte zwei Päckchen Zigaretten hervor und schob sie Max zu.

Mit den Zigaretten, die Paul öfters mit sich führte, hatte es etwas Besonderes auf sich. Seine Eltern vermieteten ihre »gute Stube« an ein Mädchen, das einen lockeren Umgang pflegte. Außerdem arbeitete sie in einer Zigarettenfabrik, bezahlte mit geschmuggelter Ware Pauls Eltern, und er und seine Geschwister brachten die »Sore« an den Mann. Er lernte schnell, manches abzuzweigen.

Günther Dylla und Ernst Otto, die Turnasse der Klasse, verharrten einen Moment bei den dreien, als sie aber merkten, daß sie nicht willkommen waren, zogen sie wieder ab. Das durchdringende Klingeln zur nächsten Stunde überhörten die Zurückgebliebenen gelassen – sie hatten eine Freistunde. Obwohl es verboten war, sich dann auf den Gängen aufzuhalten, machte keiner von ihnen Anstalten, den Platz zu räumen. Auch nicht, als die Gestalt ihres Rektors am Ende des Flures auftauchte. Er warf ihnen einen mißtrauischen Blick zu, bevor er sich aber um sie kümmern konnte, wurde seine Aufmerksamkeit in Beschlag genommen.

Dr. Heinrich Burhenne, Professor aus Marburg, war bereits 1917 zum Schulleiter ernannt worden, hatte den Dienst aber wegen seiner Einberufung zum Militär erst ein gutes Jahr später angetreten. Er war ein prinzipienfester, asketischer Mann mit Brille und einem gepflegten, nach oben strebenden Schnäuzer – seine Wutausbrüche waren ebenso gefürchtet, wie seine Schwäche für Süßes bekannt war. Mit einer tiefen Verbeugung hielt er einer Frau die Tür auf. Sie dankte ihm mit einen knappen Nicken. Die Jungen stießen sich an.

»Sieh an. Der geile Knacker! Aber was hat das Weibsbild bei uns zu suchen?«

Die drei, Hände in den Taschen, musterten gelangweilt die Person, die mit hocherhobenem Kopf und kurzen, trippelnden Schritten auf sie zu stolzierte.

»Da schlag' eena lang hin«, schnarrte Fritz in bestem Berlinerisch.

»Die hat ein Kreuz wie ein Möbelpacker«, sagte Max in

einer Lautstärke, die Paul veranlaßte, ihm den Arm in die Seite zu rammen.

»Döskopp, was soll das?« beschwerte sich Max.

»Spricht so ein Kavalier?« erwiderte Paul ironisch.

Die Dame stolperte und fluchte ganz und gar unweiblich. Sie trug schwarze, halbhohe, geschnürte Stiefeletten, ein zweiteiliges Kostüm, das aus einem Rock und einer taillierten Jacke aus grauem Wollstoff bestand, in den zarte gelbe und braune Fäden eingewirkt waren. Die marineblaue Bluse war hochgeschlossen, eine Bernsteinkette schlenkerte unternehmungslustig vor ihrer Brust. Ihren Kopf krönte ein kecker Strohhut mit einem Samtband. Blonde Haare lockten sich über den wohlgeformten Schultern. Mit ihrer linken Hand ließ sie eine große Tasche kreisen. Unwillkürlich wichen die drei Jungen zurück. Die Lippen der Frau strahlten in einem dunklen Kirschrot; überhaupt hatte sie zuviel Schminke aufgelegt. Die Absätze hallten in dem kahlen Gang wieder, als sie selbstsicher auf die Gruppe zuhielt.

»Fritz, hast du nicht bezahlt?« zischte Max.

»Ich kann mich nicht erinnern ...«, brummte Fritz ratlos.

Paul wurde seiner Überraschung als erster Herr. Er verbeugte sich tief.

»Zu Diensten, Gnädigste!«

Fritz, sonst nie um einen Scherz verlegen, klappte die Kinnlade nach unten.

»So ... so eine ... so eine Ferkelei«, brachte er stotternd hervor, »da bleibt mir doch glatt die Spucke wech!«

Die Dame lächelte. Ihr geschminkter Mund bekam einen diabolischen Zug. Schwungvoll hieb sie dem überraschten Fritz die Tasche vor die Brust.

»Dummheit is ooch 'ne Gabe Gottes, aber man muß se nich mißbrauchen!« sagte sie höhnisch mit grabestiefer Stimme und rückte ihren Busen zurecht. Max starrte fassungslos in das Gesicht von Günther, das unter der dicken Puder- und Rougeschicht verschwand. Er nahm seine Brille ab und putzte sie nervös.

»Ich bringe die Entschuldigung für meinen lieben Sohn«, lispelte Günther, »der Arme hat die sizilianische Grippe und kann sich nicht rühren. Schwerste Bettruhe hat ihm der Arzt verordnet. Bitte!«

Mit spitzen Fingern fischte er ein Kuvert aus seiner Tasche und reichte es Paul. Der öffnete es, schlug den Brief auf, überflog die Zeilen, die sich auf dem Geschäftspapier von Otto Scheller befanden, und studierte die Unterschrift.

»Ich fasse es nicht ...«, stammelte Max ungläubig.

»Geh mal auf den Kudamm. Da gehört das bald zum Alltag«, riet ihm Günther, während er auf Pauls Reaktion wartete.

»Dein Vater hätte es nicht besser gekonnt«, sagte Paul anerkennend und verschloß den Umschlag sorgfältig.

»Hast du keine Angst, daß man dich erkennt?« fragte Fritz.

Günthers Eskapaden, seine »dunklen Seiten«, beeindruckten ihn zwar, schreckten ihn aber auch ab. Es war nicht ungefährlich, Entschuldigungen zu fälschen. Schulische Verfehlungen wurden entweder mit Prügeln geahndet oder mit dem gefürchteteren Arrest. Arrest bedeutete einen blauen Brief nach Hause und dortige Sanktionen. Also verlegten sich geschickte Schüler darauf, den Brief abzufangen und die Unterschrift, oder sogar beide, wenn das verlangt wurde, zu fälschen. Flog der Schwindel auf, drohte der Verweis von der Schule.

»Die Angst ist mein bester Freund«, dozierte Günther überlegen, seinen Erfolg auskostend, »das Leben wartet auf uns. Die Schönheit, die Kunst, die Literatur. Draußen, nicht hier in diesen muffigen Fluren.« Er blickte über seine Schulter zurück, hob ein Bein und massierte seine Wade. »Den Blick von Burhenne werde ich mein Leben nicht vergessen.«

Er schob sich zwischen den dreien durch. Wie selbstverständlich folgten alle ihm. So unberechenbar er in seinem

Verhalten war, so gewiß gab er den Ton in einer Gruppe an. Paul hatte schon öfter erlebt, daß Günther geschminkt in die Schule gekommen war. Den Lehrern hatte er erzählt, daß er von einem Maskenfest käme und keine Zeit gefunden habe, sich abzuschminken. Die Verständnislosigkeit seiner Mitschüler hatte ihn nur in seinem Verhalten bestärkt. Einmal hatte er sich sogar die Augenbrauen abrasiert.

Nachdem sie sich vergewissert hatten, daß keine anderen Schüler in der Toilette waren, blockierten sie die Tür mit einem Besen. Max verteilte großzügig die soeben von Paul erstandenen Zigaretten, Fritz zündete sie an und öffnete eines der kleinen Milchglasfenster, so daß sie über die Straße hinweg auf die kleine Laubenkolonie sehen konnten. Günther, der es nicht mehr aushielt in dem ungewohnten Kostüm, verschwand hinter einer der Holztüren.

»Habe ich euch schon von Grete erzählt?« fragte er durch die Tür.

»Nein, aber das wirst du jetzt sicher tun!« sagte Fritz und blies Rauchringe in die Luft. Er vergewisserte sich mit einem Blick, daß kein Lehrer von der Straße hochsah.

Patrouillengänge waren Pflicht, die Lehrer kannten ihre Pappenheimer und waren immer für eine Überraschung gut.

»Grete findet Schule blöd. Wir haben uns auf dem Grab eines Fliegermajors geküßt. Verdammt noch mal, ist das eine Quälerei. Wie halten die Frauen das bloß aus? Alles beißt und zwickt!« Es gab einen Schlag in der Toilette, so als ob er umgefallen wäre. »Habt ihr mal einen Glimmstengel?«

»Und?« fragte Fritz.

»Was und?«

»Vollzug?«

Krachend flog die Tür auf. Günther trug wieder seinen grauen Anzug und ein weißes Hemd, dessen Kragenenden frech in die Luft standen. Die Schminke in seinem Gesicht war verschmiert, seine Haare hingen ihm über die Ohren.

»Puh, du siehst ja aus wie eine Tunte«, entfuhr es Max. Günther schoß vor und ging ihm an die Gurgel.

»Du Schnorchelphilipp, was willst du denn?«

Max war zu überrascht und zu mutlos, um sich zur Wehr zu setzen. Er wedelte hilflos mit seinen Armen und versuchte Günther zu beruhigen.

»Tut mir leid, tut mir leid.«

»Sag das nie wieder«, drohte Günther giftig, »nie wieder, sonst vergesse ich mich, Mäxchen. Mann, du, wenn ich nicht im Tierschutzverein wäre!«

Er sog heftig an seiner Zigarette, die lässig zwischen seinen Lippen hing, so wie er es in einem Gangsterfilm gesehen hatte.

»Geh hin und such dir einen anderen Knecht! / Der Dichter sollte wohl das höchste Recht, / Das Menschenrecht, das ihm Natur vergönnt, / Um deinetwillen freventlich verscherzen! / Wodurch bewegt er alle Herzen? / Wodurch besiegt er jedes Element?« zitierte Paul stürmisch Verse, die sie gerade im Unterricht besprachen.

»Laßt uns auch so ein Schauspiel geben / Greift nur hinein ins volle Menschenleben! / Ein jeder lebt's, nicht vielen ist's bekannt, / Und wo ihr's packt, da ist's interessant …«, fiel Günther deklamierend ein, bis Fritz ihn unterbrach.

»In bunten Bildern wenig Klarheit, / Viel Irrtum und ein Fünkchen Wahrheit, / So wird der beste Trank gebraut, / Der alle Welt erquicket und auferbaut …«

Max wollte den Faden weiterspinnen, als plötzlich Dr. Gladows mächtige Stimme aus dem Flur dröhnte:

»Der Worte sind genug gewechselt, / Laßt mich auch endlich Taten sehn! / Indes ihr Komplimente drechselt, / Kann etwas Nützliches geschehen … Wen ich mit einer Zigarette erwische, der schreibt mir den ›Faust‹ ab. Den ganzen!«

Mit einer blitzschnellen Bewegung ließ Max seine glühende Zigarette in der Hosentasche verschwinden. Sechs Augen starrten gebannt auf die Türklinke. Zwar blockierte der Besen die Tür, aber wenn der Doktor darauf bestehen würde, daß sie die Tür öffneten, dann müßten sie, wollten sie keinen Eklat riskieren, seinem Wunsch nachkommen. Er schien ihre Gedanken zu erraten. Nach einem kurzen Moment des Zögerns entfernten sich seine Schritte.

»*Euch ist bekannt, was wir bedürfen, / Wir wollen stark Getränke schlürfen / Nun braut mir unverzüglich dran!*« rezitierte Paul leise. Günther, der die ganze Zeit auf Max' Hosentasche geschaut hatte, lächelte mitfühlend, als er auf die feine Rauchwolke zeigte, die sich an dessen Hüfte emporringelte.

»Gefahr erkannt? Arsch verbrannt?«

»Was?« fragte Max verdutzt, starr vor Schreck.

Paul reagierte am schnellsten. Er erkannte die Möglichkeit, sich Max' auf elegante Art zu entledigen. Er griff nach dem Zinkeimer, der auf dem Boden stand und zur Hälfte mit Wasser gefüllt war – schwungvoll klatschte das kalte Naß in Max' Schoß und auf seine Beine. Der sah sprachlos an sich hinunter. Sein längliches Gesicht wurde noch länger.

»Gefahr gebannt«, tröstete Günther ihn, »nimm's nicht tragisch, Mäxchen. Besser, als wenn deine Männlichkeit ein Opfer der Flammen geworden wäre. Es sieht ein bißchen so aus, als wenn du, na ja, wie soll ich es sagen?«

Er legte seinem Klassenkameraden, dem vor Wut und Scham die Tränen in den Augen standen, beide Hände auf die Schultern.

»Möchtest du, daß ich dir mein Kostüm leihe?«

Max schlug schnaubend Günthers Arme zur Seite, riß den Besen von der Tür und stürzte aus der Toilette auf den Gang hinaus.

»Endlich ist er weg, der Angeber. Alte Petze«, brummte Günther und verschloß die Tür erneut. Er langte in die Tasche seines Sakkos, holte ein rotes Büchlein hervor, reichte es Paul und Fritz und wusch sich das Gesicht mit dem Stück Kernseife, das auf dem Waschbecken lag.

Paul durchblätterte das Buch. Die Erregung stieg unerwartet heftig in ihm auf. Es fiel ihm schwer, genau hinzuschauen. Auf den linken Seiten waren Reime mit feiner Tusche niedergeschrieben, rechts präsentierten sich Frauen in einer Offenheit, die ihm die Röte ins Gesicht trieb. Die Direktheit der Bilder stürzte ihn in ungeahnte Verlegenheit. Fritz zeichnete sich durch größere Kennerschaft aus. Sorgsam blätterte er mit angefeuchteten Fingern Seite für Seite um und besah sich die nackten Körper in aller Ausführlichkeit.

»Ich mag es, wenn die Weiber etwas Fleisch auf den Knochen haben. Nicht diese dünnen Hungerhaken, wie sie in Mode sind. Brüste und Arsch. Wie die hier! Vor allem Arsch.«

Er schnalzte mit der Zunge und hielt Paul das Buch näher, als dem lieb war, vor die Nase.

»... an meiner Brust nährst du deine Lust. Zwischen meinen Händen wachsen deine Lenden. Was würde unser Doktor dazu sagen?«

»Kitsch! Setzen! Sechs!« kommentierte Günther.

Paul konzentrierte sich auf die Zeilen neben dem Bild. Die Worte gaben ihm Sicherheit. Jede bedruckte Seite, die ihm spannend erschien, verschlang er. Groschenhefte, Schmutz und Schund, alles war besser als die Wirklichkeit. Er war neugierig, hatte aber Angst, sich vor seinen Kameraden eine Blöße zu geben, und bemühte sich, den Seiten keine besondere Aufmerksamkeit zu schenken. Aber wie von einer geheimnisvollen Kraft wurden seine Blicke immer wieder von den Bildern angezogen. Nichts hätte er lieber getan, als mit dem Büchlein unter seiner Bettdecke zu verschwinden, um sich in die Arme der verheißungsvollen Frauen zu träumen. Er inhalierte den Rauch seiner Zigarette mit halbgeschlossenen Augen.

Günther trocknete sich ab und besah sich selbstverliebt im Spiegel. Mit einem Kamm bändigte er seine langen, kräftigen Haare, bis sie die von ihm gewünschte Position einnahmen.

»Lässig, gell? Hast du ihn dabei?« fragte er das Spiegelbild von Paul, der neben Fritz auf der Heizung saß. Statt einer Antwort stieß Paul abgeklärt mit dem Fuß an seine Schultasche. Fritz sah unwissend und fragend von einem zum anderen. Paul ging in die Knie, zog seine abgewetzte Tasche zwischen seine Füße und öffnete sie.

»Ist die Tür auch zu?«

Günther überprüfte den Sitz des Besens und nickte.

Paul schlug den Lederdeckel zurück und zog einen in ein Stück braunes Sackleinen gewickelten Gegenstand hervor.

Stolz hielt er ihn in der rechten Hand und schlug das Tuch zurück.

Fritz Karowski pfiff anerkennend durch die Zähne.

»Ein doller Otto!«

»Sei vorsichtig, er ist geladen. Zwar gesichert, aber trotzdem!«

Fasziniert blickten die Jungen auf den mattschwarz schimmernden Revolver.

»Sieht aus wie neu, nicht wahr?«

»Hast du schon damit geschossen?« fragte Fritz. Seine Finger glitten ehrfürchtig über das kalte Metall.

»Klar«, sagte Paul.

»Wie viele Kugeln sind im Lauf?« Günther nahm den Revolver und wog ihn prüfend in der Hand. »Ganz schön schwer. Faszinierend die Vorstellung, daß eine kleine Kugel ein Menschenleben beenden kann.«

»Paß bloß auf«, ermahnte ihn Paul, »daß er nicht losgeht. Dann ist es Essig mit unserem Abitur.«

»Mann, wie ich diesen Laden satt habe. Burhenne und Gladow, Matthaei und Falkenstein und wie sie alle heißen!« Günther hob den Revolver hoch und visierte über Kimme und Korn ein Ziel fern des Fensters an.

»Meinst du, da draußen ist es besser?« fragte Fritz, immer auf dem Boden der Tatsachen. »Sieh dir unsere Eltern an. Möchtest du mit ihnen tauschen? Los, gib mal her.«

Er entwand ihm den Revolver, er spürte, wie ein Ruck

durch seinen Körper ging. Er fühlte sich stärker, unangreifbar, verteidigungsbereit, wie ein Mann. Nicht mehr als Schüler zwischen allen Stühlen – drangsaliert von den Lehrern, ausgefragt von den Eltern.

»Siehst du«, meinte Paul, der die Szene genau beobachtet hatte, »die Pistole macht einen neuen Menschen aus dir.«

»Schießt ihr in eurem Klub?« wollte Fritz wissen.

»In welchem Klub?« fragte Günther.

»Ich habe gehört, ihr wäret Mitglieder in einem Klub. In einem ...«

Er kam nicht dazu weiterzureden, Günther unterbrach ihn unwirsch.

»Die Leute schwatzen so viel Blödsinn, was Paul?«

Er zwinkerte ihm zu, nahm Fritz die Waffe weg und ließ sie in seiner Tasche verschwinden. »Den Tod in der Tasche tragen! Sieht man kaum. Jetzt kann mir keiner mehr, und alle können mich mal! Und wenn mir einer krumm kommt, dann ...«

Blitzartig riß Günther den Revolver hervor und zielte auf Fritz, der zurückzuckte.

»Du bist wohl schwach?«

»Vielleicht ist das der einzige Weg, der uns bleibt«, sinnierte Paul, »den Qualen, die uns bevorstehen, zu entfliehen. Uns dieser kalten Welt zu verweigern. Ab jetzt geht es doch eh nur noch abwärts. Das Abitur und dann ...«

Er ließ die letzten Worte unausgesprochen im Raum schweben. Er sah das Bild vor sich: ein gemähtes weites Feld, ein offener Himmel, eine schützende Baumgruppe, darunter sie, ein paar Kugeln, Unsicherheit, Abschiedsschmerz, ein Knall, ein zweiter, ein Körper sackt zur Seite ... ein zerschossener Kopf, Blut und Hautfetzen überall ...

Er bekam Angst. Hatte er denn überhaupt schon gelebt? Gefühlt? Geliebt?

»Macht keinen Blödsinn damit«, beendete Fritz das Thema. »Ich muß los! Hopp, hopp, hopp, ein bißchen schneller die Herren. Kommt ihr zu Röhrchen?«

Röhrchen war der Spitzname von Gustav Rohr, ihrem Turnlehrer, einem athletischen, zähen Mann, der die Turnstunde als eine vorbereitende Lektion für den Militärdienst betrachtete. Gerne stand er in der Mitte seiner Schüler und bellte seine Kommandos. Widerstand überwand er mit seiner Lieblingsparole »Ein gesunder Geist in einem gesunden Körper« und einem straffen Programm aus Kniebeugen, Liegestützen und Tempoläufen. Günther sah treuherzig drein.

»Entschuldigst du mich bitte? Ich bin ja krank!«

»Lauf bloß nicht dem Doktor über den Weg«, sagte Fritz beim Hinausgehen aus der Toilette, »wenn der dich erwischt, läßt er dich den Faust auswendig lernen. Rückwärts.«

»Mir ist es egal, wovon mir schlecht wird«, rief Günther ihm hinterher, als Fritz mit seiner Tasche den Flur entlangtrabte. Paul nahm die Pistole an sich, wickelte sie liebevoll ein und schob sie ganz nach unten in seine Schultasche. Günther zog sich eine Schlägermütze in die Stirn, raffte seine Verkleidung zusammen und schob sich als letzter aus der Toilette hinaus.

»Wie sieht es denn heute nachmittag aus? Bißchen dichten?« schlug Paul vor.

»Gedichtet wird um drei / nach dem heißen Brei / geschwoft wird dann um acht / bald legen wir die Mädchen flach!« skandierte Günther. »Drei ist geritzt. Südende. Und nicht vergessen, heute abend wird geschwoft. Um achte. In der Aula des Mädchenlyzeums.«

Südende hieß die S-Bahn-Station, die ein beliebter Treffpunkt war, um von dort aus weitere Unternehmungen zu starten. Günther gab Paul feierlich die Hand und lächelte.

»Ein Freund, ein wahrer Freund. Verdammt!« Plötzlich verfinsterte sich seine Miene. »Heute ist Mittwoch, oder? Hans Stephan kommt Hilde besuchen. Muß ein Hühnchen mit ihm rupfen! Etwas muß geschehen!«

Seine Züge verschlossen sich, und Paul hatte das Gefühl, als würde er gar nicht mehr existieren. Günther hob seinen

Arm, als würde er noch die Pistole halten, zielte auf ein imaginäres Objekt auf dem Gang, zog den Abzug durch und ließ seinen Arm mit einem Krachen nach oben sausen.

*

Auf Vorladung erklärte der Schüler Fritz Karowski am 4. Juli 1927:

Ich besuche die Oberrealschule Mariendorf in der Oberprima. Ich bin ein Klassenkamerad des Paul Krantz. Wir kennen uns seit 1918, haben die einzelnen Klassen gemeinsam besucht und sind seit zwei Jahren Freunde. Wir haben uns sehr oft über Kunst unterhalten. Seit ungefähr einem Jahr haben wir öfter Billard in einem Restaurant in Mariendorf gespielt. Soviel mir bekannt ist, war Krantz Mitglied des Jungdeutschen Ordens. Ich war es nicht. Unser Gespräch drehte sich natürlich sehr oft auch um Mädchen. In letzter Zeit habe ich verschiedentlich aus Krantz herausgehört, daß Hilde Einfluß auf ihn hatte. Ich habe auch ein Gedicht von ihm gelesen, das von einem Mädchen sprach, mit dem nach meiner Ansicht nur Hilde gemeint sein konnte. Wir haben ihren Namen eigentlich nie ausgesprochen. Ich habe dann noch in Krantz' schwarzem Heft ein Gedicht von Hilde gelesen, ungefähr des Inhalts, daß Krantz von der Liebe noch nichts versteht.

Ich habe Hilde im Dezember 1926 kennengelernt. Soviel mir bekannt ist, war zu dieser Zeit eine Bücherausstellung in unserer Schule. Ich habe sie dann abends nach Hause gebracht und sie einige Male geküßt. Später habe ich sie dann noch einmal auf einem Vergnügen im Lyzeum Mariendorf getroffen, habe mit ihr getanzt, sie aber nicht nach Hause gebracht.

Wann ich Günther kennenlernte, weiß ich heute nicht mehr. Es ist möglich, daß er in der Untersekunda zu uns kam. Ich war nie ein Freund von ihm. Ich konnte ihn nicht gut leiden, weil er meiner Ansicht nach sehr aufschnitt. So prahlte er insbesondere, daß er sehr viel Verkehr mit Mädchen in Berlin und Mahlow habe. So zeigte er mir auch einmal eine Fotografie, von der er erklärte, daß er die betreffende Dame im Café »Verona« kennengelernt habe. Ich habe ihm nur teilweise Glauben geschenkt. Eines Tages erklärte mir Günther in der Schule, ich solle, wenn seine Eltern mich fragen sollten, sagen, ich sei mit ihm in Paris gewesen. Nähere Angaben hat er mir hierüber nicht gemacht. Auf Hans Stephan kann ich mich nicht besinnen. Ich weiß nicht, ob ich ihn jemals gesehen habe.

Ich habe durch die Zeitung von dem Brief erfahren, den Paul Krantz an mich gerichtet hat. Ich habe daraus ersehen, daß ich zum Universalerben des Nachlasses von Paul Krantz eingesetzt worden bin. Soweit er mich bezüglich seiner literarischen Arbeiten als Erben einsetzte, halte ich dieses für ernst gemeint. Bezüglich des Nachlasses seiner Kleidungsstücke glaube ich dieses Angebot für eine Ironie halten zu müssen.

Wenn uns vorgehalten wird, daß in dem Brief steht, daß ich in zwei Jahren ihm folgen würde, so muß ich darauf erklären, daß dies ein Scherz ist. Ich habe noch nie daran gedacht, etwas Derartiges zu unternehmen. Wenn mir weiter vorgehalten wird, daß Paul Krantz und ich bei einer Wahrsagerin gewesen sein sollen und daß diese uns unser Ableben gewahrsagt hat, so muß ich entschieden bestreiten, dort gewesen zu sein. Ich habe mir noch von niemandem wahrsagen lassen. Ob Paul Krantz jemals bei einer Wahrsagerin war, weiß ich nicht, erzählt hat er mir nichts darüber.

Als wir in Mahlow waren, habe ich zum ersten Mal gehört, daß Paul im Besitz einer Pistole sei. Gesehen habe ich sie aber zum ersten Mal in der Schule. Woher er sie hatte, habe ich nicht gefragt, er hat es mir auch nicht gesagt.

Während einer Freistunde in der Schule saßen Paul, Scheller und ich auf einer Bank in den Anlagen der Schule. Neben uns saß ein Landstreicher. Paul las nun ein Gedicht vor, worauf wir mit dem Landstreicher ins Gespräch kamen. Das Gedicht selbst handelte von dem Leben der Landstreicher. Bei unserer Unterhaltung faßte Scheller den Plan, mit dem Landstreicher auf die Walz zu gehen. Paul und ich waren bei diesem Gespräch nicht dabei, Günther erzählte es uns nachher. Nach diesem Gespräch ist Günther Scheller mit dem Mann nicht mehr zusammengetroffen. Er sprach oft davon und war für dieses Ausrücken Feuer und Flamme. Ein paar Tage später gingen wir drei wieder in den Anlagen der Schule spazieren, Günther Scheller äußerte dabei im Laufe eines Gesprächs, es müsse sehr schön sein, im Rausch zu sterben. Ich habe das als einen Witz aufgefaßt.

Von Ellinor habe ich seinerzeit erfahren, daß Hilde in Hans Stephan verliebt ist. Mir ist aber nicht bekannt, daß Günther auf Hans Stephan wütend war. Kurz vor der Tragödie bin ich mit Ellinor zusammen gewesen. Wir sind spazierengegangen und haben uns geküßt. Unser Zusammensein dauerte gewöhnlich mehrere Stunden. Über die besonderen Verhältnisse im Hause Schellers kann ich nichts angeben, weil ich nie dagewesen bin. Ich habe aber gesprächsweise von Günther erfahren, daß er sich mit seinem Vater nicht gut verstehe.

*

Paul hockte versunken vor der von der Sonne aufgewärmten Ziegelwand der S-Bahn-Station Südende. Sein Tagebuch lag aufgeschlagen auf seinen Knien, sein Bleistift eilte über die Seiten. Über ihm warb ein Plakat mit einer ganz in weiß gekleideten Frau für ein Waschmittel. Die Uhr unter den Holzbalken des Daches zeigte auf zwanzig nach drei. Seine Haare hingen ihm ins Gesicht. Er starrte vor sich hin. Sein ganzes Denken kreiste um Hilde. Er hatte mit ihr telefoniert, sie hatte versprochen, am Abend auf dem Ball ihrer Schule mit ihm zu tanzen. Was zählten da die anderen? Sein Herz schlug wie eine Buschtrommel. Man mußte es ihm doch ansehen. Leuchteten denn nicht seine Augen von innen heraus? Strahlte er nicht wie ein heller Stern? Schließlich war er verliebt!

Mehr, als er es jemals gewesen war. Gerda Müller, mit der

er vor ein paar Wochen gegangen war, war ein nettes Mädchen gewesen, sie hatten sich geküßt, auch damals hatte er sich verliebt gefühlt, aber nun wußte er, daß die Gefühle, die er für Gerda gehabt hatte, ein laues Lüftchen gewesen waren im Vergleich zu dem, was nun in seinem Innersten tobte. Der Gedanke an Hilde schwemmte alles andere fort. Übrig blieben nur die Gefühle, die er für sie empfand. Sie erschien ihm als das Süßeste, das Verlockendste der Welt, als die Erlösung von seinem Schicksal. Er war niemand, der sein Glück hinausschrie in die Welt. Er wollte es mit niemandem teilen, nur mit dem Heft auf seinen Knien – und mit Hilde. Ihre helle Stimme klang in seinen Ohren, ihr unschuldig-wissender Blick ging ihm nicht aus dem Sinn. Wie sie sich aus seinem Griff befreit hatte, entschieden, aber doch zärtlich. Sie mochte ihn, dessen war er sich sicher. Hätte sie sich sonst für den heutigen Abend mit ihm verabredet? Er schloß seine Augen. Sanft und braun leuchtete ihre Haut, eingerahmt von dem zitronengelben Stoff ihres Kleides. Ein zweites Mal explodierte ihr Geruch in seinem Kopf. Er suchte nach Worten für seine tiefsten Gefühle, der Stift flog über das Papier …

»… in deinen Armen will ich liegen / mich leidenschaftlich an dich schmiegen / dich gierig, wild und heiß umfassen / denn niemals kann ich von dir lassen …«

Zwei plappernde Kinder ließen ihn aufsehen. Gerade wollte er sie zurechtweisen, ihn nicht zu stören, als ein Schatten auf sein Heft fiel. Er blinzelte in die schräg stehende Sonne. Ein Junge stand vor ihm, die Hände tief in den Hosentaschen vergraben, die Mütze in die Stirn gezogen, ein zusammengerolltes Handtuch unter dem Arm.

»Du bist spät dran«, sagte Paul, der Günther zu erkennen glaubte, und steckte seinen Bleistift hinter das Ohr, »haben dich deine Ausflüge aufgehalten? Oder hast du's Grete besorgt?«

»Ich hätte es Grete gerne besorgt. Fragt sich nur, welcher. Bist du blind geworden, Paul? Ich bin's, Hans!«

Er ging in die Knie und blickte neugierig in Pauls Tagebuch.

»Was schreibst'n da? Liebesbriefe?«

»Das geht dich gar nichts an«, erwiderte Paul und schlug rasch das Buch zu. »Mußt du nicht arbeiten?«

»Och, mein Chef ist in den großen Kochtopf gefallen, und da dachte ich, ich gehe schwimmen«, sagte Hans gedehnt und blickte wie unabsichtlich einem schwingenden Rock hinterher, der an ihnen vorbeizog, »Mädels gucken, sie von ihrem Glück überzeugen und so.«

»Du bist ihr Glück, was?« höhnte Paul. »Bei dem Ruf, den du hast ...«

»Was habe ich für einen Ruf?« fragte Hans. Er wollte von Paul hören, was er selber von sich dachte. Daß er ein »toller Hecht« sei, einer, der den Mädchen zeigte, wo es langging. Es war ein offenes Geheimnis, daß er, bevor er seine Lehre angefangen hatte, von mehreren Schulen geflogen war, weil er sich Übergriffe auf Mädchen erlaubt hatte.

»Sieh lieber zu, daß du wegkommst«, erwiderte Paul statt einer Antwort. »Günther ist nicht gut auf dich zu sprechen. Er kann jeden Moment kommen.«

»Na und? Vor der ollen Tante hab' ich keine Angst«, sagte Hans und klopfte mit den Fingern auf das schwarze Buch auf Pauls Knien. »Kannst du nicht mal was für mich schreiben? Du gehst so geschickt mit den Worten um. Die Mädchen mögen das. Ich könnte dich an der Front weiterempfehlen!«

Paul sah ihn schweigend und mißtrauisch an. Zu gut waren ihm Günthers Worte im Gedächtnis haftengeblieben. Hans zwinkerte vertrauenserweckend. Es fiel ihm schwer, seine Neugier hinter seiner oberflächlichen Freundlichkeit zu verbergen.

»Laß mich mal lesen.«

Unvermittelt grabschte er nach dem schwarzen Heft. Paul schlug ihm, ohne zu zögern, auf die Finger. Niemandem würde er erlauben, in dem Buch zu lesen, dem er seine geheimsten Geheimnisse anvertraute, das ihm in den letzten Jahren zum besten Begleiter geworden war, mit dem er seine Sorgen teilte und das ihm half, sich über seine Gefühle klarzuwerden. Nur Hilde vielleicht, ihr würde er etwas vorlesen.

»Wat denn? Haste Angst, Paulchen?« stichelte Hans. »Ich denke, Schriftsteller schreiben für andere und nicht für sich?«

»Was geht dich das an?«

»Du schreibst für ein Mädchen, was?« Er blieb hartnäckig.

»Pffft.«

Paul blickte nach links und nach rechts, ob Günther nicht irgendwo zu sehen war. Es ging bereits auf halb vier zu. Er beschloß, noch fünf Minuten zu warten.

»Laß mich raten!« Hans machte ein nachdenkliches Gesicht, schob seinen vollen Mund an Pauls Ohr heran und flüsterte: »Du schreibst was an Hilde, stimmt's?«

Er sah sich um, weil er schnelle Schritte gehört hatte, aber es war nur ein Schornsteinfeger, der vorbeieilte.

»Na, ich kann's ja zu gut verstehen«, murmelte er halblaut vor sich hin, »sie hat so eine Art, daß einem schnell was in der Hose hochgeht.«

Er lachte leise über seinen gelungenen Witz. Plötzlich erstarrte er. Eine blitzende Messerklinge richtete sich auf seine Brust. Paul sah ihn glühend an, Hans wich unwillkürlich an die Wand zurück, das Taschenmesser kratzte an seiner Haut.

»Du bist wohl von 'n Affen jebissen«, stieß Hans hervor, »nimm das Ding da weg!«

Paul ließ die Klinge spielerisch hin und her schwingen und hob den Stoff des Hemdes mit der Spitze an. Hans' Augen weiteten sich panisch. Ihn packte die Angst vor dem entschlossenen Ausdruck in Pauls Gesicht.

»Mensch, Paul. Mach keinen Scheiß. Was kann ich dafür? Hilde hat mich angerufen und sich mit mir verabredet … Ich habe sie doch auch gern …«

»Wenn du das noch einmal sagst«, sagte Paul mit sonorer Stimme, »steche ich dich ab wie eine Sau.«

Hans drückte sich zitternd mit dem Rücken an die Wand. Seine Mütze saß schief über den leicht abstehenden Ohren, sein ganzer Wagemut war verschwunden. Paul verspürte eine tiefe Genugtuung. Geschickt klappte er das Messer zusammen. Hans schob sich an der Wand nach oben. Er schnappte nach Luft. Paul sah ihn unverwandt an. Hans wich zurück und riß sein Hemd auf. Ein dunkelroter Tropfen hing an seiner Brust.

»Ich ... ich blute. Du spinnst wohl ...«, stammelte er, trat noch einen Schritt zurück, wischte sich den Tropfen ab und besah ihn sich sprachlos.

»Mach deinen Mund zu«, sagte Paul verächtlich, »wär' ja schade um die Fliegen.«

Er schlug sein Tagebuch auf und schrieb da weiter, wo er unterbrochen worden war.

»Wir sprechen uns noch«, zischte Hans und drohte mit der Faust. »Das lasse ich nicht auf mir sitzen! Das nicht! Du ... du ... du ...«

Nach den rechten Worten suchend, wurde er von der Menge, die aus dem Bahnhof quoll, davongespült.

Günther erschien mit dem nächsten Zug. Er erzählte aufgeregt von einem Unfall, der sich direkt vor ihm ereignet hatte. Ein Wagen voller Bierfässer war verunglückt und hatte den Fahrer unter sich begraben. Er schilderte Paul in aller Ausführlichkeit, wie der Mann geschrien hatte, als man ihn unter dem schweren Auto hervorzog, wie das Blut aus seinem Bein schoß und wie die ganze Straße nach Bier roch. Paul wollte jede Einzelheit wissen. Wieder und wieder ließ er sich den Fall schildern, bis Günther die Lust verging.

Paul erwähnte die Begegnung mit Hans mit keinem Wort. Er wollte nicht, daß sich Günther darüber aufregte, denn wenn er jähzornig wurde, vergaß er alles, was er sich vorgenommen hatte. Nichts wäre schlimmer, als wenn Hilde womöglich am Abend nicht zu dem Ball erscheinen würde. Sie gingen ein Stück zu Fuß, bis sie an ein einsames Waldstück zwischen Mariendorf und Steglitz kamen.

»Hier ist es gut«, sagte Günther, warf sich auf den trockenen Waldboden, streckte sich aus und blickte zufrieden in den Himmel, dessen Blau ihm an diesem Tag besonders weich und zärtlich vorkam, »hier sind wir frei. Frei, wir selbst zu sein. Nichts und niemand steht zwischen uns und der Ewigkeit. Hier können wir tun und lassen, was wir wollen.«

»Zehn Patronen nur. Mehr konnte Fred mir nicht geben. Aber den Revolver kann ich erst mal behalten. Fred hat Schiß, daß sein Vater ihn findet!« sagte Paul, ließ sich neben seinem Freund in das Gras sinken und packte behutsam die Pistole aus seiner Schultasche aus.

Beim ersten Schuß riß es ihm den Arm hoch. Dumpf verhallte der Knall zwischen den dürren Kiefern. Die Kugel sirrte ins Blau hinein. Paul visierte die Konservendose, die Günther auf einen Baumstumpf gestellt hatte, ein zweites Mal an, streckte seinen Arm, schloß ein Auge und zielte. Günther lag auf dem Boden, hatte seinen Kopf aufgestützt und spielte mit den restlichen Patronen.

»Willst du nicht Mitglied werden?« fragte er.

»Wobei?« fragte Paul und versuchte Kimme und Korn in Einklang zu bringen.

»In meinem Klub!«

»Und dann?« Paul zog den Zeigefinger durch. Aber auch beim zweiten Mal überraschte ihn die Wucht der Explosion, wieder federte sein Arm nach oben, und die Kugel schlug in ein paar Metern Höhe in einen Baum ein. Ärgerlich steckte er zwei neue Kugeln in das Magazin der Pistole.

»Wir nehmen Rache an Verrätern. Du hast noch drei Schuß. Nebenbuhler werden nicht geduldet. Wir schützen uns gegenseitig wie Verschwörer. Einer ist für den anderen da, um seine Ehre zu verteidigen«, sinnierte Günther und errichtete aus Stöckchen kleine Hindernisse für die Ameisen, die in schmaler Spur vorbeieilten.

Paul hörte ihm wortlos zu. Er konzentrierte sich auf die Konservenbüchse. Er stützte seinen rechten Arm mit dem linken ab und drückte zweimal hintereinander ab. Die Kugeln verschwanden leise pfeifend im Wald. Auch der letzte Versuch verlief nicht erfolgreicher. Enttäuscht ließ er sich neben Günther zu Boden sinken.

»Ich kann wohl besser mit dem Stift umgehen«, sagte er trocken, »wer ist denn noch Mitglied in deinem Klub?«

Günther streckte ihm seine geöffnete Hand entgegen, auf der fünf kupfern glänzende Patronen lagen.

»Wir sind fünf. Fünf Primaner, fünf Männer. Für jeden eine.«

Er lächelte geheimnisvoll, sprang auf, lud die Pistole, nahm sie prüfend in die linke Hand und zielte.

»Du mußt ausatmen, dich konzentrieren, nicht zu lange zögern und dann abdrücken ...«

Dem dumpfen Knall des Schusses folgte ein heller Aufschlag. Eine unsichtbare Kraft riß die Konservendose in die Luft. Paul sah bewundernd zu Günther auf. Der ließ die Pistole sinken und strich seine Haare nach hinten. Paul eilte zu dem Stumpf. Die Kugel hatte die Dose am oberen Ende erwischt und ein Stück Blech herausgerissen. Er stellte sie sorgfältig wieder auf. Günther zielte bereits.

»Genau in die Schläfe«, brüllte er übermütig, »los weg da, du Träumer!«

Er schoß, als sich Paul noch entfernte. Die dritte Kugel erwischte die Dose in der Mitte und durchschlug das Blech auf beiden Seiten. Günther säuberte die Pistole und gab sie Paul zurück, die zwei restlichen Patronen steckte er in die Hosentasche.

Anschließend lagen sie beide behaglich auf dem Rücken auf dem weichen Waldboden und blickten in das lichte Blau, das von einzelnen Zweigen gesäumt wurde. Paul summte die Melodie eines Schlagers, »Warum ist nicht alle Tage Sonntag?‹« und Günther kaute verträumt auf einem Grashalm herum. So lagen sie stumm eine Weile nebeneinander, bis sich Günther herumrollte.

»Gehen wir zum Sechs-Tage-Rennen, Paul?«

»Das kostet wieder so viel Geld. Ich bin knapp dran.«

»Das Leben ist kurz! Denk an die verzerrten Gesichter der Fahrer, wenn sie sprinten, ihre Wadenmuskeln, zum Platzen gespannt, die Menge, wie sie schreit und johlt, Männer, die ihre Hüte in die Luft schmeißen, Mädchen, die hüpfen und schreien ... die Tempomacher ...«, versuchte Günther ihm die Sache schmackhaft zu machen.

»Tempo – was für ein schönes Wort. Tempo, Tempo, Tempo.« Paul ließ sich das Wort auf der Zunge zergehen. »Nur wer schnell schreibt, kommt vorwärts. Wir sausen im Kreis herum. Wir sind die Radfahrer, die die Zeit durchstoßen. Nur die schnellsten überleben!«

»Zerreißen wir den Schleier der Zeit! Ja, du hast recht, Paul. Geben wir Gas! Nutzen wir die Technik, um unser Bewußtsein zu erweitern!« Günther fegte mit einem Schlag die Barriere, die er den Ameisen errichtet hatte, weg.

»Alle reden von der neuen Geschwindigkeit. Den Rädern, den Autos, den Zügen, Lindbergh hat den Atlantik in einem Flugzeug überquert, bald werden das womöglich alle tun. Doch was ist schneller als ein Gedanke oder ein Blitz? Wie verhalten wir uns gegenüber unseren Gefühlen?«

Paul breitete seine Arme aus und lag wie ein Gekreuzigter auf dem Boden.

»Ich kann dir Geld leihen!« sagte Günther großzügig. »Ich bekomme von einer Nachbarin noch zwei Mark, weil ich ihr Radio repariert habe.«

»Ich habe mich mit Hilde für heute abend verabredet. Sie hat mir versprochen, mit mir zu tanzen. Da hast doch nichts dagegen?«

»Quatsch. Nur zu, mein Lieber. Das wird ein Spaß werden ...«, sagte Günther schläfrig und rollte wieder auf den Rücken.

*

Auf Vorladung erklärte der Kaufmann Otto Scheller am 30. Juni:

Mein Sohn Günther wurde am 10. März 1908 zu Schöneberg-Friedenau geboren. Er war körperlich ein gesunder und kräftiger Junge, nur seine Nerven waren nicht besonders stark, was ich zurückführen möchte auf ein Ereignis, welches vor seiner Geburt die Mutter betraf. Meine Frau wurde in der ersten Zeit der Schwangerschaft eines Abends auf der Straße von einem unbekannten Mann angesprochen und im weiteren Verlauf beleidigt. Ich wurde zu Hilfe gerufen, um diese sexuellen Beleidigungen und unsittlichen Anträge zu rächen. Ich habe den Mann mit seinem eigenen Stock verprügelt, woraus sich in weiterer Folge eine Gerichtsverhandlung entwickelte, die das Nervensystem meiner Frau aufs schwerste erschütterte. Die Nervosität meines Sohnes ist wahrscheinlich eine Folge der Erregungszustände meiner Frau. Im dritten Lebensjahr erlitt mein Sohn eine schwere Gehirnerschütterung durch den Sturz von einer Steintreppe. Die ärztliche Behandlung übernahm damals Dr. Freund. Mein Sohn wurde wiederhergestellt. In der Schule war er in den ersten Jahren besonders gut, doch später auf der Realschule sagte mir sein Klassenlehrer, daß er zum Schluß des Unterrichtes regelmäßig in der Aufmerksamkeit nachließ. Um die verschiedenen Lücken in seinem Wissen aufzufüllen, brachte ich ihn auf die Privatschule von Dr. Eckes in Steglitz. Hier machte er nach knapp 1½ Jahren eine Abschlußprüfung und bestand die Aufnahmeprüfung für die Oberrealschule Mariendorf für die Obersekunda in ausgezeichneter Weise. Auch hier war er stets eifrig bestrebt, seinen Verpflichtungen nachzukommen. Die Lehrer stellten ihm für die ganze Zeit ein glänzendes Zeugnis aus.

In letzter Zeit hatte ich Ursache, mich über das Verhalten meines Sohnes zu beunruhigen. Seit Pfingsten kam öfter ein Mitschüler zu uns, der mich in der ersten Zeit durch seine phantastischen Ideen und Gedichte interessierte.

Zu dieser Zeit bat mich mein Sohn, mit diesem Mitschüler, Paul Krantz, allein in meinem Sommerhaus in Mahlow wohnen zu dürfen. Da ich keine Ursache hatte, ihm diesen Wunsch abzuschlagen, ließ ich die beiden draußen hausen, besonders da wir drei Wochen später auch hinauszogen und er dann sowieso eine gewisse Aufsicht gehabt hätte. In dieser Zeit ist mir aufgefallen, daß mein Sohn ein scheues und verstecktes Wesen an den Tag legte und auch jetzt dazu neigte, erst am späten Abend nach Hause zu kommen, während er sonst schon regelmäßig um 9 Uhr ins Bett ging.

Eines Tages überraschte ich Günther und Paul dabei, wie sie in ihrer Stube in Mahlow bei verschiedenen Flaschen Wein saßen und im Übermaß Zigaretten qualmten. Diese Vorkommnisse beunruhigten mich, weil ich derartige Neigungen bei meinem Sohn noch nicht kennengelernt hatte. Trotz meines Verbotes mußte ich in der Folge weitere Exzesse wahrnehmen und konnte auch feststellen, daß der Eifer bei meinem Sohn in der Schule bedeutend nachließ.

Auch die persönlichen Beziehungen mit meinem Sohn trübten sich, er wurde störrisch und führte persönliche Wünsche nur mit Widerwillen aus. So kann ich mich erinnern, daß er im vorigen Jahr, als ich ihn zu einer Gartenarbeit zwang, einen Nervenklaps bekam, der ihn so in Aufregung versetzte, daß er sich übergeben mußte. Am Sonnabend, dem 25. Juni, hatte ich mich entschlossen, zu meiner Frau zu fahren mit der Absicht, am Dienstag abend wieder hier zu sein. Diese Zeit benutzte Günther, mit Paul Krantz zu meiner Steglitzer Wohnung zu fahren und sich dort wieder unter Alkohol zu setzen.

Was die Veranlagung meines Sohnes angeht, bemerke ich, daß mir nie aufgefallen ist, daß er anormale Triebe haben sollte. Im Gegenteil: Er hatte verschiedene Freundinnen, von denen er besonders eine verehrte, Margot Behnke, Tempelhof. Mit dieser verkehrte er bis in die letzte Zeit hinein.

Im vorigen Sommer erzählte mir Günther eines Tages, er hätte die Bekanntschaft eines Herren gemacht, der mit ihm Autofahrten unternehmen wollte und ihn zum Schluß einlud, mit nach Paris zu kommen. Da ich vollkommen arglos war und nur das Interesse und das Fortkommen meines Sohnes im Auge hatte, hatte ich keine Bedenken, die Erlaubnis zu erteilen. Er ist dann auch an einem bestimmten Abend losgefahren, und zwar mit einem Auto, kam aber schon am übernächsten Tage wieder zurück und erzählte mir, er wäre nur bis Düsseldorf gekommen, da ein plötzlich auftretendes Zahngeschwür eine Weiterfahrt unmöglich machte. Er hätte sich bei einem dortigen Zahnarzt in Behandlung begeben müssen und ist dann mit einem Rennauto eines Geschäftsfreundes dieses Herren noch in der Nacht zurückgebracht worden. Er traf gegen 9 Uhr morgens unvermutet bei mir im Büro ein. Durch Zufall erfuhr ich bzw. meine Frau von der Mutter des Hans Stephan, daß dieser Herr Zipser in homosexuellen Kreisen verkehren sollte. Daraufhin verbot ich meinem Sohn sofort den Verkehr mit diesem Herren.

Vor ungefähr zwei Jahren lernte mein Sohn Hans Stephan kennen. Die erste Zeit verkehrte er auch in unserem Hause. Er hatte sich Hilde zugewandt. Ich überraschte Hans Stephan in meiner Wohnung dabei, wie er meine Tochter Hilde küßte. Ich legte Hans Stephan nahe, die Wohnung zu verlassen, was er auch tat. Trotzdem hat Hans Stephan versucht, mit Hilde zusammenzutreffen. Meine Frau und ich kamen eines Abends – es war im vorigen Sommer – von einem Vortrag nach Hause. Wir überraschten Hans Stephan mit Hilde allein in unserer Wohnung. Ich stellte ihn zur Rede, was er hier wolle und wie er dazu komme, trotz meines Verbotes die Wohnung zu betreten. Er entschuldigte sich damit, daß er mir sagte, er wollte Hilde um Verzeihung bitten. Dies faßte ich als Notlüge auf und gab ihm eine Ohrfeige. Darauf verließ er die Wohnung. Später erzählte mir meine Frau, daß sie Hans Stephan verschiedene Male in Steglitz vor unserer Wohnung gesehen hätte, wo er sich durch Signale, die der Hilde galten, bemerkbar machen wollte. Ich nehme an, daß Hilde auch Sympathien für Hans Stephan empfand, doch glaube ich, daß der Verkehr seit dieser Zeit abgebrochen war.

Mir war bekannt, daß sich zwischen Hans Stephan und meinem Sohn Günther eine Feindschaft seit dem vergangenen Jahr gebildet hatte, und zwar deshalb, weil mein Sohn annahm, daß Hans Stephan ihn bei mir wegen der Angelegenheit mit dem Herrn Zipser verraten hatte. Dies erfuhr ich durch die Mutter des Hans Stephan. Als ich meinen Sohn deshalb zur Rede stellte, stritt er jegliche Verfehlung ab und sagte, daß er lediglich deswegen zu dem Herrn gegangen wäre, um Autofahren zu lernen. Jeden intimen Verkehr mit diesem Herren lehnte er entschieden ab. Wie ich hörte, wollte er dem Hans Stephan dafür gelegentlich eins auswischen. Ich nahm diese Äußerung jedoch nicht ernst, besonders da sich die beiden meiner Ansicht nach aus den Augen verloren hatten.

Wie ich noch bemerken möchte, ist Hans Stephan mehrere Male aus der Schule wegen sittlicher Verfehlungen gegenüber Mädchen herausgewiesen worden, und die eigene Mutter erklärte meiner Frau am Telefon – es mag im vergangenen Jahr gewesen sein –: »Ich wollte, mein Sohn Hans wäre tot, dann könnte er mir nicht solche Sorgen machen.«

Mir ist nicht bekannt, daß mein Sohn sich geschminkt und gepudert hat, ferner auch nicht, daß er mal Frauenkleider trug. Durch die Zeitung habe ich erfahren, daß mein Sohn Entschuldigungszettel an die Schule geschrieben hat. Die mir vorgelegten Entschuldigungszettel habe ich nicht unterzeichnet. Ich ersehe aus dem Inhalt und der Schreibweise, daß sie von meinem Sohn Günther stammen. Der mit der Schreibmaschine geschriebene Zettel ist ebenfalls von Günther unterzeichnet. In dem Zettel vom 27. Juni wurde Bezug genommen auf ein Schreiben, das die Schule an mich gesandt hat. Ich habe aber ein solches Schreiben nie erhalten. Ich bin ganz erstaunt, dies zu hören, da ich meinen Sohn stets als einen eifrigen und gewissenhaften Schüler kenne. Ich nehme an, daß er unter dem Einfluß des Paul Krantz gestanden hat.

*

Paul setzte seinen rechten Fuß auf eine Bank und spuckte auf die Schuhspitze. Mit einem Ärmel des Sakkos, das ihm Günther geliehen hatte, polierte er verbissen das alte Leder, um ihm ein wenig Glanz zu entlocken. Durch die Äste des blühenden Forsythienstrauches sah er die Jungen und Mädchen, die gutgelaunt und fein herausgeputzt in die festlich erleuchtete Aula des Mädchenlyzeums in Mariendorf strömten. Er verdoppelte seine Anstrengungen, bis das Geräusch eines reißenden Fadens ihn schlagartig aus seinen Betrachtungen riß. Vorsichtig hob er seinen Arm. Glücklicherweise war nur die Naht unter dem rechten Arm eingerissen. Als er feststellte, daß sich seine Bewegungsfreiheit vergrößert hatte, umschlang er sich selbst und spannte seine Oberarme an. Knirschend riß auch die Naht unter dem linken Arm. Wenn er sich besser gefühlt hätte, hätte er über seinen armseligen Anblick lachen können – wie eine Vogelscheuche kam er sich vor: Seine abgelaufenen Schuhe verschluckten stumpf das Licht der Straßenlampen, die ausgebeulte Hose von Fritz, deren Bügelfalten sich nur noch erahnen ließen, hatte er mit einem Gürtel in der Hüfte zusammengezurrt, sein Hemdkragen war eher grau als weiß, die schwarze Fliege ausgefranst, und das Sakko, dem ein Knopf fehlte, war an den Armen zu kurz und unter den Achseln zu eng. Er sog die Luft tief ein und richtete sich auf. Verheißungsvoll ertönte das klirrende Lachen eines Mädchens. Sie eilte in einem nachtblauen Kleid an Paul vorbei, ohne ihn zu bemerken, ihr folgte Georg Otto mit elastischen Schritten in einem tadellosen Smoking.

Paul fühlte sich sehr klein. War es denn ein Wunder, daß ihm die Mädchen keine Beachtung schenkten bei diesen

Festen? Warum nur hatte er sich von Günther überreden lassen zu kommen? Er hätte ein Buch lesen können, in Ruhe. Er haßte diese Momente, in denen seine Herkunft Schicksal spielte. Dumpf und gequält von seinen eigenen Gedanken, sah er zu Boden. Aber, schoß es ihm durch den Kopf, hatte Hilde nicht versprochen, mit ihm zu tanzen? Hatte sie ihn nicht gebeten zu kommen? War er nicht ebensoviel wert wie seine Kameraden? Er nahm sich vor, das Gedicht an sie später weiterzuschreiben. Er wollte sie nicht enttäuschen.

Paul trat aus dem Busch heraus. Die Mädchen schlenderten betont gleichgültig herum, während die Jungen keine Gelegenheit ausließen, großspurig aufzutrumpfen. Ungelenk machte er ein paar Schritte in das helle Licht.

Fritz kam ihm entgegen und musterte ihn lächelnd von oben bis unten. Sein Anblick verschüchterte Paul noch mehr, als er es ohnehin schon war. Seine Bemühungen waren aussichtslos gewesen. Die Lackschuhe seines Freundes waren auf Hochglanz poliert, der schwarze Frack saß wie angegossen, und das Weiß seines Hemdes blendete Paul förmlich. Zudem hatte Fritz seine Haare, die er sonst offen wie ein Künstler trug, mit Pomade nach hinten gestriegelt. Sein Gesicht glänzte aufgeregt, und seine Augen leuchteten erwartungsvoll.

»Mensch, Paul, wo steckst du denn? Wir suchen dich wie verrückt! Sollen wir alleine unseren Spaß haben?«

»Ich glaube, ich bin nicht in der richtigen Stimmung«, druckste Paul herum. Er blieb mitten auf der Straße stehen und musterte ablehnend den Eingang der Aula, aus dem lautes Stimmengewirr nach draußen drang.

»Ach was«, wischte Fritz leichtfertig Pauls Bedenken hinweg, »du drückst dich nicht. Was glaubst du denn, warum sich die Mädchen so schick machen? Die sind nicht geboren, um als Jungfrauen zu sterben. Die wollen auch ihren Spaß haben. Glaub mir, ich weiß, wovon ich rede!«

»Du hast einen Knutschfleck«, stellte Paul fest und deutete auf das blaurote Mal an Fritz' Hals.

»Ich hatte Unterricht ...« Fritz lächelte maliziös.

»Unterricht?« fragte Paul verblüfft.

»Meine Eltern geruhten wegzufahren. Sie baten unser Dienstmädchen, ein Auge auf mich zu haben. Sie hat sich intensiv um mich gekümmert. Ich dachte, ich wäre für eine Woche lahmgelegt, aber wenn ich mir diese süßen, unschuldigen Weiber ansehe, wie sie mit ihren Hintern wackeln, dann regt sich doch schon wieder was ...« Er faßte sich in den Schritt. »Das Sakko ist ein bißchen klein, was? Na, macht nichts. Läßt du eben deinen Charme spielen. Außerdem mögen die Mädchen es, wenn sie dich ein wenig bemuttern können. Hör auf, jetzt Trübsal zu blasen, und komm mit. Wir trinken was ...«

»Ich habe eigentlich ...«

»Nein, Paul«, unterbrach ihn Fritz entschieden, »manchmal denkst du dir zuviel. Verse schmieden kannst du, aber du mußt sehen, daß manche Kameraden, nur weil sie den Mädchen eher an die Wäsche gehen als du, weitaus mehr Erfolge zu verzeichnen haben.«

»Wirklich lieben kann ich nur eine Heilige, eine Unberührte«, sagte Paul pathetisch, »das Körperliche ist etwas für die Dirnen ...«

»Quatsch mit Soße. Was weißt du denn schon? Gar nichts! Meine Eltern räumen nächsten Monat unser Haus. Das wird ein Fest, da kracht die Schwarte. Sieh mal, die kleine Schwarzhaarige! Sie guckt ganz aufgeregt. Geh zu ihr! Los!«

Er nickte zu einem Mädchen, das verschämt zu ihnen herübersah. Paul kannte sie. Es war Marianne Ecker, eine Klassenkameradin von Hilde. Fritz gab Paul einen Stoß, er stolperte vorwärts. Die Schwarzhaarige hob ihren Kopf wie ein Reh, das Witterung aufnimmt.

»Tanzt du mit mir?« fragte er schüchtern.

»Nur, wenn du deinen Freund zu mir schickst. Der gefällt mir. Sieht schnieke aus. Wie heißt er denn?« antwortete sie und reckte ihren Kopf, um Fritz nicht aus den Augen zu verlieren.

»Otto Krumbiegel. Er kann leider nicht tanzen, er hat ein Holzbein.«

»Du bist mir ja ein feiner Kavalier«, maulte sie, »schickst mir einen mit einem Holzbein auf den Hals. Das schmink dir mal ab, mit dem Tanz.«

Kopfschüttelnd wandte sie sich ab. Paul spürte ein eigenartiges Gefühl der Zufriedenheit in sich, so als ob er froh wäre, von ihr abgewiesen worden zu sein. Fritz, der alles beobachtet und nichts verstanden hatte, fischte seinen Freund aus der Schar und versorgte ihn mit einer Zigarette. Paul sog den Rauch tief in seine Lungen, er fühlte sein Selbstvertrauen langsam zurückkehren. Sie überquerten die Straße, und die Menge verschluckte sie wie ein gieriger, schillernder Krake. Paul verbarg seine Unsicherheit hinter einem arroganten Blick. Kritisch musterte er die anderen. Die Mädchen trugen schimmernde, enganliegende Seidenkleider, die kurz über den Knien endeten. Ihre Haare schmiegten sich in feinen Wellen an die Köpfe. Glänzende Bernstein- und Perlenketten schmückten schlanke Hälse. Rot leuchteten die Lippen und pfirsichfarben die Wangen. Zwei stämmige Saalordner versuchten dem Andrang Herr zu werden. Sie machten ein strenges Gesicht und filterten diejenigen, die ihnen allzu jung erschienen, aus dem Einlaß begehrenden Publikum heraus. Kaum hatten die Jungen das Nadelöhr passiert, prallten sie auf ihren Klassenlehrer, Doktor Gladow, dessen Frack auch schon bessere Zeiten gesehen hatte.

»Guten Abend, die Herren«, begrüßte er sie steif, »darf ich Sie daran erinnern, dem weiblichen Geschlecht in einer gesitteten Weise zu begegnen?«

»Allzeit bereit.« Fritz lächelte und verbeugte sich servil.

»Schön wär's, Karowski. Denken Sie an den Ruf unserer Schule! Mir sind Gerüchte zu Ohren gekommen, die ich nur ungern Ihren Eltern mitteilen würde.«

Fritz richtete sich auf und sah seinen Lehrer herausfordernd an.

»Meine Eltern sind ganz zufrieden mit mir. Ich entwickle mich prächtig, meinen sie. Dürfen wir durch?«

Er schob sich an Doktor Gladow vorbei, der nervös seine Stirn runzelte.

»Ach, und Krantz«, sagte er, als Paul schon an ihm vorbei war, »wenn Sie, wie soll ich sagen, Unbegabteren bei den Aufsätzen helfen, dann tun Sie es doch bitte ein bißchen unauffälliger. Schlau genug sind Sie ja!«

»Danke für die Blumen«, murmelte Fritz. Paul lächelte verlegen.

Der Saal erstrahlte in der festlichen Beleuchtung zweier Kronleuchter. Die Wände waren mit langen Papiergirlanden geschmückt, und bunte Lichterketten spannten sich von Wand zu Wand. Auf der Bühne stimmte eine achtköpfige Kapelle ihre Instrumente. HANS RODENBUSCH – TANZMUSIK VOM FEINSTEN stand in großen Lettern auf einem Schild über den Musikern. Der Bandleader, ein stämmiger Mann mit einem jovialen Gesicht, trug als einziger eine weiße Fliege, an der er nervös herumspielte. Die Menschen schoben sich in dichten Trauben durch das Gewühl, man gackerte und lachte, prüfte und verwarf, balzte und mißachtete einander auf diesem Jahrmarkt der Eitelkeiten. Paul ließ sich von der Stimmung anstecken. In Anbetracht der vielen Mädchen in ihren schulterfreien Kleidern vergaß er vollkommen sein eigenes Erscheinungsbild, zielsicher steuerte er auf einen der beiden Holztresen zu, die im hinteren Teil der Aula standen. Eine lange Schlange Jungen wartete dort auf ein Bier. Er entdeckte Günther, der sein Getränk entgegennahm und sonderbar vergeistigt in die Welt schaute. Paul drängelte sich, allen Protesten zum Trotz, zu ihm vor.

»Schade, daß nicht Teddy Sinclair spielt«, sagte er mit einem Blick zur Bühne, »bist du schon lange hier?«

»Ach, Paul, ich glaube, ich bin verliebt!« sagte Günther abwesend.

»Grete?«

»Grete?« Günther sah seinen Freund einen Moment lang irritiert an, bevor seine Augen wieder über die Menge huschten. »Jaja, du hast recht. In Grete.«

Paul erhielt einen Stoß in den Rücken, der ihn gegen eine Holzkante warf.

»Jetzt drängel mal nicht so!« raunzte er den hinter ihm Stehenden an.

Ein kleiner Jungen mit schmalen Lippen und borstigen Haaren stieß ihn angriffslustig ein zweites Mal.

»Was willst du Penner denn hier? Haste keenen ordentlichen Frack?«

Paul machte Anstalten, sich auf ihn zu stürzen, aber Günther stellte sich zwischen sie beide.

»Ganz ruhig, Jungs. Hier hat jeder Platz.«

Er sah Paul verschwörerisch an und flüsterte leise.

»Der will dich nur provozieren. Paß nur auf, hier sind ein paar von der Sorte. Irgendeine Burschenschaft. Grete ist in der Tat süß. So süß und verdorben wie eine reife Banane. Sie hat meinen Schwanz gelutscht.«

Paul schoß unvermittelt das Blut ins Gesicht. Günther lächelte genußvoll.

»Siehst du da hinten die Rothaarige? Die in dem blauen Kleid? Der fallen gleich die Augen raus. Geh doch mal zu ihr hin!«

Pauls Kopf fuhr herum. Er erschrak. Das Mädchen mit den roten Haaren war groß und stämmig, ihr Kleid umspannte ihren ausladenden Körper wie eine Wurstpelle. Sie blickte Paul an, als wolle sie ihn hypnotisieren. Neben ihr stand eine ältere Dame, die unlustig die Tanzenden musterte, offensichtlich ihre Mutter. Erst ein paar Jungen hatten bisher den Mut gefunden, die Tanzfläche zu betreten, meistens waren es Mädchenpaare, die sich zum Rumba-Rhythmus in den Hüften wiegten. Die Augen des Mädchens sprangen auf. Ihre Mutter, die nun auch erkannt hatte, was das Interesse ihrer Tochter erregte, ergriff die Hand des Mädchens und steuerte auf die beiden zu.

Günther lächelte verbindlich und erwartungsvoll. In diesen Dingen war er schamlos. Er gab Mädchen, auch wenn sie nicht seinem Ideal entsprachen, gerne, wenigstens für einen Moment, das Gefühl, begehrt zu sein.

Paul tauchte grußlos ab. Ein Mauerblümchen, das ihm von der Mutter angedient werden sollte, hatte ihm gerade noch gefehlt. Er schlug eine Runde durch den Saal und hielt Ausschau nach Hilde. Einmal meinte er Hans gesehen zu haben, aber er war sicher, daß er sich getäuscht hatte. Er gesellte sich zu fünf Jungen, die an einer Bar standen. Manchmal sah er ein Mädchengesicht, das ihn interessierte, aber er fühlte sich doch sicherer im Kreis der Jungen. Schnäpse machten die Runde.

Plötzlich stand Günther wieder vor ihm.

»Hast du meine Schwester irgendwo gesehen?«

»Das wollte ich dich gerade fragen«, gab Paul zurück. »Einen Schnaps?«

»Einen letzten. Mehr bekommt mir nicht.«

»Ist das Grete?« Paul deutete auf ein blondes Mädchen, das gerade mit einem schlaksigen Jungen an ihnen vorbeitanzte.

Günther schüttelte unwirsch den Kopf.

»Anquatschen, knutschen, flachlegen. Nicht lange fackeln, das ist die Devise. Solltest du Hans sehen, sag mir Bescheid. Ich habe ihm verboten, meine Schwester weiter zu sehen. Ich habe auch Hilde jeglichen Kontakt zu ihm untersagt. Und jedem anderen auch. Halte auch du dich bitte daran, sonst sind wir die längste Zeit Freunde gewesen.«

Verachtungsvoll blickte er in sein Schnapsglas und stürzte es in einem Schluck hinunter. Paul tat es ihm gleich. Der Alkohol verteilte sich in seinem Magen, und er spürte, wie sein Mut wuchs. Günther stieß ihn an.

»Dort ist Hilde!«

Pauls Augen flogen über die Jugendlichen. Erst beim zweiten Mal erkannte er sie, so erwachsen sah sie aus. Sie trug ein bordeauxrotes Seidenkleid, dessen Fransen ihre

Knie umspielten, ihre Haare wurden von einem schwarzen Samtreifen gehalten, und eine feine Perlenkette lag um ihren Hals. Sie tanzte mit einem jungen Mann, den Paul noch nie gesehen hatte. Schwungvoll und gekonnt glitten die beiden zu flotten Walzerklängen der Kapelle über das Parkett.

»Du entschuldigst mich?« wandte sich Paul zu Günther um.

»Du hast meinen Segen«, lächelte Günther gelöst.

Paul stellte sich an die Tanzfläche und schob seine Hände in die Hosentaschen. Nervös spielten seine Finger mit dem Loch in dem Stoff, durch das er sein Geschlecht fühlen konnte. Er spürte, wie die Eifersucht in ihm hochkochte und wie sich sein Körper spannte. Er durchbohrte seinen Rivalen mit eisigen Blicken, der aber zeigte keinerlei Reaktion. Gelassen schob er Hilde vor sich her. Ihre Wangen leuchteten, ihre Augen flogen über die Umstehenden, geschickt folgte sie den Bewegungen ihres Tänzers, während ihre Füße seine langen, schleifenden Schritte nachvollzogen. Paul entdeckte nun auch Ellinor, die wesentlich bedächtiger und zurückhaltender tanzte, auch sie in den Armen eines älteren Jungen. Die Kapelle beendete ihr Lied. Der Conférencier schwang leger herum, in der Hand den dünnen Taktstock, und verkündete lächelnd, daß bei dem folgenden Stück Damenwahl sei. Einer der Musiker griff sich ein Akkordeon, die Kapelle spielte einen langsamen Tango. Zwei Mädchen waren bereits an Paul vorbeigeeilt, um ihre Wahl zu treffen. Er hatte Hilde aus den Augen verloren, als sie überraschend vor ihm auftauchte, seine Hand ergriff und ihn anstrahlte.

»Du bist dran! Ich bin ganz tanzverrückt!«

Und schon zog sie ihn auf die Tanzfläche. Paul war zu verdutzt, um sich zu wehren. Unverhofft war er am Ziel angelangt. Ihre Hand lag in seiner. Ängste bestürmten ihn. Waren seine Fingernägel sauber? Lächelte er sie auch an? Roch er gut? Seine rechte Hand umschlang ihre Hüfte. Sie fühlte sich glatt und fest an, ein wenig verschwitzt. Sie war größer als sonst. Sie trug hohe Schuhe. Ihre braunen Augen funkelten ihn aufmunternd an. Und los ging es. Der Mann mit dem Akkordeon gab sein Bestes. Paul spürte, daß er verkrampft war, daß nicht er sie führte, wie es sein sollte, sondern daß sie ihn dirigierte, daß sie ihn zog, ihm versuchte zu zeigen, was er zu tun hatte. Er erinnerte sich, zwei vor, mit dem linken Fuß nach rechts, er trat auf ihren Schuh, ein unwilliger Schatten verdunkelte ihre Züge, sie versuchten es erneut. Ihr Körper preßte sich an seinen. Oder drückte er sie zu fest? Spürte sie seine Erregung? Paul verlor jegliche Konzentration. Seine Hände wurden feucht, Schweiß trat auf seine Stirn, er drehte sie linkisch herum und schleuderte sie gegen einen anderen Mann und trat ihr wieder auf die Füße. Ihr Körper versteifte sich, sie löste sich von ihm und strich sich eine Locke aus der Stirn.

»So geht das nicht, Paul. Versuch mal lockerer zu sein, weicher in den Hüften. Und guck nicht so ernst!«

Paul starrte sie an und legte automatisch seinen Arm um sie. Aber auch der zweite Versuch verlief nicht besser als der erste. Er verhaspelte sich mit den Schritten, trat ihr wieder auf den Fuß, und als sie herumwirbelten, hielt er sie nicht fest, und fast wäre sie gestürzt. Abrupt blieb sie stehen, während die Paare um sie herum weitertanzten. Sie sah ihn an und versuchte sich aus seinen Händen zu befreien. Paul stand steif da, unfähig, sie freizugeben.

»Läßt du mich bitte los?« sagte sie kühl.

»Laß es uns noch einmal versuchen.«

»Damit du mir meine Schuhe ganz ruinierst?« Sie befreite sich aus seinem Griff und strich ihr Kleid glatt. Aufreizend langsam zog sie einen Lippenstift und einen Spiegel aus ihrer kleinen Handtasche und kontrollierte ihre Lippen.

»Gibst du mir einen Kuß?« fragte er unverfroren.

»Du bist mir ja ein schöner Kavalier. Erst blamierst du mich, und dann möchtest du mich küssen. Ich möchte lieber tanzen«, sagte sie und zog bedächtig ihre Lippen nach. »Außerdem schwitzt du!«

Paul wollte noch etwas einwenden, aber sie drehte ihm den Rücken zu und eilte zu Ellinor. Wütend drehte er sich herum. Er hatte es vermasselt. Würde sie ihn je wieder ansehen? Hilde! Er tröstete sich mit einem Schnaps. Einem weiteren, einem dritten. Der Alkohol zeigte keine Wirkung. Günther tauchte mit aufgedunsenem Gesicht aus der Menge auf. Stumm lehnte er Pauls Aufforderung ab, mit ihm zu trinken.

»Du mußt mir helfen«, sagte Günther mit schwerer Zunge. »Hans ist hier. Der Aufschneider. Obwohl ich es ihm verboten habe. Ungeniert quatscht er unsere Mädchen an, das Schwein! Komm schon. Der muß jetzt dran glauben.«

Günther stand mit roten Augen an der Tanzfläche und starrte wie ein zorniger Stier in die Vorbeiwirbelnden.

»Wo ist er bloß?«

Paul zog es die Brust zusammen. Zuerst hatte er das rote Kleid gesehen, dann eine Hand auf einem Hintern, zu weit unten, Hildes strahlendes Gesicht und Hans' unverschämtes Lächeln. Günther, der wie von Sinnen schien, hatte die beiden noch nicht bemerkt. Paul wandte den Kopf und sah in eine andere Richtung, aber zu spät.

»Da ist das Schwein«, zischte Günther und boxte sich den Weg frei, Paul hinterdrein. Sie erwischten die beiden mitten auf der Tanzfläche.

»Was hast du hier zu suchen?« stellte er Hans aufgebracht zur Rede.

»Günther, das geht dich ...«, meldete sich Hilde zu Wort.

»Du bist ruhig«, herrschte ihr Bruder sie an, »kümmer dich lieber um meinen Freund, anstatt mit diesem Drecksack zu tanzen!«

»Es geht dich gar nichts an, mit wem ich meine Zeit ...«

Aber Günther kümmerte sich nicht um sie. Mit beiden Händen stieß er Hans, der eigenartig schlaff alles mit sich geschehen ließ, vor sich her.

»Ich habe dir doch verboten, meine Schwester zu sehen. Wieso bist du hier?«

»Sie hat mich angerufen!«

»Du Drecksack. Sie hat dich angerufen. Lügst auch noch.«

»Nein, wirklich nicht. Sie hat mich angerufen. Immer wieder. Was kann ...«

Ein kräftiger Stoß auf die Brust nahm ihm den Atem. Hans stolperte zurück. Unwillkürlich machte die Menge Platz. Günther stieß ihn wie eine Puppe vor sich her und beschimpfte ihn, während Paul den beiden folgte und Hilde ihnen aus sicherer Entfernung zusah. Sie erreichten die Hintertür des Saales, die man geöffnet hatte, um für Durchzug zu sorgen. Neugierige Gesichter folgten ihnen. Günther stieß Hans ins Freie, der stolperte die Stufen hinunter und wich zurück.

»Laß deine schmutzigen Finger von meiner Schwester«, brüllte er ihn an, »ein für allemal. Wenn ich dich noch mal mit ihr erwische, kommst du nicht so einfach davon. Verstehst du mich?«

Hans strauchelte in das Unterholz hinein. Paul hielt Günther zurück.

»Laß man, der hat genug.«

Günther schnaufte und strich sich die Haare aus der Stirn. Glasig sah er Paul an.

»Mir ist schlecht. Ich habe Kopfschmerzen!«

»Du siehst aus wie ein altes Scheuertuch. Da vorne ist ein Wasserhahn!«

Paul schob Günther, der sich vollkommen verausgabt hatte, an einigen Bäumen vorbei. Bevor sie den Hahn erreichten, krümmte sich Günther und preßte seine Hände auf den Magen. Mit einem würgenden Geräusch übergab er sich in ein Blumenbeet. Drei Jungs sahen ihnen zu und machten spöttische Bemerkungen.

»Siehst du, du Kaffer, das hast du nun davon. Mann, wie kann man nur mit so weibischen Haaren herumlaufen?«

»Ein süßes Pärchen, die zwei …«

Paul fuhr hoch, aber Günther hielt ihn am Arm zurück.

»Laß man«, murmelte er mühsam, »gegen die können wir jetzt nichts ausrichten.«

Die Jungen fuhren fort, stichelnde Bemerkungen zu machen, erst als sie merkten, daß sie nichts erreichten, entfernten sie sich, um nach einem neuen Opfer Ausschau zu halten. Paul atmete erleichtert durch. Ihm tat die frische Luft gut. Die Musik drang zu ihnen heraus, ebenso wie das Licht, das durch die Fenster fiel und ovale Schatten auf den Boden malte. Paul befeuchtete sein Taschentuch, drückte es auf Günthers Stirn und half ihm, sich auf eine Holzbank zu setzen. Nachdem er sich vergewissert hatte, daß er ihn allein lassen konnte, ging er in den Saal zurück, um nach Fritz zu schauen, der Salmiakpastillen bei sich hatte, was gut gegen allzu starken Alkoholgeruch war.

Ungerührt betrachtete er Hilde, die eng verschränkt mit einem Jungen tanzte. Eben noch hatte es ihm das Herz beinahe zerrissen, als sie ihn abgelehnt hatte, nun aber war er über seine eigene Ruhe erstaunt. Unweit von ihr tauchte plötzlich der blonde Schopf von Hans auf. Überrascht sah Paul ihn an, aber er bemerkte ihn nicht. Er hatte tatsächlich die Frechheit besessen, den Raum wieder von vorne zu betreten. Diesmal versuchte er sein Glück bei einem blonden Mädchen, seine Hand lag bereits auf ihrer Hüfte, und er flüsterte ihr etwas ins Ohr.

*

Emmi Scheller, die Mutter von Günther, machte am 30. Juni folgende Aussage:

Mein Sohn Günther war ein normales und gutgeartetes Kind. Als Junge war er leicht erregbar, später hat sich das jedoch gelegt. Mit drei Jahren hatte er eine schwere Gehirnerschütterung. Er ist mehrfach an seinen Augen operiert worden. Er trieb gern Sport, er war der beste Schwimmer und Springer.

Wir sind alle Vegetarianer. Günther konnte keinen Alkohol vertragen, wenn er ein oder zwei Glas trank, war er gleich ganz weg. Sein Hauptinteresse galt von jeher allen technischen Dingen, vor allem seiner Radiobastelei. Er war, bis auf die letzte Zeit, immer sehr solide und mußte viel Schlaf haben. Taschengeld erhielt er nur wenig, und zwar eine Mark die Woche. Gestraft wurde Günther, ebenso wie die anderen Kinder, nur, wenn er gelogen hatte. Wir haben unsere Kinder immer sehr gut beaufsichtigt. Ich habe sie auch ohne ihr Wissen immer kontrolliert. Zum Beispiel las ich nachts, wenn sie schliefen, ihre Tagebücher. Als die Kinder das merkten, haben sie ihre Seiten herausgerissen. In der letzten Zeit veränderte sich Günther sehr zu seinem Nachteil. Er hielt nicht mehr auf seine Kleidung, sondern vernachlässigte sich. Es kam auch zu Differenzen mit seinem Vater. Es ist nicht ausgeschlossen, daß das veränderte Wesen Günthers in der letzten Zeit auf körperliche Zustände zurückzuführen ist. Nach der letzten Augenoperation klagte er häufig über Stiche im Hinterkopf.

Von dem Erlebnis Günthers mit dem Homosexuellen erfuhr ich von Frau Stephan. Ich habe Günther zur Rede gestellt, und er hat mir darauf seine Erlebnisse berichtet. Er sagte mir, die Hauptsache für ihn sei gewesen, Autofahren zu lernen. Wir könnten ihm das Geld doch nicht geben. So hätte er die Gelegenheit benutzt und das Autofahren gelernt. Es sei ihm nichts dabei passiert. Wir haben Günther für das Abenteuer mit Zipser nicht gestraft. Ich stehe auf dem Standpunkt, daß man nicht gleich strafen sollte, wenn ein junger Mensch irrt. In erotischer Beziehung war Günther bis zu seinem 16. Jahre noch nicht geweckt. Ich habe mit ihm darüber gesprochen, daß er jetzt in das Alter käme, wo junge Leute mit Mädchen umgingen. Mir sind die Vorgänge der inneren Sekretion bekannt. Ich habe ihn gewarnt, seine Kräfte an Mädchen zu verschwenden, da er sie zum Lernen nötig habe.

Damals antwortete er darauf, er glaube nicht, daß eine

solche Betätigung einem jungen Menschen schaden könne. Sie hätten einen sehr guten Schüler in der Klasse, der geradezu ein Genie sei, aber furchtbar viel mit Mädchen zu tun habe, jeden Tag eine andere. Damit war Paul Krantz gemeint. Er wies auch darauf hin, daß Friedrich der Große homosexuell gewesen sei und sich auch auf diesem Gebiete betätigt habe, trotzdem sei er ein Genie gewesen.

Die Freundschaft Günthers mit Paul Krantz stammt erst aus der allerletzten Zeit. Mein Mann hat Paul Krantz aus Mitleid nach Mahlow eingeladen, weil Krantz zu Hause unter so mißlichen Verhältnissen zu leiden hatte. Er mußte auf dem Korridor schlafen, 6 Menschen mußten in einer 2-Zimmer-Wohnung wohnen, seine Kleidung war ganz schlecht. Paul Krantz muß einen schlechten Einfluß auf Günther gehabt haben. Wir haben später gemerkt, daß beide über den Wein gegangen waren. Hilde hat mir auch erzählt, daß in der ersten Nacht, in der mein Mann verreist war, Günther und Paul wie die Vandalen getobt haben. Sie versuchten, in das verschlossene Haus einzudringen, in dem Hilde mit einer Freundin schlief. Krantz soll wie ein Wahnsinniger einen großen Blecheimer gegen die Tür geworfen haben.

Hilde war immer viel offener als Günther. Sie war außerordentlich gutmütig und trug ihr Herz auf der Zunge. Auch ihr habe ich schon im achten Lebensjahr gesagt, woher die Kinder kommen. Sie war sehr wild und sprang immer gegen mich an, wenn ich das jüngste Kind trug. Ich konnte das nicht vertragen und sagte ihr, sie solle es nicht tun. Ich habe nicht gemerkt, daß Hilde besonders nach den Jungen guckte. Die jungen Leute konnten bei uns verkehren, aber sobald ich merkte, daß sich einer in Hilde verliebte, wurde er hinausgesetzt. Bei Hans Stephan merkten wir, daß er sich verliebt hatte. Wir haben darauf Hilde den Verkehr verboten. Ich weiß auch, daß Hans Stephan versucht hat, Hilde körperlich näherzutreten. Hilde hat mir das mitgeteilt. Sie sagte aber, daß er selbst davon Abstand genommen habe, weil er sie viel zu lieb gehabt habe, um sie unglücklich zu machen. Ich glaube, daß Hilde viel zuviel Verstandesmensch ist, um schon jetzt den letzten Schritt zu wagen. Nach dem Mord bin ich mit ihr bei einem Handleser gewesen und habe ihn gefragt, ob die Verführung in ihrer Hand stände. Er bestritt das. Hilde selbst hat verlangt, daß ich sie körperlich untersuchen lassen solle, ob sie noch unberührt sei. Sie sagte, sie habe mit Hans Stephan in einem Bett geschlafen und es wäre ja möglich, daß während des Schlafes etwas passiert sei. Ich habe sie deshalb von dem Naturheilkundigen Dierssen untersuchen lassen. Ferner auch von Dr. Freund – beide haben festgestellt, daß Hilde noch ihre Jungfräulichkeit hatte.

Über das Erlebnis mit Paul Krantz hat sie mir gesagt, daß sie selbst nicht wisse, wie sie dazu gekommen sei, zu ihm ins Bett zu gehen. Vielleicht habe sie sich gefürchtet, weil er ihr schon einmal in Mahlow den Revolver vorgehalten habe. Vielleicht habe sie auch aus Mitleid gehandelt. Jedenfalls sei sie sich über ihre Gefühle nicht im klaren gewesen.

Ich nehme an, daß Hilde impulsiv ohne jede Überlegung gehandelt hat, und führe das zum Teil auf eine gestörte Sexualität bei ihr zurück. Ich habe selbst viele ärztliche Talente und kenne die Zusammenhänge im Körper. Ich kann auch vieles mit meinen Händen fühlen. Ich wurde dadurch aufmerksam, daß Hilde sehr viel Ausfluß hatte. Ich glaubte feststellen zu können, daß in den Eierstöcken etwas nicht in Ordnung war. Der Handleser Isberner hat jetzt festgestellt, daß ihr linker Eierstock zu schwach war. Das ist für mich eine Erklärung für ihr gestörtes Sinnenleben.

*

Ein wuchtiger Mann saß dösend, die Hände über seinem enormen Bauch gefaltet, auf der Holzbank in der Mitte des Waggons. Der zugekorkte Hals einer Flasche schaute aus einer angerissenen Manteltasche hervor. Paul und Günther blickten sich gleichzeitig um. Außer dem Mann befanden sich noch zwei Frauen mit geröteten, vom Wetter gezeichneten Gesichtern im Wagen – Marktweiber, denn zwischen ihren Füßen, die in schlammbespritzten Schuhen steckten, standen geflochtene Körbe.

Die pulsierende Stadt blieb hinter den Jungen zurück. Sie überquerten den Teltowkanal, linker Hand wuchsen die voluminösen Schatten der Zwillingstürme des Mariendorfer Gaswerks aus der Schwärze der Nacht empor, rote Lampen grenzten sie glühend gegen den Nachthimmel ab. Die Bahnsteige der beiden nächsten Stationen Marienfelde und Buckower Chaussee waren verlassen. Die Häuser wurden niedriger und kleiner, flache Ziegelfabriken, begleitet von schmalen, hohen Schornsteinen, huschten vorbei.

Schweren Schrittes, aber ohne ihren Redefluß zu stoppen, verließen die Frauen die Bahn in Lichtenrade. Mit einem metallenen Krachen schlugen die Türen zu. Widerwillig schüttelnd nahm der Zug seine Fahrt auf. Die Deckenlichter flackerten, erloschen und sprangen wieder an. Der Kopf des Mannes sackte tiefer, seine Wangen waren unrasiert. Paul sprang auf, schlenderte zu dem Mann und beugte sich zu ihm herunter. Die massige Gestalt schnarchte leise. Der Gestank nach Rauch und Alkohol war so stark, daß Paul angewidert sein Gesicht verzog. Diesen Geruch kannte er zu gut. Seit frühester Kindheit war es das Erkennungszeichen seines Stiefvaters, wenn er spät nachts nach Hause kam, sich über die Betten der Kinder beugte und kontrollierte, ob sie schliefen.

Mit spitzen Fingern zog Paul die fast leere Flasche aus dem Mantel heraus. Günther rollte ein Stück Zeitung zusammen, steckte den Trichter in die Öffnung der Flasche und hielt sie Paul hin. Der sah sich rasch um. Niemand beachtete sie. Behende öffnete er seine Hose, fischte sein Glied heraus und füllte die Flasche zu einem guten Drittel. Günther stand ihm in nichts nach. Ernst und konzentriert gingen sie wie zwei Verschwörer ihrer Tätigkeit nach. Günther jagte den Korken mit einem Schlag in den Flaschenhals und warf sie übermütig

Paul zu. Der schüttelte die Flasche schwungvoll mit beiden Händen, so wie er es bei den Barmixern gesehen hatte, und warf sie zurück. Günther ließ sie noch einmal artistisch kreisen, bevor er sie in die Manteltasche zurücksteckte. Paul unterdrückte ein triumphierendes Lachen. Sie durchquerten ein lichtes Waldstück und erreichten ihr Ziel – den Bahnhof Mahlow, die Endstation, ein rotes, zweistöckiges Ziegelgebäude mit einem Giebel im typischen brandenburgischen Stil.

Quietschend kam der Zug zum Stehen. Die irrlichternde Deckenbeleuchtung warf ihr fahles Licht auf die letzten Passagiere. Die Jungen klemmten sich ihre Schultaschen unter den Arm. Günther stieß die Gestalt auf der Bank im Vorbeigehen unsanft mit dem Fuß an. Der Mann erhob sich knurrend und schwerfällig, schüttelte sich wie ein müder Bär und stapfte versunken hinter ihnen her auf den Bahnsteig. Ihre Fahrräder standen vor dem Bahnhofsgebäude, an eine Birke gelehnt. Sie beobachteten den Fremden aus sicherer Entfernung. Er verharrte vor der Tür, sog die Luft gierig in seine Lungen, griff tastend zur Flasche, entkorkte sie, setzte an, legte den Kopf in den Nacken und ließ die Flüssigkeit seine Kehle hinunterrinnen. Die Jungen schwangen sich auf ihre Sättel und sahen ihm fasziniert zu – wie einem Experiment mit ungewissem Ausgang ihres Chemielehrers Keiner. Nicht ein Tropfen blieb zurück.

Die Augen des Mannes weiteten sich und hefteten sich an die geleerte Flasche. Unwirsch schüttelte er den Kopf, schnüffelte dann wie ein mißtrauischer Hund an dem Flaschenhals. Sein Blick fixierte die Jungen im Halbdunkel, die ihn schweigend betrachteten. Aber er war zu betrunken, um einen Zusammenhang herzustellen zwischen dem Flascheninhalt und den Blicken, die ihn spöttisch musterten. Er äußerte lautstark seinen Unmut, schleuderte die Flasche in die Büsche und schwankte davon.

Der feine märkische Sand knirschte unter den Reifen der Fahrräder. Unscharf und ungewiß zeichneten sich einzelne

Häuser vor dem düsteren Firmament ab. Kaum eine Lampe brannte in dem kleinen Dorf Mahlow. Eichen und Kastanien säumten die kopfsteingepflasterte Straße. Die warme Luft umschmeichelte die Jungen. Zerrissene Wolken tanzten über den blaugrauen Himmel. Sie fuhren ohne Licht, in Schlangenlinien. Paul schmetterte lauthals ein Lied, einen Gassenhauer, den sie als Kinder immer in den Hinterhöfen gesungen hatten:

»Wenn die Roten und die Weißen sich mit Eierkuchen schmeißen, mit viel Butter, mit viel Eiern, mit viel Speck – mit viel Butter, mit viel Eiern, mit viel Speck!«

Butter, Eier, Speck, in den kargen Nachkriegsjahren eine Delikatesse, die ihm damals schon bei dem bloßen Gedanken das Wasser im Munde zusammenlaufen ließ. Er hatte einem Schulkameraden sein Brot gestohlen, weil er so hungrig war. Tagelang hatten ihn sein schlechtes Gewissen und die Angst vor Entdeckung gequält.

Die Straße fiel etwas ab, Günther, dessen Haare im Fahrtwind zappelten, legte sich mit dem Bauch auf den Sattel des Rades und streckte seine Beine nach hinten aus. Für einen Moment löste er seine Hände vom Lenker, balancierte das Rad mit dem Körper aus und stieß einen befreienden Schrei aus. Paul versuchte es ihm gleichzutun, aber das Rad, das er sich von Günthers Schwester geliehen hatte, war zu klein für ihn, so daß es schon bei dem Versuch, sich nach hinten auszustrecken, ins Schlingern kam. Er nahm wieder seine aufrechte Position ein, überprüfte mit einer raschen Handbewegung, ob seine Schultasche fest auf dem Gepäckträger saß, und beugte sich über seinen Lenker.

Günther erkannte Pauls Absicht erst, als der schon einen Vorsprung von zwei Fahrradlängen hatte. Sie hatten die Stelle erreicht, an der im letzten Jahr eine dicke Eiche einen betrunkenen Lastwagenfahrer gestoppt hatte, an der sie immer ihr Wettrennen begannen. Ziel war eine Gastwirtschaft, dreihundert Meter entfernt. Paul hatte seinen Vorsprung bereits auf zehn Meter ausgebaut, als Günther mit aller Kraft in die Pedalen trat, um den Anschluß zu halten. Paul warf einen raschen Blick zurück. Er war sich seines Nachteils eines kleineren Rades bewußt. Im Schwimmen schlug er Günther jederzeit – erst vor kurzem hatte er einen Langstreckenwettkampf über 3000 Meter durch den Müggelsee gewonnen. Vollkommen erschöpft hatte man ihn aus dem Wasser gezogen, aber der Triumph, alle anderen 52 Teilnehmer geschlagen zu haben, hatte ihm viel bedeutet.

Günther näherte sich ihm. Paul gab seinen eleganten Fahrstil auf und trat mit aller Kraft in die Pedalen. Günthers lautes Keuchen trieb ihn zu einer erneuten Anstrengung. Er wußte, daß er besser sein mußte als die anderen, als alle anderen. Das beleuchtete Schild der Gastwirtschaft wurde größer. Paul fuhr im Zickzack, um Günther das Überholen zu erschweren.

In seinen Augenwinkeln tauchte Günthers Vorderrad auf. Aber er konnte es schaffen. Seine Augen sogen sich an dem Schild fest. Nun war Günther neben ihm. Beide starrten geradeaus und bemerkten zur selben Zeit die Gestalt, die aus dem Zwielicht auf die Straße trat und keine Anstalten machte, den Weg zu räumen. Im Gegenteil. Die behelmte Figur streckte ihnen herrisch einen Arm entgegen. Paul war der erste, der bremste. Günther hielt, ohne die Geschwindigkeit zu verringern, auf den Mann zu, als ob er herausfinden wollte, wer zuerst ausweichen würde. Erst in letzter Sekunde bremste er und kam schleudernd vor dem Wachtmeister in seiner blauen Uniform zum Stehen. Atemlos schnauften die beiden Jungen.

»Die Herren fahren ohne Licht«, sagte der Polizist streng und zwirbelte seinen Schnäuzer, »wo wollen Sie denn hin, zu dieser späten Stunde?«

Günther blickte ihm treuherzig in die Augen und deutete zu der Sichel empor.

»Zum Mond, Herr Polizeidirektor.«

»Sie sind ein Spaßvogel, was?« schnaubte der Mann und pumpte Luft in seinen runden Brustkasten.

Paul bemühte sich, die Situation zu entschärfen. Das Versprechen, das er seiner Mutter gegeben hatte, sich nichts zuschulden kommen zu lassen, klang ihm in den Ohren. »Wir wohnen hier. Unsere Eltern haben es uns gestattet, Herr Wachtmeister.«

Aber da hatten sie ihn auf dem falschen Fuß erwischt. Günther zeigte sich uneinsichtig, und schließlich schrieb sich der Wachtmeister die Namen der Jungen auf und kündigte ihnen einen Strafbefehl an. Er kontrollierte das Anlegen der Dynamos, ließ sie im Kreis fahren, um die Gangbarkeit des Lichtes zu überprüfen, und erlaubte ihnen erst dann die Weiterfahrt.

»Mann, Paul, warum gibste immer so schnell klein bei?« fragte Günther am Gartentor und beförderte seine Haare schwungvoll nach hinten.

Paul schwieg verbissen, seine gute Laune hatte einen Dämpfer erhalten, der Gedanke, daß seinen Eltern der Strafbefehl zugeschickt würde, belastete ihn. Und die Schule, die sie vor allem in den letzten Wochen öfter geschwänzt hatten ... Sie stießen das Tor auf und schoben ihre Räder hinein. Das einstöckige Landhaus aus Holz, das in der Mitte des Grundstückes lag, besaß eine gemütliche Wohnstube mit einem Sofa, zwei geblümten Sesseln, einem Tisch mit vier geflochtenen Stühlen und einem Bücherregal, eine Küche mit einem modernen, elektrischen Herd und einen über eine schmale Treppe erreichbaren Spitzboden, auf dem zwei Betten standen. In dem Garten voller Obstbäume befand sich ein massiver rechteckiger Holzschuppen mit einem Geräteraum und zwei Schlafkammern. In einer der Kammern standen zwei Feldbetten, dort hatten sich die Jungen eingenistet. Aber an Schlafen dachten sie vorerst nicht.

Günther zündete ein paar Haushaltskerzen in dem bürgerlich eingerichteten Wohnzimmer an, setzte sich an das kirschfarbene Klavier und spielte ein Stück von Chopin, während Paul seine Tasche ausräumte. Zum Glück hatte der Wachtmeister nicht darauf bestanden, ihre Ledermappen zu kontrollieren. Er schlug die Klappe zurück, holte zwei Flaschen Obstwein hervor, zwei Schachteln Zigaretten und zu guter Letzt den Revolver. Er ging in die kleine Küche, öffnete einen Wandschrank und kehrte mit zwei Wassergläsern zurück.

Günther hatte sein Jackett ausgezogen und seine Hemdärmel aufgekrempelt. Sein sportlicher Oberkörper bewegte sich im Rhythmus der Musik. Paul lehnte am Klavier und sah seinem Freund zu. Er hatte gerade im letzten Jahr einen großen Schuß gemacht und wirkte leicht schlaksig und unbeholfen, vor allem weil sein Anzug mittlerweile wirklich zu klein geworden war. Paul entzündete zwei Zigaretten an der Kerze auf dem Klavier, gab eine davon Günther und steckte die andere zwischen die Lippen.

»Kennst du die Verona-Bar?« fragte Günther unvermittelt.

Paul sog heftig an seiner Zigarette. Günther drehte sich halb um und spielte mit einer Hand immer den gleichen Akkord.

»Ich habe dir doch von diesem Homosexuellen erzählt, mit dem ich in Paris war. Aber ich habe dir nicht alles berichtet!« Er wechselte die Tonfolge. »Wir waren in einem Nachtklub. Er bestellte einen Jungen und ein Mädchen, die es vor unseren Augen trieben. Anschließend verkehrten Männer mit Männern und auch Frauen mit Frauen. Ich glaube, er wollte, daß ich mich darüber aufrege. Ich bin aber ganz ruhig geblieben und habe mir alles genau angesehen. So was sieht man schließlich nicht alle Tage. Und neulich waren wir in der ›Verona-Bar‹, wo sie sonst nur lesbische Frauen reinlassen. Ziemlich lässig, kann ich dir sagen!«

Paul versuchte sich vorzustellen, was Günther ihm erzählt hatte. Ein verrauchter Raum, kleine runde Tische, eine rot beleuchtete Bühne, nackte Körper …

»Das ist das Leben, sage ich dir!« Günther hieb in die Tasten. »Und nicht das, was sie uns in der Schule einzutrichtern versuchen!«

Sie leerten ihre Weingläser. Paul schenkte nach und leerte, ohne zu zögern, sein zweites Glas. Günther spielte weiter. Er wechselte nun zu einer schnellen Jazzmelodie, Paul begleitete ihn mit den flachen Händen auf der Tischplatte. Sie steigerten sich in ihrem Tempo und vergaßen die Welt. Günther sprang auf, stieß den Stuhl weg und fuhr in die Tasten, bis ihm der Schweiß die Stirn herunterlief. Er warf seine Arme in die Luft, fiel nach hinten, drehte sich herum, fing seinen Körper mit den Händen ab und rollte lachend durch das Zimmer. Pauls Handflächen schmerzten, aber erst als der Schmerz in seine Oberarme kroch, ließ er sich kraftlos auf seinem Stuhl zurücksinken und setzte die Flasche mit dem Obstwein an.

»Wir sind frei, Günther, frei, alles zu tun, was wir wollen«, rief er euphorisch.

»Frei sind wir nur, wenn wir tot sind!« entgegnete Günther düster. Er ging zu dem Plattenspieler, der in einem Schrank untergebracht war, und zog ein paar der neuesten Schellackplatten hervor.

»Was willst du hören? *Das tut der Ruth gut? Heute war ich bei Frieda? Oder den Mann auf der Veranda?*«

»Die Veranda!«

Günther zog die Platte aus der Hülle und legte sie auf. Dann setzte er sich Paul gegenüber. Seine Augen suchten den Blick seines Freundes, dessen Seele ihm so verwandt schien und dessen Gegenwart ihn seiner eigenen wahrhaftigen Existenz versicherte. »Überhaupt, wozu leben wir? Wir armseligen Kreaturen? Um zu dienen? Um unseren Lehrern zu gefallen? Den Wünschen unserer Eltern zu entsprechen? Nein, Paul, das kann es doch nicht sein!« Paul rieb sich seine erhitzten Backen, seine Augen leuchteten wißbegierig.

»Wir müssen unsere Zeit genießen, Günther. Gnadenlos,

hemmungslos.« Sein Gesicht nahm einen wilden Ausdruck an. *»Und ich sitz und schwitz und freß und sauf / und ich denk und träume / Nichts / Träum und denk das Nichts vom Nichts des Nichtses / Bin am Ende meiner Kräfte / Und am Anfang aller Seligkeit.«*

»Von dir?«

»Klabund …«

»Ich vertrage keinen Alkohol«, sagte Günther und lächelte, griff nach seinem Glas, leerte es und schob es Paul über den Tisch. »Einmal voll bitte.«

»Du kotzt wieder!«

»Wäre das kein Ausweg?« Bedächtig leerte er das Glas.

»Zu kotzen?«

»Schluß machen mit der Veranstaltung. Allen eine lange Nase zeigen. Das Schicksal in die Hand nehmen. Die einzige Freiheit in Anspruch nehmen, die uns bleibt.«

»Auch der Selbstmord ist ein Laster, wenn er zur Gewohnheit wird«, sinnierte Paul durch den Boden seines Glases hindurch. Sein Freund am anderen Ende des Tisches erschien ihm eigenartig verzerrt und unscharf. »Ich würde das Leben gerne noch ein bißchen genießen. Nicht alleine, natürlich …«

»Ja, klar. Du weißt, daß ich nichts dagegen hätte, wenn du mit Hilde …« Er ließ den Satz unausgesprochen, machte aber eine aufmunternde Bewegung, »… so generell. Frauen, Zigaretten, Alkohol. Das Salz des Lebens.«

»Absoluter Genuß!« pflichtete Paul ihm bei.

»Maßloser Genuß!« schrie Günther aus voller Kehle und sprang mit einem Satz auf den Tisch, der bedenklich unter dem Gewicht knarrte, und führte einen wilden Tanz auf.

»Frauen, Zigaretten, Alkohol, Genuß ohne Reue, den Tod vor Augen!« stieß Paul schwärmerisch hervor und breitete seine Arme aus, als wolle er die Welt, das Diesseits und das Jenseits umarmen.

Günther bückte sich und griff nach der Pistole, die zwischen seinen Füßen lag.

»Sich im absoluten Genuß verlieren, einmal alles genießen, das Gefühl der Ekstase ...«

»Sterben in maßlosem Genuß!«

»Sterben in maßlosem Genuß! Du sagt es, Paul!« wiederholte Günther eindringlich. Er besah sich die Pistole, richtete sich auf, hielt sich die Waffe an die Schläfe und schrie: »Peng!« Sein Oberkörper sackte theatralisch zusammen, seine Arme fielen schlaff herunter, die Haare hingen ihm ins Gesicht, und der Revolver baumelte in seiner Hand.

»Nichts als Schweinefutter sind wir«, brummte Paul, durchaus angetan von Günthers Vorstellung, während er den Revolver nahm und sicherte.

*

Am 1. Juli erschien der Kaufmann Alexander Zipser bei der Polizei und machte folgende Aussage:

In der »BZ am Mittag« las ich heute, daß Günther Scheller mit einem unbekannten Herren eine Reise nach Paris gemacht habe. Ich melde mich nun freiwillig und will den Sachverhalt klarstellen: Im Luftbad Südende lernte ich zuerst Fräulein Hilde und dann später Günther Scheller kennen. Beide schienen die Freundschaft zu mir zu suchen, insbesondere weil ich im Besitze eines Autos war. Während dieser Zeit kam ich meistens nur für zwei bis drei Tage in der Woche nach Berlin. Nachdem ich die beiden Schellers öfter getroffen hatte, verabredete ich mit ihnen, für einen Tag eine Spazierfahrt nach Potsdam zu machen. Der Ausflug dauerte drei bis vier Stunden. Meines Erachtens saß während der Fahrt Hilde neben mir auf dem Vordersitz, und Günther Scheller saß neben meinem Bekannten Maly auf dem hinteren Sitz. Wir haben uns nur über allgemeine Dinge unterhalten, es ist nicht über erotische Dinge gesprochen worden. Ich bemerke, daß ich homosexuell veranlagt bin und in meinem Leben mit 17 Jahren einmal mit einer Frau verkehrt habe; seitdem nicht mehr. Ich bin während der Fahrt weder Hilde noch Günther nähergetreten. Nach diesem Ausflug kamen wir noch einige Male im Luftbad zusammen.

Über die Fahrt nach Paris habe ich folgendes zu erklären: Vorweg möchte ich bemerken, daß die Fahrt nicht bis nach Paris ging, sondern nach Hamburg. Ich wollte zu Verwandten nach Hof bei Schwerin in Mecklenburg fahren. Ich lud Hilde und Günther ein mitzukommen, was beide sehr erfreute. Am Tag der Abfahrt erklärte mir Hilde im Auto, daß sie nicht mitkommen könne, weil sie krank sei. Günther Scheller stieg ein. Er zeigte mir einen auf seinen Namen lautenden Paß und erklärte mir außerdem, daß er zu der Reise nach Paris die Erlaubnis von seinem Vater habe. Sein Vater sei sehr froh, daß er die Welt sehe. Günther und ich fuhren los, und wir beschlossen, zuerst nach Hamburg zu fahren, um einen Zahnarzt zu konsultieren, weil Günther furchtbare Zahnschmerzen hatte. In der Nähe des Hauptbahnhofes suchte Günther einen Zahnarzt auf, der ihm den Zahn zog. Ich habe dafür zwei bis drei Mark gezahlt. Wir mieteten in einem Hotel ein Zimmer mit zwei Betten. Trotz wiederholten Befragens kann ich mich an den Namen des Hotels nicht erinnern. Es war dicht am Bahnhof, in der Nähe war eine Autogarage. Den ersten Abend sind wir nicht fortgegangen. Ich habe an diesem Abend wie auch in der Folgezeit mit Günther Scheller nie homosexuell verkehrt. Wie ich zwar erwähnte, bin ich homosexuell, ihm lag dies aber nicht, er konnte dadurch eine Befriedigung nicht finden. Wir haben dann statt des homosexuellen Verkehrs jeder für sich – nicht gegenseitig – onaniert. Ob hierbei Günther Scheller Samenerguß hatte, weiß ich nicht. Es war dunkel im Zimmer. Ich hatte allerdings die Absicht, mich ihm zu nähern, indem ich ihn bei den Schultern anfaßte. Er sagte aber, er mache so etwas nicht. Er trug ein Nachthemd. Wir sind dann jeder in unser Bett gegangen und haben geschlafen.

Am nächsten Tag sahen wir uns die Stadt an und gingen tanzen. Günther Scheller tanzte mit einem Mädchen. Abends gingen wir wieder in das Hotel. Wir haben uns nicht liebgehabt. Ich bin im allgemeinen nicht so stark erotisch veranlagt. Nur Günther imponierte mir, weil er sich nicht anfassen ließ. Dann sind wir weiter nach Hof gefahren. Dort waren wir ein bis zwei Tage. Wir konnten während dieser Zeit nie beisammen sein, weil wir getrennte Zimmer hatten. Ich muß entschieden bestreiten, den Günther Scheller an seinem Geschlechtsteil angefaßt zu haben. Das entspricht nicht meiner Natur. Von Hof aus fuhren wir dann nach Berlin.

Bevor wir unsere Fahrt nach Hamburg antraten, bin ich mit den Schellers am Wannsee und im Grunewald gewesen. Ich habe dann später Günther und Hilde nach Mahlow gebracht. Ich habe Günther weder wertvolle Geschenke gemacht noch ihn mit Geld unterstützt. Einmal habe ich Schokolade gekauft und diese den Geschwistern gegeben. Einmal lieh sich Günther 10 Mark zum Bau eines Radioapparates, die er mir allerdings nicht wiedergegeben hat. Nach unserer Hamburger Fahrt haben wir nicht mehr verkehrt, weil ich nicht in Berlin war und der Vater des Scheller von unserer Fahrt nach Hamburg erfahren hatte und darüber wütend geworden war. Er soll mir auch, wie ich von anderen Personen gehört habe, mit Tätlichkeiten gedroht haben. Ich habe aus diesem Grunde die Geschwister Scheller ganz gemieden.

Ich muß auf Vorbehalt zugeben, daß ich einmal mit Günther in der »Verona-Diele«, die im Westen Berlins liegt, gewesen bin. Wir waren dort nur kurze Zeit. In der Verona-Diele verkehren gleichgeschlechtliche Frauen. Scheller bat mich, dorthin zu gehen, um sich den Betrieb anzusehen. Ich habe ihn begleitet, weil er sich nicht traute, allein dorthin zu gehen.

Hans Stephan habe ich in dem Luftbad Südende getroffen. Ich entsinne mich nur noch dunkel an ihn. Ich habe mit ihm eine Konditorei in Steglitz besucht. Ich bestreite auch hier, den Hans Stephan geschlechtlich berührt zu haben.

Ich möchte noch folgendes nachtragen: Auf der Fahrt nach Hamburg haben wir uns über erotische Dinge unterhalten. Dabei erklärte mir Günther im Laufe des Gespräches, daß seine Schwester Hilde schon mehrere Freunde gehabt habe und geschlechtlich nicht mehr einwandfrei sei. Günther erzählte mir weiter, daß er mit einem Grafen Bernstorff freundschaftlichen Verkehr habe.

Ich will über die Art meiner Krankheit noch folgendes angeben: Homosexuell im wahren Sinne des Wortes bin ich nicht. Ich habe die Leidenschaft, daß ich, wenn ich von einem jungen Mann an den Fußsohlen gekitzelt werde, erregt werde und dann einen Erguß habe. Ich habe dieses von Scheller wegen seines Gebarens nie verlangt.

II

Die Tat

Ein wohlgenährter Mann in einer schlecht sitzenden Uniform stand im Eingang der kleinen Bahnhofshalle. Er gähnte und betrachtete den Jungen, der unruhig wie ein Panther im Käfig über den Bahnsteig strich. ›Man müßte noch mal jung sein‹, dachte der Schaffner neidisch, ›der wartet sicher auf sein Mädchen. Schönes Alter.‹

Paul spähte die Gleise entlang, ein milder Wind strich durch die dunklen Föhren, die die Schienen wie aufrechte Soldaten säumten. Die Lichter des Zuges waren noch nicht zu sehen. Er hatte den Sonntag über bei der Familie Hering in Mahlow verbracht – mit Fred gewürfelt, gefaulenzt, gedöst, ein wenig Fußball gespielt, bis sie die Sonne in den Schatten trieb. Das Hoch hatte die Stadt fest im Griff, nachts sanken die Temperaturen kaum unter 20 Grad. Es galt, die kommenden Tage auszunutzen. Günthers Eltern wollten am kommenden Dienstag zum Sommerhäuschen kommen. Paul hatte Günther den ganzen Tag über nicht zu Gesicht bekommen – er vermutete ihn in der Stadt.

Paul trat unruhig von einem Fuß auf den anderen. Er setzte sich hin, und er sprang wieder auf. Er malte sich aus, was Hilde wohl anhaben würde: das zitronengelbe Kleid? Oder das rote karierte mit dem kecken Strohhütchen? Fröhlich hatte sie ihn vor drei Stunden angerufen und ihn gefragt, ob er sie nicht abholen könne, sie gehe noch mit Ellinor im Hotel »Exelsior« schwofen und nehme dann den letzten Zug vom Potsdamer Bahnhof. Es war nicht ungefährlich, nachts durch die unbeleuchteten Straßen von Mahlow zu gehen. Immer wieder passierte es, daß Männer um ihre Brieftasche erleichtert wurden, und vor drei Monaten wurde eine Frau vergewaltigt.

Paul fühlte sich sicher. Unter seinem verbeulten Sakko

trug er die Pistole, die bei jedem Schritt gegen seine Brust schlug. Vor seinem inneren Auge sah er zum wiederholten Mal Hilde aus dem Zug treten, sie strich geheimnisvoll lächelnd ihre Haare zurück, reichte ihm die Hand und gab ihm einen verheißungsvollen Kuß.

Sein Herz machte einen Sprung. Er nahm sich vor, sie im Sturm zu erobern, alle seine Talente würde er in die Waagschale werfen. Nicht noch einmal würde er zulassen, daß ihm jemand in die Quere kam. Plötzlich durchbohrten kleine gelbe Nadelstiche die mondhelle Nacht und wurden langsam größer. Paul ließ die Lichter nicht aus den Augen. Sie rasten auf ihn zu. Er stand ganz dicht an der Bahnsteigkante, dröhnend sauste die Lokomotive an ihm vorbei, riß ihn beinahe mit. Flackernd huschten die Lichter der erleuchteten Waggons über den Bahnsteig. Noch bevor der Zug zum Stehen kam, sprang Hilde auf den Bahnsteig. Sie trug eine dunkelblaue Strickjacke, ihr zitronengelbes Kleid und eine schmale, paillettenbesetzte Handtasche. Sie lächelte Paul an, der ihr mit den Händen in den Taschen entgegeneilte. Er bemühte sich, lässig und entspannt zu wirken. Er wollte nicht, daß sie das Gefühl hatte, daß er dringend auf sie gewartet hatte.

»Das ist nett von dir, daß du mich abholst, Paul. Du bist ja ganz braun geworden. Hast du in der Sonne gelegen?« Ihre Hand glitt sanft über seine Wange, er fühlte sich wie elektrisiert.

»Wir haben Fußball gespielt«, sagte Paul lakonisch, um seine innere Erregung zu verbergen, und hielt ihr seinen Arm hin, damit sie sich bei ihm einhakte. »Das ist doch selbstverständlich, daß ich dich begleite. Dich beschütze!«

»Kannst du mich denn beschützen?« fragte sie kokett, als sie die Bahnhofshalle durchquerten.

Paul zog wortlos die polierte Pistole hervor.

»Na, du bist mir ja einer ...«, sagte Hilde bewundernd und drückte sich fest an ihn. Paul empfand ihren warmen Körper als eine Belohnung für die durchlittenen Qualen der Einsamkeit. Er drehte seinen Kopf und schnupperte an ihrem Hals – sie roch nach Rauch, nach Zimt, nach einem strengen Männerduft und wie immer leicht nach Lavendel. Sie ließ ihn gewähren.

»Hast du mit Ellinor getanzt?« fragte er sie betont nebensächlich.

»Jaja«, erwiderte sie flüchtig, »es waren keine netten Männer da. Nur solche, die ihre Hände überall da hinlegen, wo sie sie nicht hinlegen sollen. Aber immerhin hat das ›Orchester Julian Fuhs‹ gespielt. Sonst tritt der immer nur im ›Femina‹ auf. Klasse, sage ich dir.«

Paul blieb stehen und drehte sie zu sich herum. Ihr Gesicht lag im Halbschatten, ihre dunklen Augen ruhten abwartend auf ihm. Ihm kam es vor, als sei sie nur für ihn da. Seine Hände glitten an ihren Hüften abwärts. Ihre Arme hingen teilnahmslos herunter. Er beugte sich vor und küßte sie verlangend auf den Mund.

»Wenn du wüßtest …«, murmelte er.

Sie schob ihn sanft zurück.

»Nicht so stürmisch, Paul. Du beißt mir ja in die Lippen. Mit ein bißchen Gefühl macht es uns beiden mehr Spaß. Du küßt doch nicht zum ersten Mal, oder? Komm, da vorne ist eine Bank.«

Sie löste sich aus seinem Griff und zog ihn wie einen kleinen Schuljungen hinter sich her. Pauls Herz raste. Die Straße war menschenleer, das Schild des Mahlower Dorfkruges leuchtete müde über den kopfsteingepflasterten Marktplatz. Zwei Katzen schrien um die Wette. Hilde gab ihm einen leichten Stoß vor die Brust, so daß er auf die Bank sackte. Wie ein Kind, das Reiterspiele machen will, setzte sie sich auf seinen Schoß. Paul wähnte sich am Ziel seiner Wünsche. Seine Hände glitten über ihre nackten Oberschenkel, bis sie ihnen Einhalt gebot und sie an ihre Hüften legte.

»Eins nach dem anderen«, flüsterte sie bestimmend und nahm seinen Kopf in beide Hände, »jetzt beginnen wir erstmal eine kleine Lehrstunde. Beim Küssen ist es wie beim Autofahren. Man muß langsam und behutsam Gas geben, vorsichtig die Kupplung kommen lassen, ja, genau so ...«

Weich drückte sie ihre Lippen auf seine. Seine Zunge schnellte vor, fand aber keinen Einlaß. Sie spielte mit ihm, knabberte an seinen Lippen und gab ihm das Tempo vor. Immer wenn er einen Vorstoß machte oder versuchte, sie zu überrumpeln, zog sie sich zurück, bis er lernte, auf ihre Bewegungen einzugehen und auf ihre Signale zu horchen. Er umschlang sie mit seinen Armen. Sie war sein, sie war ein Teil von ihm. Sanft liebkosten ihre Hände seine Wangen. Er spürte ihre Lippen an seinem Ohr. Ihr Becken glitt vor und zurück. Paul konnte sich kaum noch zurückhalten. Seine Hände fuhren unter Hildes Kleid, faßten ihre Hüften, suchten ihren Rhythmus.

»Ich finde, er sieht nicht aus wie ein Musiker ...«, murmelte Hilde mit ihrer silberhellen Stimme und preßte sich an ihn und drückte ihn mit ihren Schenkeln.

»Wer?« fragte Paul abwesend, während er wie ein Süchtiger den Geruch ihrer Haut einsog, um ihn für immer zu speichern.

»Er träumt davon, ein berühmter Geiger zu werden. Ist das nicht lächerlich?«

»Ich weiß nicht ...« Paul verspannte sich. Ihm dämmerte, von wem Hilde redete.

»Ich kann mir Hans gar nicht mit einer Geige vorstellen. Mit einem Kochlöffel, ja! Aber mit einer Geige?« fuhr Hilde fort, ohne auf Pauls sich verändernden Gesichtsausdruck zu achten. »Weißt du eigentlich, warum Günther so eine Wut auf den Hans hat? Manchmal denke ich, daß er ihn richtiggehend haßt. Dabei waren sie doch Freunde. Und jetzt tun sie so, als seien sie Feinde. Vor allem Günther! Haben sie sich gestritten?«

Paul blickte eifersüchtig über ihre Schulter hinweg auf den Platz, unfähig, ihr zu antworten. Während er darüber nachdachte, wie er auf die Erwähnung seines Nebenbuhlers reagieren sollte, löste sich Hilde plötzlich und setzte sich neben ihn.

»Ellinor hat mir erzählt, daß du dichtest. Liest du mir mal was vor?«

»Ich weiß nicht ...«, sagte Paul gepreßt, gepeinigt von den Gedanken an Hans, unfähig, sich aus seiner Isolation zu lösen.

»Komm schon. Ich kenne doch dein schwarzes Heft!« forderte Hilde ihn auf. »Dann kriegst du auch einen Kuß!«

Sie legte sich über seinen Schoß und zog seine Schultasche heran. Als sie sie öffnen wollte, kam Paul ihr zuvor.

»Laß das«, sagte er scharf und holte sein Heft hervor und blätterte es durch. Er spürte, wie er rot wurde, wie seine Erregung wuchs, wie seine Gefühle versuchten, sich einen Weg aus seinem Innersten zu bahnen. Unsicher schlug er schließlich eine Seite mit einem Gedicht auf, das er für Hilde geschrieben hatte. Die Buchstaben lagen klar und deutlich vor ihm, aber sie erschienen ihm fremd und abstrakt. Hilde sah ihm über die Schulter, eine Hand lag auf seinem Oberschenkel. Sie brannte sich in sein Fleisch.

»Die wilde Glut in deinen Küssen ...«, begann er zögernd, versprach sich, wurde aber, während sein Blick auf die vertrauten Worte fiel, sicherer und begann erneut mit fester Stimme:

»Die wilde Glut in deinen Küssen / Entfachte meine Leidenschaft. / Nun bin ich dein mit aller Kraft / Und werd es bitter büßen müssen. / Doch ewig bin ich dir verfallen, / Du Schönste, Herrlichste von allen. / Ich will in süßem Rausch versinken, / In deinen Küssen tief ertrinken, / In deinen Armen will ich liegen, / Mich leidenschaftlich an dich schmiegen, / Dich gierig, heiß und wild umfassen, / Denn niemals kann ich von dir lassen. / Obgleich schon der Verrat aus dem Kusse spricht, / Bist du mein Leben und mein schönstes Licht.«

Paul sah auf den Buchstaben, den er mit einem Schwung beendet hatte. Ein paar Blätter raschelten im Wind. Sonst war es still. Hildes Hand legte sich auf seinen Rücken, sie kraulte seinen Nacken, versonnen sah sie in den Himmel. »Ach, Paul, wie schön! Kannst du es noch mal vorlesen?«

Er räusperte sich und las es ein zweites Mal vor. Hildes Kopf lag an seiner Schulter, und er beschloß, diesen Moment des Verschmelzens niemals zu vergessen.

Als er geendet hatte, schwiegen sie beide. Paul hielt das Buch mit beiden Händen auf seinem Schoß, er hatte Angst, daß die kleinste Bewegung diesen magischen Moment zerstören würde, daß dann nichts wieder so sein würde wie genau jetzt. Wieder war es Hilde, die das Schweigen als erste brach.

»Du schreibst so schön, so ergreifend. Ich bin ganz gerührt, Paul. Niemand hat jemals zuvor so etwas Liebevolles für mich geschrieben. Läßt du mich mal selber was lesen?«

Paul klappte sein Buch auf und zu.

»Eigentlich geht das niemanden etwas an«, sagte er zurückhaltend, »aber wenn es dir wirklich gefällt, bin ich bereit, eine Ausnahme zu machen. Du darfst dich aber nicht über mich lustig machen, weißt du? Bitte, du bist die erste, die in meinem Buch lesen darf.«

Zögernd reichte er ihr sein Buch.

»Danke«, erwiderte Hilde schlicht und schlug das Buch auf. Interessiert und aufmerksam studierte sie Pauls Einträge. Sein Arm lag um ihre Schultern, und seine Finger spielten mit einer Locke. Nach einer Weile sah sie ihn an. »Möchtest du, daß ich dir etwas hineinschreibe?«

»Nichts möchte ich lieber.«

»Aber du bist nicht zu streng mit mir?« fragte Hilde lächelnd, nahm ihm das Buch ab, schlug die nächste Seite auf und holte ihren eigenen Füller hervor. In sauberen Buchstaben schrieb sie Zeile um Zeile, bis sie eine ganze Seite gefüllt hatte. Anschließend hielt sie ihm das Büchlein hin.

»Bitte!«

»Lies du!« gab er zurück.

»*Dies Buch trägt die Ergüsse Deiner Seele. / Mein Sohn, Du bist poetisch angehaucht. / Die Reime sind wohl ohne Fehle, / Doch die Gedanken sind in Finsternis getaucht. / Ich will hiermit durchaus nicht sagen, / Daß der Sinn stets im Dunkel ist: / In Liebe muß man Dich wohl fragen, / Nach den Gedichten scheint's, daß Du darin bewandert bist. / Doch denk' ich, da Du noch sehr jung an Jahren, / Daß Dein Erleben in der Liebe nur erträumt. / Ich fürcht', Du bist darin noch ziemlich unerfahren – Beeile Dich, Du hast schon viel versäumt. / Was nützt die Liebe in Gedanken? / Kommt die Gelegenheit, dann kannst Du's nicht. / Ein Mädel wird sich schön bedanken, / Wenn Deine Liebesglut nur aus Gedichten spricht! / Dies ist nun ganz bestimmt kein Grund, sich zu erschießen. / Die Kugel spar zu anderm Zweck! / Auch würde manche Träne fließen. / Das lohnt sich sicher nicht um solchen Dreck.* Fertig!«

Paul tastete nach dem Revolver. Das kühle Metall verlieh ihm Sicherheit. Träumerisch blickte er in den Himmel.

»Ist es so schlimm? Stelle ich mich so ungeschickt an? Ich mag dich nämlich sehr gern!« sagte er leise.

»Nun nimm dir das bloß nicht zu sehr zu Herzen, Paul«, sagte Hilde leichthin, »es sind ja nur Worte. Du hast schon viel gelernt. Die Zeilen gehen mir schon längere Zeit durch den Kopf. Komm, wir müssen los. Es ist schon spät!«

Auffordernd streckte sie ihm ihre Hand entgegen. Paul griff fest zu. Mit langen Schritten eilten sie die gewölbte Straße hinunter. Sie sprachen kein Wort, bis sie das Gartentor aufstießen. Geduckt kauerte das Holzhaus im Garten, fahl vom Mond beschienen. Paul steuerte, Hilde hinter sich herziehend, auf das kleine Nebenhaus zu, in dem er immer mit Günther schlief. Er drückte die Klinke herunter, die Tür war verschlossen. Er sah Hilde ratlos an, so als ob er auf ihre Entscheidung wartete.

»Klopf mal«, riet sie ihm.

Eher halbherzig pochte er gegen das Holz. Der Gedanke, die Nacht mit Hilde zu verbringen, beherrschte ihn. Sie stand regungslos neben ihm, die Arme vor der Brust verschränkt.

»Soll ich's noch mal versuchen?« fragte er unsicher.

»Ach laß«, sagte Hilde, »weiß der Teufel, wo der sich wieder herumtreibt! Schläfst du eben drüben im Haupthaus.«

Paul spürte, wie sein Hals trocken wurde. Er legte einen Arm um ihre Hüfte, als sie den Garten durchquerten. Hilde schloß die Tür mit dem Schlüssel auf, der wie immer unter der Fußmatte lag, und trat in das Haus. Sie gähnte lauthals.

»Ach, ich bin ja so müde. Ich schlafe auf dem Hängeboden in der Küche. Für dich steht oben auf dem Boden noch ein Bett. Mein Vater hat es gezimmert, als wir noch klein waren. Paß nur auf, daß du dir keinen Spreißel einziehst. Es ist nicht gehobelt. Eine Decke müßte oben sein. Gute Nacht, Paul.«

Paul verharrte unschlüssig vor der schmalen Treppe, die zum Boden führte.

»Ich habe dich sehr lieb, Hilde!«

Sie näherte sich ihm langsam. Ihre braunen Haare hingen ihr in die Stirn und bedeckten ihr linkes Auge. Als sie vor ihm stand, stellte sie sich auf die Zehenspitzen und küßte ihn auf den Mund, ohne ihn weiter zu berühren.

»Ich weiß«, murmelte sie leise.

Paul sah sich ein letztes Mal um, als er auf der obersten Stufe angelangt war. Hilde stand in der Küchentür, ihr Gesicht lag im Schatten. Sie musterte ihn prüfend. Einen Augenblick lang dachte er daran, die Stufen hinunterzurennen, sie zu umschlingen, sie auf den Boden zu werfen, um sich auf sie zu pressen. Hatte sie ihn nicht in ihren Zeilen aufgefordert, die Initiative zu ergreifen? Aber dann, als das unschuldige Lächeln, das er zu gut kannte, sich in ihre Züge schlich, wich sein Mut, und er tastete sich vorwärts an einer Kiste vorbei. Schwach fiel das Licht des Mondes durch ein verschmutztes Fenster auf das aus rohen Planken gezimmerte Bett. Eine dünne Matratze lag auf den Brettern, Paul schlüpfte unter die Wolldecke und blickte durch die Schlieren auf dem Glas in den Himmel.

Gedanken schossen ihm durch den Kopf. Er fühlte sich mehr mit Hilde verbunden als je zuvor. Sie hatte ihn geküßt. Ob sie ihn genauso begehrte wie er sie? Ob sie ihn genauso liebte wie er sie? Er fühlte sich beinahe verlobt. ›Sie hat mich erhört‹, dachte er und verschränkte die Arme hinter dem Kopf. Eine Weile lag er da und lauschte den Geräuschen aus dem Haus, eine Tür quietschte, Wasser tropfte in eine Blechschale, Holzbalken knarrten kaum hörbar.

Plötzlich ließ ihn ein Knarren auf der Treppe hochfahren. Er rutschte aus dem Bett und kauerte sich hinter die Holzkiste. Die Tür schwang auf. Paul wußte nicht, warum er nicht im Bett geblieben war, aber nun starrte er gebannt auf den nackten Fuß, der sich in den Dachboden schob. Dem Fuß folgte eine Fessel und ein weißes, knielanges Nachthemd, das in der Dunkelheit zu leuchten schien. Hilde huschte durch den Raum und schlüpfte unter die Decke. Erstaunt stellte sie fest, daß Paul nicht mehr da war.

»Paul, wo bist du?« rief sie ängstlich überrascht.

»Ich bin hier«, flüsterte er leise und erhob sich hinter der Kiste.

Sie setzte sich auf und sah ihn groß an.

»Was machst du denn da?«

»Ich konnte nicht schlafen«, sagte Paul, der nicht eingestehen wollte, daß er Angst gehabt hatte.

»Komm!« sagte Hilde. »Hier ist für uns beide Platz.«

Wortlos legte er sich neben sie. Sie küßten sich ausgiebig, und Paul versuchte Hildes Ratschläge zu beherzigen. Ein stummes Ringen begann, das damit endete, daß Hilde mit geöffneten Schenkeln, zwischen denen Paul hockte, auf der Matratze lag, das Nachthemd bis zum Nabel hochgeschoben.

»Ich habe dich sehr lieb«, murmelte Paul und vergrub den Kopf an ihrem Hals.

»Du paßt auf, ja?« ermahnte ihn Hilde und wand sich unter ihm und umschlang ihn mit ihren Beinen. »Und sei zärtlich!«

Ein dumpfer Schlag auf das Dach ließ sie beide zusammenzucken.

»Was war das?« fragte Hilde und schmiegte sich an Paul.

»Vielleicht ein Vogel, den es im Flug erwischt hat.« Paul blickte zu den Dachsparren hoch. »Auf jeden Fall ist es jetzt ruhig. Hilde!«

Seine Hände glitten über ihren Körper, so als ob sie dieses unbekannte Land, das sich vor ihnen erstreckte, auf das genaueste erkunden wollten. Er fühlte sich fiebrig, und wie ein einziges Lebewesen rollten sie auf dem schmalen Bett herum, das jede ihrer Bewegungen mit einem Seufzen quittierte. Schließlich saß Hilde auf ihm, so wie sie vorher auf der Bank auf ihm gesessen hatte. Langsam bewegte sie ihr Becken. Sie stützte sich auf seiner Brust ab, und Paul wurde von seiner eigenen Erregung hinweggerissen, so daß er kaum noch merkte, wie sie ihm drei Finger in den Mund steckte.

»Hoppsala«, sagte Hilde und schmiegte sich an seine Brust.

»Ich habe dich wahnsinnig lieb!« beteuerte Paul atemlos.

»Red nicht, küß mich!«

Zum erstenmal war ihr Mund weit offen. Wild preßte sie ihre Lippen auf seinen Mund, er drang mit seiner Zunge weit in sie ein. Er wollte ihr das Nachthemd ausziehen, aber das ließ sie nicht zu.

»Ich muß gehen«, sagte sie bald darauf.

»Nur noch ein bißchen ...« Paul hielt sie am Handgelenk fest.

»Nein ...« Hilde befreite sich und strich ihr Hemd glatt und tastete sich zur Tür vor.

»Ich liebe dich ...«, sagte Paul leise, und er erschrak vor den Worten, die er in den Mund genommen hatte.

Paul (Daniel Brühl) und Hilde (Anna Maria Mühe)

Hilde und ihre Freundinnen sind fasziniert von dem Horoskopium

Pauls erstes Rendezvous mit Hilde

Hilde, Hans (Thure Lindhardt) und Günther (August Diehl)

Günther und Paul unterwegs zum Sommerhaus

Hilde und Elli (Jana Pallaske)

Günther Scheller (August Diehl)

Günther rennt

Günther beobachtet eifersüchtig Hans und seine Schwester Hilde

Hilde und Elli tanzen Charleston

Paul und Günther spielen mit einer scharfen Waffe

Paul und Günther in einem verlassenen Fabrikgebäude

Paul auf dem Weg zur Verhandlung

Vor dem Sommerhaus der Familie Scheller

»Hast du was gesagt?« fragte sie zurück.

»Gute Nacht«, sagte Paul, »schlaf gut. Ich träume von dir, Hilde.«

»Nacht, Paul.«

Paul sah ihr nach, wie sie vorsichtig die Treppe hinunterschlich. Er fühlte sich befreit von einer schweren Last. Als sie unten ankam, drehte sie sich um und winkte ihm zu. ›Nun ist sie mein‹, dachte er. Als er wieder ins Bett zurückkletterte, schnüffelte er nach ihrem Geruch in der zerdrückten Wolldecke, die Aufregung packte ihn ein zweites Mal, lange lag er wach und malte sich ihren Körper in allen Einzelheiten aus.

Als Paul am nächsten Morgen barfuß in die Küche kam, stand ein Topf mit Kaffee auf dem Herd und verströmte seinen aromatischen Duft. Die Sonne warf ein gelbes Rechteck auf den hölzernen Boden. Hildes Strickjacke hing über einem Stuhl, aber niemand war zu sehen. Er leerte schwungvoll ein halbvolles Glas mit Likör und wusch sich sein Gesicht mit kaltem Wasser, als Hilde und Günther zusammen in die Küche traten. Günthers Lächeln kam Paul wissend und ein wenig unverschämt vor. ›Man sieht es mir meilenweit an‹, dachte Paul, ›ich habe mit ihr geschlafen, ich habe es tatsächlich getan. Sicher liebt sie mich genauso, wie ich sie liebe.‹ Aber Hilde beachtete ihn kaum. Sie trug ein blauweiß kariertes Kleid, ihre Haare waren frisch gewaschen. Paul merkte ihr keine Veränderung an, nur ihre Wangen kamen ihm roter als sonst vor.

»Morgen, Paul.«

»Oh, Kaffee, Kaffee, Kaffee«, brummte Günther gutgelaunt und schlug Paul kräftig auf die Schulter. »Na, alter Junge, gut geschlafen? Siehst ein bißchen müde aus!«

Als er das sagte, zwinkerte er, während er sein Hemd in die Hose stopfte. Paul sah unsicher zu Hilde hin. Ob sie ihrem Bruder etwas erzählt hatte? Sie hatte ihm noch keinen Guten-Morgen-Kuß gegeben. Er machte einen Schritt in ihre Richtung, als sie den Küchentisch umrundete, ihre blaue Jacke vom Stuhl lupfte und einen letzten Schluck Kaffee aus ihrer Tasse nahm.

»Günther, ich fahre zu Vater ins Büro. Heute abend bleibe ich wohl in der Stadt. Wegen dem Schlüssel telefonieren wir dann.«

Günther nickte stumm. Paul stand steif vor dem Tisch. Hilde musterte ihn kurz wie einen Fremden, dann wurde ihr Gesicht weich, so als ob sie seinen Kummer bemerkt hätte – sie trat zu ihm hin und gab ihm einen flüchtigen Kuß auf die Wange.

»Tschüs, Paul.«

Instinktiv griff er nach ihr, aber sie entschlüpfte ihm. Er sah sie mit ihrem Rad durch das geöffnete Gartentor entschwinden. Er versuchte erfolglos eine Entschuldigung für ihr Verhalten zu finden.

»Kaffee am Montagmorgen schafft die dicksten Affenhorden ...«, summte Günther und schlenderte ins Wohnzimmer. Paul schenkte sich eine Tasse Kaffee ein und stürzte sie herunter. Günther legte eine Schallplatte auf das Grammophon, schmiß sich auf das Sofa und legte die Beine auf die Lehne.

»Was für ein Tag. Hast du was zu rauchen, Paul?«

Paul schüttelte den Kopf. Er lehnte am Türpfosten und lauschte der Jazzmusik. Trotz des Kaffees fühlte er sich elend und antriebslos, wie ausgesaugt. Günther nippte hin und wieder an seinem Kaffee. Paul fühlte sich so überflüssig wie selten zuvor. Weder die Sonne noch die Musik konnten ihn aufheitern. Er ging hinüber zu dem Schuppen, in dem Günther geschlafen hatte. Dort fiel er in das Bett und schlief ein.

*

Johann Stephan und Ehegattin Christina erschienen am 5. Juli auf Vorladung und erklärten folgendes:

Hans Stephan ist das einzige Kind aus unserer Ehe. Er sollte Kaufmann werden, doch hatten wir hierfür bei dem augenblicklichen Darniederliegen des Standes kein Interesse und gaben ihn als Kochlehrling in das Hotel »Continental«. Seit ungefähr drei Jahren kannte er die Familie Scheller. In der Hauptsache scheint er Hilde gekannt zu haben. Einmal, als er im Krankenhaus lag, hat sie sich nach ihm bei uns erkundigt und auch in der Folgezeit öfter angerufen. Durch Hilde ist Hans auch mit Günther Scheller bekannt geworden. Wenn wir ihn fragten, so sagte er öfter, daß er zu Günther Scheller gehe. Vor einiger Zeit erzählte uns unser Lehrmädchen, daß Günther ihr folgendes berichtet habe: Hans sei mit Günther zusammen gewesen, und Günther habe ihm erzählt, daß er einen sehr reichen Freund habe, der Ausländer sei. Die Jungen seien in der Wohnung des Mannes gewesen und haben auch ein Café aufgesucht. Dort habe Günther Scheller dann erzählt, daß er mit einem reichen Freund eine Tour nach Paris gemacht habe und jetzt in die Schweiz wolle.

Nachdem mir unser Lehrmädchen das erzählt hatte, begab ich mich in die Schellersche Wohnung und traf dort Frau Scheller an, um ihr das zu berichten. Frau Scheller war ganz sprachlos. Sie erzählte mir, daß ihr Sohn Günther ihr immer gesagt habe, daß Günther mit dem Vater eines seiner Schulkameraden die Autotouren mache. Frau Scheller erwähnte auch, daß sie öfter in Günther gedrungen sei, ihr diesen Herren vorzustellen. Günther hat sie scheinbar immer wieder vertröstet. Ich bat Frau Scheller, dem Günther nicht zu sagen, daß sie diese Kenntnis indirekt von Hans habe. Sie antwortete mir, daß sie dies bestimmt nicht tun werde, zumal Günther auch jähzornig sei. Frau Scheller rief sofort ihren Mann an, um ihn von diesem Vorfall in Kenntnis zu setzen. Inzwischen kam Günther Scheller nach Hause und hat ziemlich barsch nach dem Mittagessen verlangt. Ich bin fortgegangen, ohne daß mich Günther gesehen hat. Günther Scheller muß wohl später durch seine Eltern erfahren haben, daß wir seinen Eltern über die Fahrt berichtet haben.

Nachdem ich von den Schellers kam, habe ich meinen

Sohn Hans ausgefragt. Er erzählte mir, daß sie vor ein paar Tagen bei dem Mann gewesen sein. Sie hätten mit ihm Abendbrot gegessen, und der Mann habe ihnen seine Kleider – zwei Schränke voll – gezeigt. Ich muß auch sagen, daß Frau Scheller mir versprach, von dieser Sache die Polizei in Kenntnis zu setzen, damit dieser Freund unschädlich gemacht werde, da er doch zweifellos eine Gefahr für die jungen Männer bilde. Otto Scheller ging auch zur Polizei und suchte den Mann direkt auf in seiner Wohnung in der Uhlandstraße, er war aber bereits abgereist, und die Polizei interessierte sich nicht besonders für diese Sache.

Frau Scheller hat uns seinerzeit erzählt, daß sie unserem Hans ihre Wohnung verweisen mußten, weil sie das Verhältnis mit der Hilde nicht dulden wollten, wohl weil die Kinder zu jung waren. Hilde hat aber sehr oft Hans angerufen. Uns ist nicht bekannt, daß unser Sohn Hans ganze Nächte aus unserer Wohnung fortgeblieben ist. Manchmal kam er um 12 Uhr oder um 1 Uhr nachts nach Hause. Bei Vergnügungen kam er natürlich frühmorgens nach Hause. In diesen Fällen hat er unsere Erlaubnis gehabt.

Der Schüler Paul Krantz ist uns vollkommen unbekannt. Wir möchten noch erwähnen, daß gerade an dem betreffenden Tag vor der Tat viermal telefonisch nach meinem Sohne gefragt worden ist. Die Stimme am Telefon hat sich aber nicht Hilde genannt, sondern nannte immer einen anderen Vornamen.

*

Paul schlug die Augen auf und blickte aus dem Fenster des Schuppens. Er war verwirrt. War es schon Dienstag? Aber die Sonne stand weit im Westen. Hatte er so lange geschlafen? Er erinnerte sich – er war Montagmorgen gegen neun Uhr in der Früh ins Bett gegangen, während Günther Klavier spielte. Also mußte jetzt Montag nachmittag sein. Hilde war in die Stadt gefahren. Ruckartig sprang er auf, knöpfte sein Hemd zu und strich sich seine Haare glatt. Er hatte einen tauben Geschmack im Mund, spülte ihn mit dem Glas Wasser aus, das auf der Fensterbank stand, und eilte hinüber in das Haupthaus, dessen Tür offenstand.

»Na, du Schlafmütze? Verpennst den ganzen schönen Tag?« begrüßte ihn Günther, der lesend auf dem Sofa lag. »Die Nacht muß ja ganz schön anstrengend gewesen sein ...«

»Ich habe einen Bärenhunger«, erwiderte Paul und sah sich um. »Bist du allein? Oder ist deine Schwester da?«

»Weiß der Teufel, wo Hilde steckt. Wir machen uns Bratkartoffeln und Rührei.« Günther legte sein Buch zur Seite, streckte und erhob sich. »Herrlich, so ein fauler Tag. Keine Schule, keine Lehrer. Dieser Frieden hier. Göttlich geradezu. Nach dem Essen fahren wir in die Wohnung, würde ich vorschlagen. Etwas Spaß haben. Bald hat die schöne Zeit ja ein Ende. Wenn meine Eltern erst mal wieder da sind, beginnt der Ernst des Lebens. Holst du zwei Teller aus dem Schrank?«

»Habt ihr noch Wein da?« fragte Paul und deckte den Tisch.

»Geh in den Keller. Dort müßte noch der Obstwein meines Vaters stehen.«

»Es wäre sicher lustiger, wenn wir ein paar Mädchen einladen würden. Nicht, daß wir uns nicht alleine amüsieren würden, aber ...« Paul ließ den Rest seines Satzes unausgesprochen im Raum schweben, als er die Kellertreppe hinunterstieg.

Nachdem sie ihr Essen beendet und eine halbe Flasche Wein getrunken hatten, verschlossen sie das Haus und fuhren mit dem Zug nach Mariendorf. Paul wechselte sein Hemd und seine Hose in der Wohnung seiner Eltern, in denen er zu seiner großen Erleichterung nur seinen jüngeren Bruder antraf. Er hatte befürchtet, daß ihm seine Mutter längere Vorhaltungen machen würde – so beeilte er sich, aus der Wohnung herauszukommen, um nicht doch noch auf sie zu stoßen. Sie gingen zu Fuß zu Günthers Stadtwohnung in der Albrechtstraße 72c. Die Wohnung befand sich im hinteren Teil eines vierstöckigen Häuserensembles, das wie ein Hufeisen von der Straße abzweigte. Kurz nach acht Uhr abends bogen sie in die Sackgasse ab, die sonst immer von spielenden Kindern bevölkert war, jetzt aber ruhig und verlassen dalag, nur eine alte Frau saß strickend auf einer Bank.

»Es ist Licht in der Wohnung!« Günther hielt Paul am Arm fest und deutete auf das erleuchtete große Fenster im Hochparterre. »Hilde kann das nicht sein! Die ist bei Ellinor. Meine Eltern sind noch weg. Also sind es Einbrecher!«

Er zog Paul hinter eine Kastanie, ohne das Fenster aus den Augen zu lassen.

»Besser, wir holen die Polizei! Erst letzte Woche gab es wieder einen Feuerüberfall auf ein Wohnhaus in Zehlendorf. Zwei Tote! Einfach den Kopf weggeschossen!«

»Nun mach dir mal nicht in den Frack!« sagte Paul süffisant und löste sich aus Günthers Griff. »Wir sind jung und stark. Hast du etwa Angst? Ich nicht. Außerdem haben wir doch die Knarre dabei.«

Er klopfte auf seine Schultasche. Günther sah ihn zweifelnd an, aber Paul war sich seiner Sache so sicher, daß er den widerstrebenden Günther zu dem Eingang im Souterrain zog. Die Tür war nur angelehnt. Paul stieß sie auf. Gerade, als sie die Treppen hochstiegen, kam ihnen Hilde entgegen, die, als sie die Jungen erblickte, zusammenzuckte.

»Ach, ihr«, stotterte sie und bemühte sich, ihre Haare zu ordnen, »was macht ihr denn hier? Ich dachte, ihr wäret in Mahlow?!«

Sie sah Paul und Günther abschätzend an, der leichte Moment der Irritation war ebenso schnell verflogen, wie er gekommen war. Betont gleichgültig zwängte sie sich zwischen den Jungen durch und schloß die Haustür ab.

»Es treibt sich ja immer allerhand Gesindel hier herum. Na, dann kommt mit.«

Hilde stieg die letzten Stufen vor den Jungen hoch. Paul betrachtete ihren Hintern und ihre nackten, festen Waden, die er letzte Nacht so deutlich gespürt hatte. Sie legten ihre Sachen im halbdunklen Flur ab und gingen in das Kinderzimmer, dessen erleuchtetes Fenster sie von außen gesehen hatten. Die Tür zu der kleinen verglasten Veranda stand offen. Hilde blieb im Treppenhaus zurück. Günther starrte düster auf den Hof hinaus.

»Hier ist was faul, Paul. Jemand ist in der Wohnung. Das spüre ich. Jemand versteckt sich vor mir. Vielleicht ein Freund von Hilde. Oder eine Freundin! Ich schaue mich mal um. Du bleibst hier!«

Paul widmete seine Aufmerksamkeit einem Foto von Hilde, das auf einem Tisch stand. Nicht einen Blick hatte sie ihm geschenkt, geschweige denn einen Kuß. Wußte sie denn nicht, wie es in ihm aussah? Hatte er ihr denn nicht seine Liebe gestanden?

»Wo kommt der denn her?« zischte Günther, der von seiner Erkundungstour zurückgekehrt war und plötzlich neben Paul stand. Erregt deutete er auf den Hof. Im Schutz eines Baumes stand ein Mann mit einem langen Mantel und einer Schiebermütze und wandte ihnen den Rücken zu.

»Keine Ahnung«, meinte Paul verblüfft. »Eben war er noch nicht da!«

»Irgendwie kommt der mir so bekannt vor ... Vielleicht benimmt sich Hilde deshalb so komisch. Na, ich habe sie gebeten, Ellinor zu holen. Zu viert haben wir mehr Spaß.«

Günther setzte sich an das Klavier im angrenzenden Eßzimmer. Paul sah noch, daß der fremde Mann sich Hilde anschloß, als sie mit ihrer dunkelblauen Strickjacke das Haus verließ.

»Sieh doch mal in der Küche nach, ob du dort noch was zu rauchen findest«, rief ihm Günther vom Klavier aus zu. »Im Küchenschrank oder in den Schubladen. Irgendwo müßte was sein!«

Paul ging in die Küche, in der wie immer alles säuberlich geordnet an seinem Platz stand. Der Boden war frisch gewischt, und die Fenster blinkten. Er öffnete den Küchenschrank, blickte hinter das Porzellan und zog die beiden Schubladen mit dem Besteck auf. Alles, was er fand, war eine Packung Streichhölzer und eine leere Packung Zigaretten. Und eine Flasche Kognak in einem kleinen Glasschränkchen. Schnell zog er den Glasverschluß heraus und nahm einen langen Schluck, der heiß in seinen Magen schoß.

»Ich finde nichts«, brüllte er Günther dann zu, um die Musik zu übertönen.

»Hast du schon im Küchentisch geguckt?« schrie Günther zurück.

Paul öffnete die Schublade, in der Werkzeug, Nägel, Fäden und eine Schere lagen. Er durchwühlte sie, und plötzlich hielt er eine Packung mit fünf Patronen in der Hand. Er betrachtete sie eingehend. Sie schienen genau das Kaliber seiner Pistole zu haben. Er ging in den Flur, holte seine Tasche und zog das Magazin aus seiner Pistole. Seine Vermutung bestätigte sich. Zusammen mit der Pistole und den Patronen ging er zu Günther und zeigte ihm seinen Fund.

»Sieh her. Sie passen sogar.«

Günther steckte die Patronen sachkundig in das Magazin und schob es zurück in die Pistole.

»Na, prima, jetzt haben wir zwar nichts zu rauchen, aber was zum Knallen. Ich frage mich nur, was das für ein Kerl war, den Hilde da wieder angeschleppt hat. Du warst doch letzte Nacht mit ihr zusammen!? Läßt du dir das so einfach gefallen?«

Er wandte sich wieder den Tasten zu, während Paul unschlüssig mit der Pistole in der Hand dastand. Schließlich verstaute er sie wieder in seiner Tasche und ging zurück zur Veranda. Mittlerweile war es halb dunkel geworden. Viele Fenster des Häuserblocks waren erleuchtet und strahlten zufrieden in die beginnende Nacht hinaus. Ein paar Minuten später nahm er drei Schatten wahr, die sich langsam aus dem Zwielicht herausschälten. Er erkannte die beiden Mädchen, die sich bei dem Mann im Mantel eingehakt hatten. Sie waren offensichtlich bester Stimmung. Sie lachten ausgelassen. Paul empfand ihre Bewegungen als aufreizend.

»Hilde und Ellinor sind da«, rief er Günther zu, der sich ganz seinem Spiel hingab, »ich lasse sie ins Haus.«

Er eilte die Stufen herunter und öffnete die Tür. Nun erst erkannte er im schwachen Licht des Eingangs den Mann – es war Hans, der sich mit einem langen Mantel getarnt hatte. Der sah ihn munter unter seiner karierten Schiebermütze hervor an. Hilde betrachtete ihn wie einen Fremden. Paul fühlte sich, als ob ihm jemand einen schweren Schlag in den Magen versetzt hätte. Er war zu stolz, um Hilde Vorhaltungen zu machen. Im Gegenteil. Er begrüßte sie und Hans kühl und gab Ellinor einen innigen Kuß, auch um Hilde zu zeigen, daß er sie nicht brauchte.

»Gehst du schon mal mit Ellinor hoch, Paul? Günther muß uns ja nicht unbedingt sehen. Ich komme dann nach!« sagte Hilde. Dann stellte sie sich auf die Zehenspitzen und flüsterte Paul ins Ohr: »Du weißt ja, daß Günther nicht gut auf Hans zu sprechen ist. Ich möchte nicht die Ursache einer Keilerei sein. Versprichst du mir, ihm nichts von Hans zu sagen?«

Paul nickte stumm mit dem Kopf. Natürlich war ihm der Arm von Hans nicht entgangen, der um Hildes Hüfte lag, aber er hätte sich eher die Zunge abgebissen, als sich bei ihr zu beschweren.

»Wir gehen schon mal vor!« Ellinor ergriff Pauls Arm.

Sie betraten das Eßzimmer, in dem Günther mehrere Flaschen auf den Tisch räumte und Gläser an die Plätze stellte. Paul nahm Ellinor ihre Jacke ab. Sie erschien ihm, anders als Hilde, so verläßlich, daß er sich zu ihr herüberbeugte und sie küßte. Sie ließ ihn gewähren und fiel in das weichgepolsterte gestreifte Sofa. Die Wohnungstür klappte zweimal, und eine andere Tür in der Wohnung fiel ebenfalls zu.

»Hilde kommt gleich. Sie ist noch mit einem guten Bekannten zusammen. Sie möchte nicht gestört werden!« sagte Ellinor wichtig.

»Mit wem ist sie denn zusammen?« wollte Günther mit schmalen Augen wissen und füllte sorgsam die geschliffenen Gläser.

»Das geht dich gar nichts an!« erwiderte sie.

»Dann gibst du mir eben einen Kuß!« sagte Günther.

»Du spinnst wohl?!«

»Hab dich nicht so!« Er umschlang sie mit einem Arm.

»Ich weiß nicht …« Sie zögerte.

»Nur einen Freundschaftskuß! Hilde ist doch meine Schwester.«

»Na gut. Aber nur einen!«

Ellinor spitzte ihre Lippen und sah ihn ergeben an. Günther küßte sie feucht und schmatzend.

»Mit wem ist Hilde zusammen, Paul?« fragte er gleich darauf.

»Ich habe keine Ahnung«, murmelte Paul gequält und leerte sein Glas.

Günther betrachtete mißtrauisch erst seinen Freund und dann Ellinor. Seine dunklen Augen zuckten unmerklich. Unwirsch warf er seine Haare zurück und sackte in das Polster. Paul legte demonstrativ eine Hand auf Ellinors Knie. Sie trug ein beiges Kleid mit grünen Streifen, er fand, daß sie schon sehr erwachsen aussah. Günther starrte unter die Decke und schlug dann plötzlich mit den Händen auf das Sofa, daß es staubte. Wortlos sprang er auf und verließ das Eßzimmer. Die beiden sahen ihm verdutzt nach.

»Was ist mit ihm?« fragte Ellinor verwirrt.

»Nichts. Er hat manchmal diese Launen. Unberechenbar eben. Habe ich schon öfter bemerkt«, sagte Paul. »Möchtest du noch was trinken?«

Er ließ seine Hand ihren Schenkel hinaufwandern. Als Ellinor keinen Einspruch erhob, beugte er sich vor und küßte sie auf den Mund. Einer Eingebung folgend, zog er sie hinter sich her durch den Flur in das Elternschlafzimmer. Die beiden einzelnen Betten, die nebeneinander standen, waren sorgfältig aufgeschlagen, die weiße Wäsche blitzte, ein Krug mit Wasser stand auf dem Waschbecken, und die Eichenmöbel strahlten eine gediegene Atmosphäre aus, die Paul schwer beeindruckte. Im Spiegel des großen Kleiderschrankes sahen sie sich beide an.

»Magst du dich setzen?« fragte Paul.

Sie setzte sich behutsam neben ihn auf die Bettkante. Paul küßte sie erneut, er beherzigte das, was ihm Hilde geraten hatte. Ellinors Küsse waren weicher und zögernder, sie legte ihre Arme um Paul. Er spürte ihre Brüste. Aber so richtig genießen konnte er ihre Liebkosungen nicht. Immer wieder kehrten seine Gedanken zu Hilde und dem verheißungsvollen Funkeln ihrer Augen zurück.

»Du darfst deine Hände ruhig etwas höher schieben«, murmelte Ellinor zu Pauls Überraschung, der seiner Meinung nach bereits zu weit gegangen war. Er triumphierte. Er bewies Hilde, daß er nicht auf sie angewiesen war, und er bewies sich selbst, daß er Erfolg bei den Frauen hatte. Und doch, er löste sich von Ellinor. Als er ihr in die Augen sah, erkannte er, daß sie bereit war, mit ihm zu schlafen. Zu jedem anderen Zeitpunkt hätte er gejubelt über ihre Offenheit, nun aber, da er Hilde nebenan wußte mit Hans, fühlte er sich so bedrückt, daß er sich unfähig fühlte, auf ihr Angebot einzugehen. Sie schob eine Hand zwischen seine Beine.

»Du mußt nicht denken, daß ich unerfahren bin«, murmelte sie leise, »ich mag dich, und ich würde dich gerne spüren, Paul ...«

Ihre Brust hob und senkte sich, sie befeuchtete ihre Lippen mit der Zunge und küßte ihn sanft.

»Ich kann den kategorischen Imperativ von Kant nicht teilen. Seine Behauptung, daß allein die Achtung vor dem Sittengesetz und die Befolgung der Pflicht ein Tun moralisch machen ...« Paul flüchtete sich in die Welt, in der er sich sicherer fühlte.

»... ich finde, daß er recht hat«, hielt Ellinor, ohne zu zögern, dagegen. »Der Mensch steht unter dem Naturgesetz, er ist unfrei, wenn er den Einflüssen der Außenwelt folgt.

Nur wenn wir unsere Persönlichkeit ausbilden, haben wir die Möglichkeit, frei zu werden …«

»Habt ihr Günther gesehen?« fragte Hilde, die auf einmal in der Schlafzimmertür auftauchte und von einem zum anderen sah, ohne den geringsten Vorwurf im Blick oder in der Stimme.

»Er ist weg!« sagte Paul und starrte Hilde an, so als ob ihm das weiterhelfen würde.

»Er hat uns nicht gesagt, wohin er gegangen ist«, sagte Ellinor.

»Hm«, machte Hilde nachdenklich und drehte sich um und rief laut durch die Wohnung: »Hans, du kannst rauskommen! Günther ist weg!«

Hans stand mit verschränkten Armen auf dem Korridor und betrachtete sich ausführlich in dem Garderobenspiegel, als die anderen drei zu ihm traten.

»Was machen wir nun?« wollte er wissen.

»Ellinor muß nach Hause. Es ist schon spät. Ich bringe sie eben, ja? Es gibt nur ein kleines Problem. Die Haustür ist abgeschlossen. Und mein schlauer Bruder ist nach Mahlow gefahren und hat den Schlüssel mitgenommen! Ganz schön gemein! Es ist besser, wenn er dich hier nicht trifft. Er hat eine ganz schöne Wut auf dich.«

»Mit Günther werde ich noch fertig!« sagte Hans lässig.

»Hast du was zu rauchen, Hans?»fragte Paul »Ich habe einen totalen Schmacht!«

Hans zog eine zerdrückte Zigarette aus seiner Brusttasche, zerbrach sie und gab Paul die Hälfte.

»Ich muß aber auf jeden Fall nach Hause«, erwiderte Ellinor.

»Du kannst doch hier in der Wohnung schlafen, Ellinor«, sagte Paul, »genug Platz ist ja!«

»Ich weiß nicht«, zweifelte Ellinor, »ich muß aber auf jeden Fall Bescheid sagen. Meine Eltern sind sehr streng in diesen Dingen. Außerdem haben wir morgen Schule.«

»Laß mich das mal machen«, sagte Hilde, »ich kann gut mit deinen Eltern. Vielleicht kann ich sie überzeugen, daß du bleiben darfst. Helft ihr mir aus dem Fenster?«

Paul und Hans nickten. Gemeinsam kehrten sie in das Eßzimmer zurück, öffneten ein Fenster der Veranda und ließen Hilde am ausgestreckten Arm an der Hauswand hinab, bis ihre Füße den Rasen berührten. Mit schnellen Schritten lief sie davon, zu Ellinors Wohnung. Die drei Verbliebenen tranken etwas, Paul ließ sich gegenüber Hans nichts anmerken, obwohl es in ihm kochte. Schweigend rauchten sie ihre geteilte Zigarette. Eine Viertelstunde später stand Hilde wieder vor dem Fenster.

»Nichts zu machen. Du sollst sofort nach Hause kommen, Ellinor. Deine Mutter ist wahnsinnig ängstlich. Oben bei Raasch ist noch Licht. Die können uns die Tür aufsperren.«

Ellinor verabschiedete sich mit einem Kuß von Paul. Die anderen begaben sich wieder in das Eßzimmer, redeten und tranken, bis das Geräusch der sich öffnenden Haustür alle zusammenfahren ließ. Hilde reagierte am schnellsten.

»Das ist Günther. Geh in das Schlafzimmer meiner Eltern, Hans, und mach die Tür zu. Er wird in der Kammer schlafen. Und du Paul, du hältst dein Versprechen, Günther nicht zu sagen, wer bei mir ist?!«

Paul nickte ergeben. Hans sprang auf und eilte ins Schlafzimmer.

»Du siehst ja komisch aus«, begrüßte Hilde ihren Bruder an der Flurtür, der nervös an ihr vorbeisah, »was hast du denn? Wo warst du?«

»Wer war das vorhin?« wollte Günther wissen und schob sich an ihr vorbei.

»Ach, den kennst du nicht! Ellinor mußte leider schon weg. Paul ist aber noch da, er wartet auf dich im Eßzimmer. Ich bin wahnsinnig müde, ich gehe jetzt schlafen!« Sie gähnte theatralisch und ging ins Schlafzimmer.

»Was ist los, Paul? Du guckst so trübe«, fragte Günther ihn im Eßzimmer.

Paul füllte wortlos die Gläser auf dem Tisch voll.

»Na, du hast auch allen Grund. Meine Schwester benimmt sich ja nicht allzu fein dir gegenüber. Ich weiß wohl, daß sie mit einem Mann zusammen ist. Vielleicht wäre es für dich leichter, wenn du mir sagen würdest, wer bei ihr ist. Du liebst sie doch, oder?«

»Ich weiß es nicht«, murmelte Paul gedrückt.

»Ich glaube dir nicht! Sag es mir. Wir sind doch Freunde. Wir haben keine Geheimnisse voreinander, oder?«

»Nein …«

»Na, siehst du. Nun spuck's schon aus. Wer ist bei ihr? Jemand, den ich kenne?«

Günther lehnte sich über den Tisch und sog sich an Pauls leicht gerötetem Gesicht fest. Paul wich ihm aus und stürzte sein Glas hinunter.

»Ich verstehe dich nicht, Paul. Gerade du hast doch nun den geringsten Grund, Hilde einen Gefallen zu tun. Sie liegt nebenan mit einem Fremden im Bett, und du schützt sie noch? Das ist doch verrückt! Komm, trink noch was.«

Paul war wie zerrissen. Hatte er Hilde nicht versprochen, Günther nichts zu verraten? Aber wie ging sie mit ihm um, mit seinen Gefühlen? Trat sie die nicht mit Füßen? Sollte er sich noch länger quälen?

»Hans ist bei ihr«, sagte er schließlich leise.

Günther schlug mit der Faust auf die Tischplatte, daß es klirrte, sein Gesicht verzerrte sich.

»Dieses Schwein! Der Todfeind meiner Familie. Ausgerechnet der. Warum muß sie mir das antun? Hans Stephan, ich fasse es nicht!«

»Warum hast du so eine Wut auf ihn?« wollte Paul wissen.

»Du weißt doch, daß ich mit Zipser in Paris war«, stieß Günther hervor. »Er hat dort einen Jungen und ein Mädchen bestellt. Alles war zu sehen. Von vorne und von hinten, sie hat sich auf ihn draufgesetzt, und er hat sie genommen wie eine Hündin, immer wieder. Später kam noch ein dritter Mann dazu, der es auch erst mit der Frau trieb und dann mit dem Mann. Zipser wollte, daß ich mich darüber aufrege. Er hat seine Hand immer auf meinen Schenkel gelegt, ich habe sie aber weggeschoben und bin ganz gelassen geblieben. Ich glaube, der war ganz schön nervös … Na, und das hat Hans meinen Eltern gepetzt. Du kannst dir denken, was die sich gedacht haben! Aber noch viel schlimmer war, daß mein Vater deshalb zur Kriminalpolizei ging, um Zipser anzuzeigen. Und ich mußte fast die Schule verlassen. So knapp vorm Abitur. Ist es da ein Wunder, daß ich so wütend auf Hans bin?«

»Nein«, sagte Paul. »War sie hübsch?«

»Wer?«

»Das Mädchen in Paris!« Paul wurde rot bei dem Gedanken an das, was sie auf der Bühne getrieben hatte.

»Ja, ziemlich. Ich habe mich gefragt, warum so ein Mädchen so was macht. Sie war nur unwesentlich älter als wir. Vollkommen hemmungslos. Und dieses Schwein Hans ist bei Hilde.«

Er schob Paul einen Becher mit Kaffee hin und warf einen nervösen Blick auf die Wand, hinter der er Hans Stephan vermutete.

»Na ja«, versuchte Paul abzulenken, »so schlimm …«

»Ach was«, unterbrach ihn Günther rüde, »schlimmer geht's schon gar nicht mehr. Ich jedenfalls halte das nicht mehr aus. Ich muß was tun!«

»Sie betrügt mich mit ihm«, gestand Paul nun, »und ich bin doch so in sie verliebt. Dabei habe ich ihm schon einmal gesagt, er solle seine Finger von ihr lassen. Aber er ist wie ein Pestgeschwür. Du kannst dir nicht vorstellen, wie mich das mitnimmt.«

Er griff zu der Flasche und leerte den Rest in sein Glas.

»Weißt du was, Paul? Ich habe Lust, mich zu erschießen! Was für einen Sinn macht es, in so einer Welt zu leben? Voller Betrug und Gemeinheit!«

»Ich mache sofort mit«, antwortete Paul mit glühenden Augen, »wie wollen wir es denn tun?«

»Jeder erschießt sich selbst!« schlug Günther vor.

»Ich will aber nicht der zweite sein«, sagte Paul.

»Ich auch nicht! Kannst du mir die Pistole geben?«

Das Radio spielte eine bekannte Jazzmelodie. Die Nacht schritt voran. Der Rauch hing schwer in der Küche, ebenso wie der Duft des Kaffees. Mittlerweile war es bereits kurz nach vier Uhr morgens. Paul kippte mit dem Stuhl nach hinten. Er spürte keine Müdigkeit, nur Verdruß, Langeweile, Ärger. Günther rollte seine Hemdsärmel hoch. Spielerisch wie ein Westernheld ließ er die Pistole um seinen Zeigefinger kreisen, etwas, was er schon öfter, allerdings bei ungeladener Waffe, geübt hatte. Sein Gesichtsausdruck war ernst und verschlossen.

Plötzlich löste sich krachend ein Schuß, die Kugel zischte an Paul vorbei und klatschte in das Holz der Küchentür. Günther sah ihr mit offenem Mund nach, so als ob er noch gar nicht begriffen hatte, daß er fast seinen Freund erschossen hatte.

»Du hättest mich beinahe erledigt«, sagte Paul ruhig, mit einem Blick auf die Küchentür, »war die Waffe nicht gesichert? Zeig mal!«

»Wenn der Schuß ein bißchen mehr nach rechts gegangen wäre, hätte ich dich getroffen!«

Er reichte ihm die Waffe ohne eine weitere Entschuldigung. Die Küchentür flog auf. Hilde stand blaß auf der Schwelle. ›Sie trägt das gleiche Nachthemd wie gestern‹, dachte Paul, und er spürte seine Eifersucht, aber wieder ließ er sich nichts anmerken.

»Seid ihr verrückt geworden? Wo habt ihr denn hingeschossen?«

»In die Tür!« antworteten die beiden unisono, mit unterschwelligem Stolz.

»Der Schuß hat mich nur knapp verfehlt«, fügte Paul hinzu und beobachtete Hilde genau, um zu sehen, ob sie eine Reaktion zeigte. Sie gab sich aber mit der Antwort zufrieden, zog die Tür hinter sich zu und überließ die beiden Jungen wieder sich selbst.

»Jetzt geht sie wieder zu meinem speziellen Freund!« stieß Günther hervor.

»Das hat man nun davon«, sagte Paul düster, »die letzte Nacht war sie meine, und jetzt ...«

Er griff wie nach einem Halt suchend nach der Likörflasche.

»Ich sehe nicht ein, wieso wir beide sterben sollen, während sich Hans weiterhin mit Hilde amüsiert. Ich nehme ihn mit!« sagte Günther entschlossen.

»Und was ist mit deiner Schwester?« fragte Paul.

Günther stand auf und drehte das Wasser an. Er wandte Paul den Rücken zu und schwieg. Das Wasser lief in seine Hände, gierig trank er in langen Schlucken. Schließlich drehte er sich um, sein Gesicht war gelöst und entspannt. Er drehte das Radio lauter, summte gutgelaunt die Melodie mit, zündete zwei Zigaretten und reichte Paul eine.

»Könnt ihr nicht mal Ruhe geben? Was macht ihr denn jetzt schon wieder für einen Krach?« Hilde streckte erneut ihren verwuschelten Kopf durch die Küchentür.

»Wir feiern! Außerdem geht dich das gar nichts an«, sagte Günther lakonisch.

»Es ist ja ein wahnsinniger Qualm. Macht doch mal ein Fenster auf!« Hilde wedelte mit der Hand und zog die Tür wieder zu.

Günther sah ihr hinterher, blies Rauchringe in die Luft, drehte das Radio noch ein bißchen lauter und wandte sich zu Paul um, der zurückgelehnt am Tisch saß.

»Du hast auch allen Grund, die Hilde mitzunehmen.«

»Na, dann sterben wir eben alle«, brummte Paul.

»Ich erschieße Hans, und du erschießt mich!«

»Das kann ich nicht.«

»Hm, also erschieße ich Hans, dann mich selbst, du erschießt dann Hilde und dann dich! Wie ist es damit?«

»Das finde ich in Ordnung. Wir sollten vorher nur noch einen Abschiedsbrief schreiben. Damit alle wissen, warum wir diese schnöde Welt verlassen. Ein Weiterleben hat für uns doch keinen Zweck. Nichts zählt mehr. Weder die Liebe noch die Ehre, noch der Stolz. Und Hans und Hilde nehmen wir mit, nach dieser Schmach, die sie uns angetan haben.«

Paul bückte sich und holte ein paar weiße Zettel und zwei Bleistifte aus seiner Schultasche. Günther warf einen Blick aus dem Fenster, der Morgen graute bereits, und dann setzte er sich Paul gegenüber und begann wieder zu schreiben.

»Ich habe eine grandiose Idee«, sagte Günther, »laß uns die Berliner Morgenpost von unserem Tod benachrichtigen. Laß uns mit einem Knall aus dieser Welt scheiden.«

Versunken in ihr Vorhaben, verabschiedeten sie sich in ihren Briefen von der Welt. Paul holte eine neue Weinflasche aus dem Eßzimmer, Günther setzte noch einmal Kaffeewasser auf, und Paul sorgte dafür, daß ihre Gläser nicht leer wurden. Günther versuchte zwischendurch einmal, in das Schlafzimmer zu gelangen, aber die Tür war abgeschlossen, und obwohl er an ihr rüttelte, öffnete man ihm nicht. Es war bereits hell, als Paul in die Kammer neben der Küche ging, um sich dort auf die Pritsche zu legen. Günther saß am Tisch und schrieb.

Paul hatte gerade seine Augen geschlossen, als ihn Günther weckte.

»Komm, du mußt noch den letzten Zettel zu Ende schreiben. Er soll doch von uns beiden sein.«

Paul überflog den Brief von Günther und fügte drei Sätze hinzu. Er betrachtete erst den überhäuften Küchentisch, die Pistole, die geleerten Flaschen, den Rauch, der schwer in der Luft hing, und Günthers Gesicht, das ihm eigenartig aufgequollen und gereizt erschien. Dann sah er nach draußen in die grünen Bäume und in den friedlichen Morgenhimmel, und plötzlich erwachte er wie aus einem Traum.

»Es ist doch Quatsch, was wir geschrieben haben. Es ist doch albern, wenn wir uns jetzt aus dem Leben stehlen wollen und unser Gewissen auch noch durch einen Mord belasten«, meinte Paul zögernd.

»Bist du feige, oder was?« fragte Günther ärgerlich.

»Nein! Nur vernünftig. Wir haben uns von unseren ...«

»Ach was, unsere Gefühle sind da. Wir nehmen sie ernst. Wir kneifen nicht vor ihnen. Ich mache auf jeden Fall keinen Rückzieher.«

»Wir sollten erst mal noch einen Kaffee trinken«, lenkte Paul ein, der Günthers Sturheit kannte und wußte, daß es besser war, das Thema zu wechseln. Er machte sich an dem Filter zu schaffen und füllte ihn mit neuem Kaffee, setzte Wasser auf dem Herd auf und wusch sich das Gesicht mit kaltem Wasser, während Günther aus dem offenen Fenster auf den Hof sah und mit der Pistole spielte.

*

Am 28. Juni gab die Schülerin Ellinor zu Protokoll:

Die Nacht über habe ich zu Hause geschlafen. Morgens wachte ich frühzeitig auf. Weil ich nicht mehr weiterschlafen konnte, dachte ich, du kannst ja vor der Schule noch einmal zu Hilde gehen. Ich tat dies und kam etwa zehn Minuten nach sieben zum Hause Albrechtstraße 72c. Ich pfiff, es meldete sich aber keiner. Darauf ging ich rauf und klingelte. Paul Krantz öffnete die Tür. Er sah ein bißchen verschlafen aus. Hilde war im Badezimmer. Günther Scheller kam aus dem Schlafzimmer und begrüßte mich. Dabei gab er mir die Hand. Ich machte ihm Vorwürfe, daß er uns eingeschlossen hatte und daß ich infolgedessen so spät nach Hause gekommen sei. Ich hätte deswegen Krach gekriegt. Er sah mich gar nicht an, sondern guckte interesselos an mir vorbei, geistesabwesend, als wenn er gar nicht zuhörte. Er hatte kein bestimmtes Ziel im Auge, sondern sah hinter mir an die Wand, während er mit dem Rücken nach der offenen Schlafzimmertür stand.

Ich sagte nun: »Was habt ihr denn? Günther guckt so komisch, und Paul ist so verschlafen.« Eine Antwort bekam ich nicht. Da rief Hilde aus dem Badezimmer: »Komm doch mal rein.« Sie wusch sich dort und war noch nicht angezogen. Als ich in das Badezimmer ging, sah ich, daß Günther ins Schlafzimmer zurückging. Die Tür des Badezimmers blieb angelehnt. Paul stand davor im Korridor.

Irgend jemand muß ein Wort von Hans gesagt haben, entweder Paul oder Hilde. Ich wußte bis dahin nichts davon, daß sich Hans noch in der Wohnung befand. Jedenfalls fragte ich: »Hat denn Hans hier geschlafen?« Hilde antwortete, indem sie sich weiter wusch: »Ja!« Ich antwortete darauf: »Du bist wohl wahnsinnig!« Jedenfalls bekam ich einen Schrecken. Hilde sagte gar nichts.

Paul rief nun etwas auf dem Korridor. Nach meiner Erinnerung sagte er: »Die sind im Schlafzimmer, ich kann nicht rein!«

Die Worte weiß ich nicht mehr ganz genau. Es ist schwer für mich, mich auf jede Einzelheit zu besinnen, weil die folgenden Vorfälle sich so schnell hintereinander ereigneten. Ich meine, daß Günther und Hans zusammen im Schlafzimmer waren, denn ich glaube erst aus Pauls Worten entnommen zu haben, daß Hans überhaupt im Schlafzimmer war.

Ich öffnete nun die Badezimmertür und sah, wie Paul an mir vorbei ins Schlafzimmer ging. Die Tür wurde zugemacht. Von wem, kann ich nicht sagen. Ich nehme aber an, von Paul. Ich selbst stand dabei in der Badezimmertür. Unmittelbar nachdem Paul ins Zimmer gegangen war, fielen im Schlafzimmer Schüsse. Es waren mehr als zwei, vielleicht drei oder vier. Die Zeitabstände weiß ich nicht mehr. Ich weiß aber noch genau, daß Hilde an mir vorbeirannte und mit den Fäusten an die Schlafzimmertür hämmerte. Also muß diese Tür wohl doch verschlossen gewesen sein. Ich selbst stand ganz fassungslos im Korridor vor dem Zimmer.

Dann ging die Türe auf, und Hilde lief hinein, während ich selbst noch zögerte, weil ich Angst hatte. Ich hörte sie aufschreien: »Paul.« Ich selbst brüllte nun auch »Paul«, weil ich dachte, er hätte sich erschossen. Es hätte viel mehr zu Pauls seelischer Verfassung gepaßt, wie ich sie in den Gesprächen mit ihm kennengelernt hatte, dagegen hätte ich es Günther gar nicht zugetraut, daß er Selbstmordgedanken hegte. Er war viel härter und weniger phantastisch als Paul.

Wie ich nun in das Schlafzimmer kam, sah ich zunächst Paul in der Nähe der Tür stehen. Sein Gesicht war zu Günther hingewandt, den ich vor dem Bett auf dem Boden liegen sah. Paul hatte die Arme übereinandergeschlagen, sah Günther an und nickte still vor sich hin. Als ich ihn fragte, wie das gekommen sei, hat er die Achseln gezuckt, aber nichts gesagt.

Günther lag mit den Beinen zum Bett hin und mit dem Kopf zwischen Schrank und Tür. Ein Arm war ausgestreckt, darauf ruhte der Kopf, das Gesicht war beinahe zur Erde gekehrt. An der Schläfe sah ich eine blutige Wunde. Auf den mir vorgelegten Bildern scheint mir die Lage von Günthers Körper etwas verändert zu sein. Das kann daran liegen, daß wir versucht haben, Günther aufzurichten. Hans sah ich zunächst überhaupt nicht. Hilde war bei Günther und sagte zu ihm: »Günther, mein Bruder Günther, was hast du gemacht?«

Ich glaube, daß sie dabei niederkniete. Dann lief sie durchs Zimmer, suchte in jedem Winkel und fragte: »Wo ist Hans?« Auf Paul habe ich nicht geachtet. Ich stand am Fußende des Bettes und sah plötzlich in die Ecke hinter dem Schrank. Ich glaube, ich habe die Haare von Hans gesehen, es kann auch sein, daß ich seinen Kopf sah. Ebenso ist es möglich, daß ich ein Badetuch gesehen habe. Irgend etwas zwang mich, in diese Ecke zu sehen. Hilde sah nun, wo ich hinblickte. Sie schrie auf: »Hans, mein Hans!« Sie lief zu ihm hin und streichelte ihm die Wangen. Ich war befremdet, weil Hilde sich jetzt nur noch um Hans kümmerte. Paul machte eine Bewegung und zuckte mit der Achsel, als wollte er sagen: »Na ja, der Freund geht über den Bruder.« Hilde rief: »Ellinor, jetzt ist er tot, der einzige, den ich geliebt habe!«

Ich ging ins Kinderzimmer und setzte mich aufs Bett. Paul kam und setzte sich neben mich. Hilde warf sich aufs Sofa und schrie: »Ich werde wahnsinnig! Hans, mein Hans. Zwei Leichen im Haus. Was sollen wir machen?«

Hilde sprang auf und lief wieder ins Schlafzimmer. Paul ging ihr nach. Er rief mich an: »Hast du Nerven?« Ich sagte: »Ja!« Er darauf: »Faß mit an, vielleicht ist noch zu helfen. Verbandszeug, Verbandszeug!« Als ich ins Schlafzimmer kam, war Hilde bei Hans und er bei Günther. Wir haben Günther etwas aufgerichtet, ich ließ ihn aber gleich wieder fallen. Paul rüttelte dann Hans und rief ihn an, ich lief zurück in den Flur. Paul und Hilde kamen nach. Hilde sagte: »Paul, sind sie beide tot?« Darauf erwiderte Paul: »Nichts mehr zu helfen.«

Wir hörten ein Röcheln aus dem Schlafzimmer.

Paul sagte nun: »Es hat keinen Zweck mehr, ich mache auch Schluß, drei Schüsse sind noch drin.« Ich habe ihn festgehalten und ihm vorgehalten, wir seien doch so jung, und zwei Leichen hätten wir schon. Er stand aber trotzdem auf und sagte: »Nein, ich mache Schluß.« Auf meine Bitten ließ er von seinem Vorhaben ab. Ich ließ ihn schwören, daß er sich nicht erschießen werde. Hilde hat mir dann später gesagt, daß sie inzwischen den Revolver versteckt hatte. Sie kam nun auf den Gedanken, Hilfe herbeizutelefonieren. Sie fragte mich nach einem Arzt, ich nannte ihr Doktor Freund. Sie suchte die Nummer aus dem Buch heraus. Danach wollte ich gehen und hatte meine Mappe schon in der Hand. Als ich mich von Paul verabschiedete, sah er mich so komisch an. Ich sagte ganz betroffen: »Paul?« Da packte er unsanft meinen Arm und sagte zu mir: »Denkst du es etwa?« Ich antwortete: »Ich weiß nicht, was ich von dir denken soll!« Das sagte ich aber nur, um von ihm loszukommen. In Wirklichkeit war mir der Gedanke gekommen, ob Paul selbst vielleicht geschossen hätte. Er muß diesen Gedanken wohl bei mir vermutet haben, denn er sagte, während er meinen Arm losließ: »Es war Günthers Revolver.« Darauf ich: »Nein, es war deiner.« Er: »Nein, es war Günthers.« Ich: »Nein, es war deiner, auf Wiedersehen!« Er: »Wenn ich nicht um sechs am Bahnhof Mariendorf bin, bin ich in Haft.« Als ich auf der Treppe war, rief er mir nochmals nach: »Also, es war Günthers Revolver.« Ich antwortete: »Es ist gut«, und ging zur Schule.

*

Am 1. Juli machte Hilde folgende Aussage:

Wie gesagt, war ich kaum im Badezimmer, als mein Bruder auch schon dem Schlafzimmer zustrebte. Ich folgte ihm und beobachtete ihn, aber so, daß er mich nicht sehen konnte. Er ging langsam Schritt für Schritt auf das Fenster zu und sah sich genau im Zimmer um. Er guckte auch, leicht geneigt, unter das Bett, ging langsam bis zum Fenster, wandte sich nach links zum Ankleideschrank, holte einen Kamm aus der Tasche, kämmte sich, ich merkte aber sofort, daß er gar nicht auf sich sah, sondern schräg in den Spiegel blickte, von wo man in der Stellung, die mein Bruder einnahm, das ganze Zimmer überblicken kann. An einem plötzlichen leichten Zusammenzucken der Mundwinkel, er biß auch die Zähne aufeinander, merkte ich sofort, daß er Hans bemerkt haben mußte. Er drehte sich vom Spiegel fort, erblickte mich im Türrahmen, zuckte wiederum ein wenig zusammen und verließ das Zimmer. Ich hatte mich in demselben Augenblick ins Badezimmer zurückgezogen. Darauf ging mein Bruder gemeinsam mit Paul in das Schlafzimmer. Sie wollten die Tür zumachen, ich aber stellte meinen Fuß dazwischen und stemmte mich gegen die Tür und fragte: »Was wollt ihr hier drin?« Günther erwiderte kurz in barschem Ton: »Geh raus.« Beide drückten gegen die Tür, und ich mußte nachgeben. Die Tür wurde dann von innen zugeschlossen. Einen Augenblick herrschte vollkommene Stille. Plötzlich hörte ich ganz kurz hintereinander zwei Schüsse fallen. Fast gleichzeitig wurde auch die Tür aufgeschlossen. Während der Stille, die eingetreten war, war ich im Flur gewesen. Nun rannte ich ins Schlafzimmer. Hier kniete auch schon Paul neben Günther, der zwischen Schrank und Bett lag. Er schüttelte ihn und rief: »Günther, Günther.« Mein Bruder antwortete nicht mehr, sondern stöhnte und drehte sich ein wenig zur Seite. In der Schläfengegend sah ich ein Loch, aus dem Blut floß. Ich war auch bestürzt darüber, daß Hans nicht hinter dem Schrank vortrat. Ich war der Meinung, daß Paul meinen Bruder erschossen hatte, und sagte auch zu Paul: »Mörder, Mörder!«

Paul erhob sich, sah mich eine Weile an und sagte: »Ich war es nicht, Günther war es.« Erst jetzt ging ich etwas nach links und konnte Hans hinter dem Spind entdecken. Der Kopf war frei, das Badelaken hing ihm über die Schultern. Ich rief ihn an: »Hans, nun komm doch.« Da sah ich das Blut an der Seite seines Gesichtes herunterlaufen. Vor Schreck lief ich nun raus, rannte durch alle Zimmer und rief nur: »Hier werde ich wahnsinnig, ich muß hier raus.« Paul kam mir nach und sank in meinem Zimmer auf einen Stuhl, wir hörten nun beide, Hans und Günther, stöhnen. Wir gingen zurück ins Schlafzimmer. Paul bückte sich und wollte anscheinend nach der am Boden neben meinem Bruder liegenden Pistole greifen. In der Meinung, daß sich Paul auch erschießen wollte, guckte ich ihn an und sagte: »Willst du mich etwa allein lassen?«, worauf Paul still hinausging. Ich nahm die Pistole an mich und versteckte sie im Speisezimmer auf dem Ofen.

Da Hans hinter dem Spind eingeklemmt war, versuchte ich erst allein, ihn hervorzuziehen, als das nicht glückte, bat ich Paul mitzuhelfen. Paul kriegte ihn aber auch nur ein Stückchen hervor, und zwar so, daß nur der Oberkörper herauskippte. Jetzt war er schon vollständig voll Blut. Eine große Blutlache war am Fußboden. Paul fragte nach Verbandszeug. Ich holte Umschlagtücher, Paul legte sie Hans um. Ich lief nun zum Telefonbuch und sagte zu Paul, daß ich jetzt den Arzt anrufe. Paul erwiderte: »Es hat doch keinen Zweck, es ist hoffnungslos.« Wie gesagt, habe ich es dann aber doch getan. Während wir auf den Arzt warteten, mußte mir Paul schwören, sich nicht zu erschießen. Paul erklärte mir auch auf Ehrenwort, es nicht zu tun. Endlich kam Doktor Freund. Ich öffnete ihm die Tür und erzählte ihm nur kurz, was vorgefallen sei. Er ging dann sofort mit mir ins Schlafzimmer, sah sich Hans und Günther an und sagte, er könne hier nichts machen, er müsse sofort das Krankenhaus benachrichtigen. Paul war ebenfalls im Schlafzimmer. Ich sagte ihm noch, daß wir die Pistole haben, worauf Doktor Freund mir antwortete, ich solle sie wieder hinlegen und alles so lassen, wie es ist. Er begab sich ins Speisezimmer und telefonierte. Nach kurzer Zeit kam ein Schupobeamter, bald darauf der Krankenwagen, es kamen auch Kriminalbeamte. Was weiter geschah, weiß ich nicht. Ich saß in meinem Zimmer. Doktor Freund blieb ebenfalls in der Wohnung. Paul und ich erzählten den Beamten gesondert, wie sich der ganze Vorfall zugetragen hat. Ich habe es den Beamten nicht richtig gesagt, an ihrer Miene habe ich gemerkt, daß sie mir nicht glaubten.

Was Paul gesagt hat, weiß ich nicht. Ich glaube aber, er hat auch nicht die Wahrheit gesagt. Paul und ich wurden dann von den Beamten gesondert zur Polizeiwache geführt. Doktor Freund ist auch fortgefahren.

III

Im Gefängnis

Die beiden jugendlichen Leichen wurden in die Friedhofshalle nach Steglitz gebracht, die Schellersche Wohnung wurde nach ausführlichen Untersuchungen verschlossen und versiegelt. Nach ersten Verhören auf der lokalen Wache wurden Paul und Hilde in der grünen Minna in das Polizeipräsidium am Alexanderplatz gebracht. Wechselnde Verhöre fanden in den nächsten Tagen statt. Am Mittwoch und am Donnerstag erschienen lange Artikel in den Berliner Tageszeitungen, die sich mit dem Vorfall beschäftigten. Man sprach von einer »Tragödie der Neunzehnjährigen«, von »krankhaften Motiven«, der Ablauf des Abends wurde soweit wie möglich auf das genaueste rekonstruiert. Die Eltern der Geschwister erfuhren erst durch die Meldungen in schwedischen Zeitungen von dem Vorfall und fuhren daraufhin sofort mit dem Nachtzug nach Berlin. Ihre Tochter war in Schutzhaft genommen worden. Die Polizei stellte umfangreiche Recherchen über die Hintergründe der Tat an. Lehrer und Mitschüler wurden befragt, von einer »schwarzen Liste« Günthers war die Rede. Vor allem Hildes Persönlichkeit erregte die Phantasie der Öffentlichkeit, die kaum ein anderes Thema zu kennen schien.

Warum die Schüsse gefallen waren und wer geschossen hatte, wußte man nicht.

Am Donnerstag, dem 30. Juni, tauchten dann plötzlich die Briefe in der Presse auf. Im »Berliner Tageblatt« hieß es: »Die Schülertragödie in Steglitz hat eine überraschende Aufklärung gefunden. Die Polizei stellte fest, daß Krantz in die Tragödie verwickelt, vielleicht sogar der Anstifter des Mordes an dem Lehrling Hans Stephan sowie des Selbstmordes des Primaners Scheller gewesen ist. In einem Briefe bezeichnet sich Krantz selbst als Mörder und Selbstmörder. ›Günther wird Hans Stephan erschießen, dann erschieße ich Günther, seine Schwester und mich‹, so heißt es in dem Brief. Die Kaltblütigkeit, die Krantz bei der Angelegenheit entwickelte, läßt nur den Schluß zu, daß er ein völlig gefühlloser Mensch ist – oder ein Geisteskranker. Wie die weitere Vernehmung der Hilde ergab, hat Krantz, als er die beiden erkaltenden Körper im Schlafzimmer liegen sah, sich über Scheller gebeugt und gesagt: ›Na ja, ein guter Schuß.‹ Krantz hat dann den Revolver genommen und zu Hilde gesagt: ›Erst kommst du heran, dann ich …‹ Krantz sagte später, angesichts der toten Kameraden: ›Ich möchte eine Zigarette haben.‹

Beide Primaner haben vor der Tat mehrere Tage lang in dem Schellerschen Sommergrundstück in Mahlow gehaust, und dort ist Scheller völlig von Krantz abhängig geworden. Die beiden haben den Weinkeller ausgeräumt und große Gelage veranstaltet.

Was den Primaner Krantz zu der Anstiftung zum Mord und Selbstmord veranlaßt hat, ist noch nicht völlig aufgeklärt. Krantz ist immer ein überaus phantastischer Mensch gewesen, er hat Gedichte geschrieben, die voll von krankhaften Begebenheiten sind. Es ist wahrscheinlich, daß die Waffe von Krantz stammt. Krantz leugnet zwar, aber zum mindesten steht fest, daß Scheller und Krantz bereits bei ihrem Gelage in der Küche Schießübungen veranstaltet haben. Auch das merkwürdige Auf-und-Ab-Gehen vor der Schlafzimmertür wird jetzt erklärlich. Krantz hat Günther Scheller vor sich hergeschoben, und sein Einfluß – vielleicht nur sein phantastischer Wille, sich ein Schauspiel zu verschaffen – hat dann zusammen mit dem Alkohol Scheller dazu gebracht, den Schuß auf Stephan abzugeben …«

Paul saß während der ersten Tage in einer kargen Einzelzelle im Polizeipräsidium am Alexanderplatz, einem roten Ziegelgebäude, das sich um vier Ecken wand. Von seiner Zelle aus blickte er in den trostlosen spitzwinkeligen Hof, in dem er manchmal Freigang hatte. In den folgenden Tagen wurde er wiederholt in ein sparsam möbliertes Vernehmungszimmer im ersten Stock geführt. Ein Protokollschreiber notierte jede Äußerung. Teilweise leitete der Berliner Polizeivizepräsident Dr. Weiß, ein schneidiger Verwaltungsbeamter bester preußischer Schule, der später auch im Prozeß aussagen sollte, die Verhöre. Die anderen Beamten spielten das Gut-und-Böse-Spiel in der Hoffnung, Paul unbekannte Details zu entlocken. Noch war es ungewiß, was man für eine Anklage gegen ihn erheben würde, denn eines Tages brüllte ihn der Vernehmungsrichter, als Paul ihn um eine Zigarette gebeten hatte, an: »Sie haben mit einem minderjährigen Mädchen Unzucht getrieben. Darauf steht Zuchthaus.« Die Erwachsenenwelt schien an den sexuellen Details weitaus mehr Interesse zu finden als an der eigentlichen Tat.

Bereits in diesen Tagen ahnte Paul, daß sein Leben nie wieder so sein würde, wie es gewesen war, und seine Ahnung wurde zur Gewißheit, als er am vierten Tag seiner Untersuchungshaft Besuch von einem beeindruckenden Mann erhielt, den er noch nie vorher in seinem Leben gesehen hatte.

Die Wachen behandelten den Mann mit ausgesprochener Höflichkeit, und der Respekt, den sie ihm zollten, verschaffte Paul das Gefühl, daß er zum ersten Mal in seinem Leben irgendeine Bedeutung erreicht hatte.

Die Presse hatte sich auf den Fall gestürzt. Ein Reporter des »Berliner Lokal-Anzeigers« hatte einen tendenziösen Artikel geschrieben, in dem er indirekt den Eltern die Schuld gab. Als Pauls erboster Vater bei dem Reporter auftauchte, verwies dieser ihn nur an seinen Anwalt – Dr. Erich Frey, der seine Kanzlei in der Bellevuestraße, direkt am Potsdamer Platz hatte. Wilhelm Krantz beschwerte sich bei Frey, und dieser versprach ihm, sich um den Fall zu kümmern. Der Reporter war schließlich sein Klient. Noch ging er davon aus, daß es zu keiner Anklage kommen würde. Am Freitag, dem 1. Juli, unterzeichnete Wilhelm Krantz eine Vollmacht des Anwaltes Dr. Frey. Am Nachmittag desselben Tages ließ sich Frey von seinem Fahrer zum »Alex« bringen. Dort war er ein bekannter Mann, die Wachen behandelten ihn mit großer Aufmerksamkeit, als sie hörten, daß er die Verteidigung von Paul Krantz übernehmen werde. Von Anfang an war klar, daß Frey keinen Anspruch auf ein Honorar erheben würde. Paul führte ein langes Gespräch mit dem Anwalt, dessen selbstverständliches, furchtloses und gebildetes Auftreten ihn tief beeindruckte. Mit der Zeit entstand zwischen den beiden eine vertrauens- und respektvolle Beziehung. Als sich herausstellte, daß Frey ein brillanter Kenner der deutschen Literatur war, hatte er Paul endgültig für sich gewonnen.

Nach einigen Tagen wurde Paul in das Untersuchungsgefängnis Moabit überführt. Hilde durfte in den Kreis ihrer Familie zurückkehren. Während sich Frey mit seinen Assistenten und Referendaren auf den Prozeß vorbereitete, war noch immer unklar, wie die genaue Anklage aussehen würde. Pauls Kameraden besuchten weiterhin ihre Klasse und bereiteten sich auf ihre Zulassung zum Abitur vor. Seine Eltern hielten uneingeschränkt zu ihm ebenso wie seine Mitschüler.

Der erste Staatsanwalt Dr. Steinbek verfaßte die Klage. Er warf Paul vor, seinen Freund und Klassenkameraden Günther Scheller und den Kochlehrling Hans Stephan erschossen zu haben. Steinbek hielt sich an Hildes Aussage, daß Günther nicht alleine, sondern mit Paul in das Zimmer gegangen sei. Beide hätten die Tür hinter sich geschlossen und zugehalten. Dann seien die drei Schüsse gefallen.

Die Waffe, aus der die Schüsse abgegeben worden waren, gehörte Paul. Und das Motiv war Eifersucht, weil Hilde ihn mit Hans betrogen hatte. Paul dagegen behauptete, nicht er, sondern Günther habe Hans erschossen. Es stand nicht gut um ihn. Günther war Linkshänder. Doch der tödliche Schuß traf Günther in die rechte Schläfe. Der Schießsachverständige wies immerhin nach, daß die Art des Einschusses und der Schußkanal eindeutig auf Selbstmord hindeuteten. Obwohl man wußte, daß Günther Hans gehaßt hatte, blieb Paul für Staatsanwalt Steinbek des Doppelmordes verdächtig. Paul als der Willensstärkere habe den betrunkenen und charakterschwachen Günther beherrscht und dessen Tötungswillen nicht zuletzt durch die Übergabe des Revolvers gestärkt.

Nach ausführlichen Voruntersuchungen kam es am 12. November zu der offiziellen Schwurgerichtsanklage, in der Paul beschuldigt wurde, gemeinsam mit Günther Hans Stephan getötet zu haben und darüber hinaus im unbefugten Besitz einer Schußwaffe gewesen zu sein. In einem Nachtrag warf die Anklage ihm zusätzlich vor, gemeinsam mit Günther den Mord an Hilde verabredet zu haben. Der Prozeß wurde für den Beginn des kommenden Jahres festgesetzt.

*

Paul rückte seinen Stuhl zurecht, zählte die Blätter, die ihm zur Verfügung standen, und begann seinen Brief.

Moabit, den 20. Oktober 1927

Mein lieber Bernhard,
eben erhielt ich Eure liebe Karte aus Strausberg, dem Ort, wo ich auch schon schöne Ferienwochen verbracht habe. Mir ist jetzt so, als hörte ich wieder den alten Wald rauschen, säße wieder am Herdfeuer unseres primitiven, jetzt leider zerstörten Blockhauses und lauschte wieder als ehrfurchtsschauernder Quintaner den Aufschneidereien der Großen, der Primaner. Inzwischen bin ich ja selbst einer geworden, ein Primaner, der immer noch den Wald, die Romantik, das Unstete, das Umherschweifen liebte – der nicht mehr plumpen Aufschneidereien lauschte, sondern selbst gerne irgendeine zum besten gab; der aber auch das, was er empfand, heißen Herzens im stillen Kämmerlein

niederschrieb, wenn auch noch unreif und verworren. Aber auch das, was andere niedergeschrieben, gefühlt haben, erfüllte mich in tiefster Seele, drängte zu neuen Ergüssen, Weltumschlingen, Schwärmen – hochbeglückte Zaubernacht.

Und all das Schöne, halb geahnte, halb wirkliche, fand seine Vollkommenheit im Weibe, in dessen Anbeterei, Schwärmerei für die Filia hospitalis, fand seine Erfüllung in seinen Küssen. Bis die Enttäuschung kam; bis man sich um die Ideale betrogen zu sehen glaubte. Du hast ja jene Periode miterlebt, mitgefühlt, Du hast den Weltschmerz des dummen Jungen mit überwinden helfen wollen, der dann plötzlich in die weite Welt hinauslief, als er sich von allen verlassen und unverstanden fühlte. Daß ich meinen Eltern damit bittere Schmerzen bereitete, daß ich meine Freunde und Lehrer vor den Kopf stieß, sah ich damals nicht gleich ein – nur fort, vergessen, meine Losung. Du weißt, ich kehrte wieder, fluglahm und schamerfüllt, und versuchte auf den Trümmern meiner Ideale Neues zu bauen. Damals begann die Zeit, wo wir uns seelisch ganz nahe kamen, die Zeit des Dreibundes zwischen Walter, Dir und mir. Sie war schön; ich lernte überwinden. Ich arbeitete, schrieb und sprach und begann mir Neues, Hohes geistig zu eigen zu machen. L'amour était morte. Doch dann kam es plötzlich über mich, das, was mich jetzt an diesen grausamen Strand geworfen hat: Ich wurde leichtsinnig, bodenlos, leichtlebig. Ob es das Beispiel anderer war oder die Versuchung des mir nun reichlicher zufließenden Geldes oder falsch verstandene Weltanschauung falscher Propheten oder das Unbefriedigtsein am Einerlei, an den kleinen und doch so guten Verhältnissen daheim – ich kann es nicht entscheiden. Es ist mir selbst ein Rätsel. Ruth war nur eine Episode, sie bedeutete mir nichts – auch wenn sie es vielleicht wollte. Und dann nahm ich die verhängnisvolle Einladung der Schellers an, entfremdete mich immer mehr meinen Eltern, die mich nicht halten konnten, und meinen wahren

Freunden. Ich war in eine Atmosphäre der Hysterie, des Egoismus, der Überspanntheit geraten, in den Bannkreis der Hemmungslosigkeit; ich wollte nicht länger Schuljunge sein, sondern, wie andere, die geistig und psychisch vielleicht tief unter mir standen, genießen, und ich sollte abseits stehen, dem doch alle äußeren Vorzüge und geistigen Gaben gegeben waren. Mir paßte die Abhängigkeit nicht mehr, ich wollte nicht warten. Und dann geriet ich ganz in das Netz des Mädchens, das in einer Juninacht geruhte, mich als Mittel zur Stillung ihres tierischen Triebes – für den sie aber nicht kann – zu gebrauchen. So schmeißt man sich und seine lange gehütete Reinheit dem Ekel hin und hat trotz alledem noch das Gefühl, etwas Wunderbares, ja das Letzte erlebt zu haben. Und dann kam der Unglückstag, dessen entsetzliche Folgen ich bestimmt nicht gewollt habe; und heute sitze ich als Ritter von der traurigen Gestalt hinter vergitterten Fenstern und kann über Leichtsinn, Veranlagung, Schuld und Sühne nachdenken. Auch Schuld, lieber Bernhard, denn mein leichtsinniges Verhalten und – letzten Endes – mein zu sehr vorhandenes Gefühl haben mir von ihr ein reichliches Teil zugemessen. Was ich mit mir selbst abzumachen habe. Aber so schlecht, wie es sensationslüsternen Menschen beliebte, mich hinzustellen, bin ich nicht – Du weißt es. Welche Freude bereitete es mir und wie stolz bin ich darauf, noch wahre Freunde zu haben, die mich in den Zeiten bitterster Not nicht verlassen! Das geht auf Dich, mein lieber Bernhard. Und Du wirst mich auch stützen helfen, wenn diese unglückliche Zeit vorüber ist und ich wieder ein freier Mensch bin – denn ich bin schwach. Wenn man hier auch mit der Zeit vom dummen Jungen zum Mann umgemodelt wird – mich wird das Leben draußen besonders hart anfassen. Man vermag nichts gegen Vorurteile. Außerdem hat mir die Natur auch hervorragend männliche Qualitäten verweigert – wenn sie mich härter, konsequenter, verstandesmäßiger gemacht hätte, wäre ich heute nicht hier. Denn dann hätte ich mit einem Lachen die ganze Affäre abgetan und mich nicht der Hysterie überlassen. Aber mir geht es jetzt so wie jenem Herrn Ulrich im Heineschen Gedicht, der durch den Wald reitet und das Lied von der Reue singt. So ganz verlorene Zeit ist das hier nicht; man arbeitet an sich selbst und – erkennt sich. Man ist plötzlich von seiner Wertlosigkeit überrascht, und vor allen Dingen, man erkennt die Berechtigung jenes Wortes von Christian Morgenstern: »Für die meisten Menschen gibt es nur ein Heilmittel: die Katastrophe.«

Und trotzdem verbittert man: Teils am eigenen Geschick, teils an dem der Tausenden von Unglücklichen, die hier mit einem leben, man schaudert vor dem Elend, man ist entsetzt und findet auf die Frage nach dem Sinn des Lebens keine Antwort: »Und ein Tor wartet.« – Und auch: »Das Leben ist so schmerzlich nicht.«

»Für uns, die ferne sind vom Licht, / Doch es zerbricht die andern, / Die mit uns denken, fühlen, streben, / Die schmerzlich uns zur Seite wandern, / Die beugt am tiefsten dieses Leben.«

Das ist das Schlimmste, das ich nicht verwinden kann, wie tief der Schlag meine armen Eltern getroffen und gebeugt hat! Mea culpa! Sonst nichts. Mein Schicksal – ich hoffe, geläutert und neu als Mensch geboren zu werden, aufzuerstehen. Ich fühle neue Kräfte. Wenn auch äußerlich mein bisheriges 18jähriges, junges Leben ein klägliches Fiasko zu sein scheint: Die Erfahrungen, die Eindrücke, das Leid werden meiner Fortentwicklung den Stempel aufdrücken. Ich habe das Leben keimen und kommen sehen, ich erlebte die Offenbarung der Mutterschaft, ich sah den grausigen Tod und war auch im Begriff, mich ihm in die kalten Arme zu werfen – und jetzt habe ich erkannt, vielleicht zu spät: Heilig, dreimal heilig ist das Leben trotz allem. Leben, Mensch sein, kämpfen für sein Menschentum, leiden und raufen, und in schmerzlichem Verstehen den Bruder aufrichten: Es ist doch wert, gelebt zu werden, um seinetwillen. Mir ist wie einem, der plötzlich sehend geworden, und noch nicht zu spät. Sicherlich mußte diese Prüfung sein – ich war ja noch ein Kind, ein Tor, und dennoch einer, den das Schicksal so früh mit harter Hand gezeichnet hat. Mußte das alles sein? Ich glaube jetzt die Frage mit »Ja« beantworten zu können. Mein lieber Bernhard, nur sei Dir noch gesagt, daß ich mich endlos schäme, mir so sehr als dummer Junge vorkomme. Wenn ich über alles nachdenke, verstehe ich mich selbst nicht. Ich habe gleich auf Deine Karte geantwortet, schreibe bei Empfang Deines sehnsüchtig erwarteten Briefes gleich wieder. Auch hoffe ich, daß Du mir jede Woche eine halbe Stunde an Deinem Schreibtisch opfern wirst, um mir einen Brief zu schreiben. Ich kann Dir nicht ersparen, 4 Pfennig Strafporto zahlen zu müssen, aber meine Freimarken sind alle, ebenso wie das Papier. Dein Heft ist auch voll, alles alle. Die selbstgemachte Tinte – Kopierstift + H_2O – geht auch ihrem seligen Ende entgegen, ich muß wohl schließen. In der Hoffnung, recht bald wieder von Dir zu hören, verbleibe ich Dein unglücklicher Freund Paul, der Dich wie alle anderen Bekannten herzlich grüßt.

*

Die letzten Zeilen waren kaum noch lesbar. Paul legte seinen Füller beiseite, faltete die fünf Seiten zusammen und steckte sie in einen vergilbten Umschlag. Er war zusammen mit einem Häftling in der Bibliothek des Gefängnisses, in der er sich geschützt und getröstet fühlte. Zwei vergitterte Fenster ließen etwas Oktobersonne hinein. Paul war froh über jede Stunde, die er nicht in der Gemeinschaftszelle verbringen mußte. Seit fast vier Monaten saß er in der Untersuchungshaft. Die ersten drei Monate hatte er allein in einer »schweren Zelle« zugebracht, Tag und Nacht unter dem grellen Licht einer Deckenbirne, danach hatte man ihn in eine Vierer-Zelle verlegt, und obwohl ihn die Mitgefangenen halbwegs anständig behandelten, litt er doch sehr unter der Freiheitsberaubung und dem rauhen Ton, der in den Mauern herrschte. Nachts lag er oft wach und starrte an die rauh verputzte Decke, die Geräusche der anderen Häftlinge ließen ihn nicht schlafen. Träume quälten ihn. Hilde und der tote Günther wurden zu seinen nächtlichen Begleitern. Aber mehr als die Erinnerungen und die äußeren Umstände, wie das schlechte Essen und die Sticheleien der Mitgefangenen, bei denen er nur der »Primaner« hieß, bedrückte ihn das tägliche Einerlei und die Unsicherheit, wie es mit seinem Leben weitergehen würde.

Paul strich an den Regalen entlang. Er hatte ein Buch von Ernst Zahn soeben beendet und hielt Ausschau nach etwas Neuem, als der andere Häftling, Otto Schiller, neben ihn trat und an den Büchern hochstarrte.

»So viele bedruckte Seiten und kein echtes Gefühl! Mann, was sehn' ick mir nach Freiheit. Weiber und Schnaps. Wie ist es denn so mit den feinen Damen gewesen?«

Er verschränkte seine Arme hinter dem Rücken und sah Paul aus kleinen Augen an. Er galt als einer der besten »Schränker« der Stadt, als jemand, dem kein Tresor länger als eine Stunde widerstand. Er saß bereits zum dritten Mal in Moabit, das ein Teil seines Lebens geworden war. »Gerade bei den feinen Damen muß man sich in acht nehmen«, antwortete Paul genießerisch. »Da gibt es die, die immer ganz würdevoll tun, und kaum fällt die Tür ins Schloß, bestehen sie nur noch aus fleischlicher Lust. Ich könnte dir Geschichten erzählen, die würdest du nicht für möglich halten ...«

Otto Schiller schob sich an ihn heran.

»Die wahren Geschichten ham se hier natürlich nicht. Du bist doch 'n kluger Junge, du kannst schreiben, sag mal, könntest du nich', gegen Bares versteht sich, selber zur Feder greifen? Was schön Anzügliches schreiben?«

Paul fühlte sich sichtlich geschmeichelt.

»Klar könnte ich das. Hab' ja selber genug erlebt. Aber

wer garantiert mir, daß das nicht rauskommt? Ich hab' schon genug Ärger.«

»Hm. Ich habe noch Kuchen!« lockte ihn Otto Schiller.

Paul lief das Wasser im Mund zusammen.

»Schreiben kann ich erst mal nichts. Aber ich kann dir was erzählen. Komm mal her!«

Er zog ihn hinter ein Bücherregal, beugte sich zu ihm herunter und flüsterte ihm hastig eine Geschichte ins Ohr. Dabei dachte er an eines der Bilder aus dem roten Büchlein von Fritz Karowski, auf denen eine Frau sich mit exotischem Gemüse vergnügt hatte. Die Augen des Häftlings weiteten sich, ab und zu blickte er ungläubig in Pauls unschuldiges, blasses Gesicht, aber das, was Paul ihm erzählte, nahm ihn so gefangen, daß er sich nicht zu rühren wagte. Als Paul geendet hatte, sah Schiller ihn mit einer Mischung aus Staunen und Unglauben an.

»Nee, wat du. Das hast du erlebt? So 'n Schweinkram?«

Paul nickte siegessicher, ganz in Gedanken mit dem Stück Kuchen beschäftigt.

»Nee, also ...« Schiller war gar nicht mehr zu beruhigen, er stampfte von einem Fuß auf den anderen und schielte immer wieder zu der offenen Tür der Bibliothek. »Du schneidest nich' auf?«

Paul beugte sich erneut zu ihm herunter und versetzte ihm mit zwei Details den Gnadenstoß, woraufhin Schiller schnaufte und sich an die Brust griff.

»Also, wenn ick mir das vorstelle ... den Kuchen kannste dir nachher holen. Morgen hab' ick wieder ein Stück.«

In diesem Moment betrat der Gefängnislehrer Seemann mit einer Holzkiste voller Bücher die Bibliothek. Schiller griff sich ein beliebiges Buch aus dem Regal vor ihm und wollte sich an Seemann vorbeidrücken. Der aber hielt ihn auf. Er war ein schlanker Mann mit grauen Schläfen und einem milden Blick.

»Na, Schiller, werden Sie Ihrem Namen gerecht? Zeigen Sie mal. Was haben Sie denn da?«

Er warf einen Blick auf den Buchtitel, den Schiller vor ihm zu verbergen suchte.

»Die Göttliche Komödie. Eine kluge Wahl. Dann haben wir ja nächste Woche ein Thema. Lesen Sie es aufmerksam, ja?«

Schiller brummte eine unbestimmte Antwort, klemmte das Buch an seine Brust und verschwand. Erst jetzt erblickte Seemann Paul. Sie waren fast Freunde geworden. Er unterrichtete Paul jeden Tag zwei Stunden in Mathematik, Deutsch und Philosophie in der Bibliothek – die schnelle Auffassungsgabe und die intellektuellen Talente seines Schülers waren ihm nicht verborgen geblieben. Mit der Zeit hatte er Pauls Minderwertigkeitsgefühle verstanden, die vor allem daher rührten, daß er seinen Freunden gleichwertig sein wollte. Sie führten lange Diskussionen, und auch Seemann genoß diese Stunden, denn sonst tat er sich eher schwer, das literarische Werk der Bibliothek an den Mann zu bringen. Er ließ die Kiste auf einen Tisch fallen.

»Arbeit, Paul! Können Sie die bitte einordnen?«

»Haben Sie etwas Neues mitgebracht?«

»Spinoza, Ringelnatz und Lasker-Schüler. Gespendet von unserem Direktor, aus seinen privaten Beständen. Haben Sie den Nietzsche gelesen?«

»Flüchtig. Ich habe es schon immer gehaßt, wenn meine Mitschüler mit dem Satz ankamen ›Gehst du zum Weibe, vergiß die Peitsche nicht‹. Ich finde das so grob, so niederträchtig …«

Seemann beugte sich vor und sah Paul nachdenklich an. »Die anderen Gefangenen. Verrichten Sie immer noch die Arbeiten für sie?«

Paul mied seinen Blick und machte eine wegwerfende Handbewegung.

»Das macht mir nichts aus. Kehren, wischen oder lüften. Ich will mich nicht mit ihnen streiten.«

»Sie dürfen sich nicht immer den Willen anderer aufzwingen lassen«, mahnte Seemann, »Sie sind doch klüger als die!«

»So werde ich denn zum Mann«, murmelte Paul halblaut, sein Finger fuhr über die Rücken der Bücher. »Was wohl aus mir werden wird? Ich bin nichts, habe nichts, kann nichts. Und im Gefängnis sitze ich auch noch.«

»Sie sind ein Mensch, Sie haben einen scharfen Verstand, Sie können denken, und Sie haben zwei Hände!« erwiderte Seemann. »Ich finde, das ist schon eine ganze Menge. Wehren Sie sich, Paul!«

»Warum denn? Ein Mensch ist nicht gleich ein Mensch. Es gibt solche und solche. Manche sind eben gleicher als andere«, Paul streckte sich, »ein Nichts war ich für die anderen. Meinen Sie, ich würde hier sitzen, wenn meine Eltern reiche Bürger wären?« Er schlug erregt auf die Bücher auf dem Tisch. »Manchmal war ich vielleicht interessant. Wie ein Tier im Zoo, das man aufmerksam betrachtet, auch mal streichelt, um zu sehen, wie es reagiert. Aber gleich? Gleich war ich nie. Dort, wo ich herkomme, gibt es kein Gleich.«

»Sie mußten dort raus, nicht wahr?«

Paul sah Seemann wortlos an. Die Antwort lag ihm auf der Zunge. Doch was sollte er sagen? Was hatte er denn sonst? Außer seinen Eltern, die so unbedingt zu ihm hielten? Wer gab denn etwas für seine Gedanken, Träume? Er fühlte sich plötzlich kraft- und mutlos. Die Aussicht auf den Prozeß ängstigte ihn. Die Tage dehnten sich endlos, und die Vorstellung, daß seine Kameraden nun damit beschäftigt waren, sich auf das Abitur vorzubereiten, erschien ihm wie ein Hohn.

»Sie wissen, daß der Prozeß am 10. Februar beginnt?« fragte Seemann.

»Frey hat es mir gestern gesagt. Ich bin das Warten leid. Ebenso wie die Gespräche mit den ganzen Gutachtern, den Seelenklempnern. Immer wieder wollen sie das gleiche wissen. Pädagogen, Psychologen, Gutachter, Sachverständige, was weiß ich ...«

Seemann registrierte, wie sich Pauls Gesicht verschloß. Er wechselte das Thema.

»Es wäre schön, wenn Sie die Bücher für mich einordnen könnten, Paul. Mein Rücken macht mir zu schaffen. Die Feuchtigkeit bekommt mir nicht. Ach, und dann habe ich Ihnen noch etwas mitgebracht. Ich dachte, es würde Ihnen vielleicht Spaß machen.«

Umständlich nestelte er ein braun eingebundenes Buch hervor und reichte es Paul.

»Bitte schön.«

»Stenographie für Anfänger. Selber lernen leicht gemacht«, las Paul laut vor, er hob seinen Blick und maß dankbar den Gefängnislehrer, »das wird mir Spaß machen. Solange ich meinen Kopf beschäftige, wird mir nicht schwer ums Herz.«

»Sehen Sie!« sagte Seemann. »Es ist gleich elf, Zeit für Ihren Hofgang.«

»Au, verdammt.« Paul zuckte zusammen, griff sich noch ein Buch aus der Kiste und eilte zu seiner Zelle. Tagsüber war der Gefängnisbau immer voller Geräusche. Eiserne Türen schlugen, Stimmen hallten durch die steinernen Gänge, Wachmänner rasselten mit ihren Schlüsseln, schwere Stiefel dröhnten auf den Stahltreppen, die die Stockwerke miteinander verbanden. Am meisten vermißte Paul die körperliche Bewegung, das Schwimmen, das Radfahren, selbst den Sport in der Schule, den er immer gehaßt hatte, vermißte er. Die beiden Wachmänner, die ihn wie jeden Tag bei seinen halbstündigen Hofgängen begleiteten, warteten bereits auf ihn. Drei Türen wurden auf- und zugeschlossen, bis sie auf den Hof gelangten. Paul stöhnte innerlich auf. Sechs Männer drehten bereits ihre engen Runden, alle in den gleichen rauhen Drillichanzügen, Paul reihte sich an der gewohnten Stelle ein. Das Rechteck des Himmels strahlte in einem frischen, lebendigen Blau, Paul blinzelte wegen der ungewohnten Helligkeit und konzentrierte sich auf seine Muskeln, während er mechanisch Schritt vor Schritt setzte. Der Mann vor ihm hatte seine rissigen Hände hinter dem Rücken verschränkt, mißmutig schlurfte er durch den Staub des Hofes.

Oben auf dem Turm standen zwei Wachmänner und sahen drohend auf sie herunter. Natürlich wurde im Gefängnis von Flucht gesprochen. Natürlich hatte auch Paul den Gedanken erwogen, aber andererseits fühlte er sich im Grunde seines Herzens unschuldig, und durch eine Flucht würde er etwas eingestehen, was er gar nicht begangen hatte. Außerdem hatte er schlichtweg Angst, erschossen zu werden. Die Wächter sahen aus, als würden sie gerne jagen, Menschen jagen. Einer der Männer murmelte leise ein paar Worte zu seinem Vordermann.

»Wenn hier jemand spricht, wandert er sofort in die Einzelzelle!« brüllte prompt einer der Schließer auf dem Hof und klapperte demonstrativ mit einem gewaltigen Schlüsselbund.

»Diese Quatschtüte!« zischte es hinter Paul, der schon die ganze Zeit unruhig auf die Kommentare seines Hintermannes gewartet hatte. »Was macht das schon? Mir holen sie doch bald die Kohlrübe runter. Alles wegen dem bißchen Ficken. Dir aber vielleicht auch!«

Paul zuckte zusammen. Der Mann hinter ihm war der stadtbekannte Lustmörder Böttcher, ein kastenförmig gebauter Mann mit feinen Händen und eindringlichen Augen, der zum Tode verurteilt war. Böttcher machte sich einen Spaß daraus, sich jeden Tag wieder hinter dem blonden Abiturienten einzureihen. Jedesmal weidete er sich an Pauls Erschrecken, das der nie ganz verbergen konnte. Böttcher genoß das sichtlich, so wie Paul aufatmete, wenn Böttcher mal einen Tag in Einzelhaft saß, weil er sich etwas hatte zuschulden kommen lassen.

IV

Der Prozeß

Die Bäume streckten ihre nackten Äste in die kühle Februarluft. Vermummte Menschen eilten kreuz und quer über den Potsdamer Platz und hatten kein Auge für den Mann, der an der Ampel stand und ein paar Worte mit dem Schutzmann oben in der Kanzel wechselte. Seit vier Jahren regelte die Ampel den immer dichter werdenden Verkehr, selbst jetzt, in den frühen Morgenstunden, erfüllte ein Crescendo von brummenden Motoren, quietschenden Straßenbahnen, klingelnden Fahrrädern, hupenden Doppelstock-Omnibussen und klappernden Pferdefuhrwerken die Luft zwischen den Häusern.

Dr. Erich Frey, der einen maßgeschneiderten Wollmantel mit einem Hermelinkragen trug, zog seinen Hut tiefer in das Gesicht. Sein Monokel, unerläßliches Requisit seiner Auftritte im Gerichtssaal, steckte noch in der Westentasche. Seine Gedanken waren bei dem blonden Jungen, den sie in diesen Minuten aus dem Untersuchungsgefängnis hinüber in das Strafgericht in der Turmstraße in Moabit brachten. Wie immer vor großen Prozessen war er angespannt und erleichtert zugleich, daß es endlich losging. Wieder und wieder hatte er mit seinen Assistenten und Referendaren die Strategie abgesprochen und alle Möglichkeiten diskutiert, die sich ihnen zur Verteidigung des Jungen boten.

Erich Frey stammte aus einer Breslauer Kaufmannsfamilie, war aber in Berlin aufgewachsen. Nachdem er das Abitur auf dem Luisenstädtischen Gymnasium gemacht hatte, schlug ihm sein Vater vor, Theologie zu studieren, aber Frey schrieb sich für das Jurastudium ein. In Genf fiel er durch das erste juristische Staatsexamen, nach einem Umweg über München beendete er sein Studium dann schließlich in Heidelberg und fügte seinem juristischen Doktorexamen noch einen Doktor in Philosophie hinzu. Nach dem Ersten Weltkrieg, den er als Kriegsfreiwilliger bei der kaiserlichen Marine verbracht hatte, eröffnete er in Berlin eine Kanzlei als Strafverteidiger.

Frey war auf dem Höhepunkt seines Ruhms angekommen. Er galt als glänzender Rhetoriker, seine ausgefeilten, schneidenden Attacken gegen seine Gegner waren gefürchtet. Er kannte alle Haken und Ösen der Strafprozeßordnung, und seine akribische Vorbereitung machte es ihm oft möglich, das Maximum für seine Klienten herauszuholen. Obwohl er über die Jahre manch schweren Jungen verteidigt hatte, hatte er es immer verstanden, sich neben der ganzen Juristerei ein menschliches Interesse an seinen Fällen zu bewahren.

Die Ampel sprang auf Grün, Frey schritt über die Straße. Der Eingang zu seiner Kanzlei befand sich direkt neben dem Café, das in der Bellevuestraße 21/22 seine zweite Heimat war. Groß prangten die nachts leuchtenden Buchstaben »Josty's Conditorei u. Café« an der zum Potsdamer Platz hingewandten Fassade des Hauses. Die blauweiß gestreiften Markisen, die im Sommer den Gästen auf den Stufenterrassen Schatten spendeten, befanden sich tief im Keller ebenso wie die kleinen Tische und die Stühle. Im Café »Josty« verkehrten viele berühmte Dichter, Maler und Filmregisseure. Bevor Frey die Stufen zum Café nahm, warf er einen Blick zurück, so als ob er sich vergewissern wollte, daß ihn seine Augen nicht täuschten. Im letzten Jahr hatte man das prachtvolle Hotel »Bellevue« abgerissen, an seiner Stelle thronte nun ein alle anderen Häuser überragendes neunstöckiges Bürohochhaus. Frey hatte sich mit dem kühlen gläsernen Bau noch nicht angefreundet. Er erschien ihm wie ein Fremdkörper, der von einer ungewissen Zeit kündete.

Er war ein kräftiger untersetzter Mann, der seinen Beruf seit Jahren äußerst erfolgreich ausübte. Sein starkes geistiges Interesse hatte ihn davor bewahrt, zu einem Zyniker zu werden, und es fiel ihm nicht allzu schwer, sich in das Gefühlsleben der Jugendlichen, die nun vor Gericht standen, hineinzuversetzen. Mit der selbstverständlichen Miene eines Mannes, der sein Wohnzimmer betritt, schob er den schweren, die Kälte aussperrenden Filzvorhang zur Seite. Sein Tisch, rechts neben dem vorderen Fenster, wartete auf ihn. Den drei Kellnern, die untätig an der Küchenausgabe standen, genügte ein rascher Blick. Der mittlere klatschte in die Hände, die beiden jüngeren spritzten davon. Frey sah aus dem Fenster, was selten genug vorkam – normalerweise studierte er schon morgens Akten oder vertiefte sich in die Tageszeitungen. Aber an diesem Morgen tat er nichts dergleichen. Er betrachtete einen halbwüchsigen Zeitungsjungen, der eine schwere Tasche heranschleppte und sich an der Straßenecke vor ihm aufbaute.

Er war sich sicher, daß es einen Sensationsprozeß geben würde, vollkommen unabhängig von dem endgültigen Urteil. Liebe, Haß und Tod waren die bewegenden Mächte des Dramas, das seit acht Monaten das Gesprächsthema der Stadt war. Doch davon einmal abgesehen, machte er sich weiterreichende Sorgen wegen der politischen Umstände und den gesellschaftlichen Veränderungen, die anscheinend unaufhaltsam das ganze Land überzogen und ihre unersättlichen Arme ausstreckten, um in nicht allzu ferner Zukunft ganz Europa in eine erdrückende Umarmung zu nehmen.

Die Kellner servierten ihm eilfertig ein Kännchen Kaffee, eine Schrippe, zwei Scheiben Schwarzbrot, etwas Butter, einen Zipfel Leberwurst und ein Stück Harzer Roller. Der Zeitungsjunge pries lautstark seine bedruckte Ware an. Seine blecherne Stimme war so durchdringend, daß sie das geschäftige Treiben übertönte und bis in das Café drang: »Die Schülertragödie vor Gericht – Beginn des Krantz-Prozesse‹ – Versäumen Sie nichts von diesem erschütternden Fall!«

Frey wandte sich seinem Frühstück zu. Mischte den Kaffee mit viel Milch, wenig Zucker, verteilte die Leberwurst in genau bemessener Höhe auf einer Scheibe Schwarzbrot und schnitt sie anschließend in akkurate, saubere Quadrate. Ein tiefsitzendes Ziehen erinnerte ihn an seine Nierensteine – die längst fällige Behandlung schob er seit Monaten vor sich her, sein Körper zwang ihn zusehends, unfreiwillige Pausen einzulegen. Nur noch diesen Fall wollte er durchfechten, vertröstete er sich selbst. Das tat er seit einem Jahr.

In den letzten Wochen hatte er eine Sekretärin damit beschäftigen müssen, die Flut der Anfragen zu beantworten. Die Presse bat ihn um Interviews, die er kategorisch ablehnte, unzählige Bitten nach Einlaßkarten für den Prozeß hatte er ebenfalls abschlägig bescheiden müssen. Weitere Anfragen von Mitgliedern des Reichstags, der Kriminalpolizei und von etlichen Mitarbeitern von Zeitungen und juristischen Nachrichtendiensten hatte er direkt an das Landgericht weiterleiten lassen. Er verspeiste gedankenverloren seine Schwarzbrotschnittchen. Es war klar, daß der Prozeß länger als zwei Tage dauern würde. Allein die Liste der Sachverständigen, die er geladen hatte, wies auf mindestens eine Woche Dauer hin. Seit Tagen wurden vor dem Gebäude des Kriminalgerichtes umfangreiche Vorkehrungen getroffen, um den erwarteten Ansturm zu bewältigen. Eine große Zahl ausländischer Journalisten und sogar eine japanische Juristenkommission hatte ihr Kommen angekündigt.

Denn nicht nur Paul Krantz stand in diesem Prozeß vor Gericht, sondern auch die geistig-moralische Verfassung der heranwachsenden Jugend und diejenigen, die dafür verantwortlich schienen: Eltern und Erzieher. Es wurde viel gemunkelt und spekuliert. Man erging sich in Vermutungen über die Art der Freundschaft zwischen dem Mörder und dem Erschossenen. Und was war zwischen Paul und

Günther gewesen? Wedekinds »Frühlings Erwachen« stand Pate für die Theorie, daß wieder ein Valentin sein Gretchen rächen wollte. Andererseits galt ein Leben wenig. In den Mittelpunkt der Diskussion schob sich die Frage, ob es noch Kinder waren, die solche Spiele miteinander spielten. Manche Zeitungen bemühten sich, um Verständnis für die Pubertierenden zu werben: für die explosionsartig frei werdenden Gefühle, die das seelische Erleben hin zu einer Katastrophe führen können, für die sexuelle Freizügigkeit, für die Schießübungen. Oder war die Gesellschaft schon zu abgestumpft, um überhaupt angemessen auf solche Vorkommnisse reagieren zu können? Vor allem die Eltern Scheller wurden angegriffen, weil sie ihrer Aufsichtspflicht angeblich nicht nachgekommen waren und sich zuwenig um die Erziehung ihres Sohnes gekümmert hatten. Ausgelöst durch diesen Druck, versuchten sie immer wieder erfolglos, als Nebenkläger gegen Paul aufzutreten, und beschuldigten ihn, ihren Sohn Günther vom rechten Weg abgebracht und die beiden jungen Männer erschossen zu haben.

Mediziner, Kriminalpsychologen, Beamte des Justizministeriums, des Kultusministeriums und der Jugendfürsorge benannten prominente Vertreter, die der Verhandlung in amtlicher Eigenschaft beiwohnen sollten.

Frey hatte keinen Appetit, er aß nur die Hälfte seiner normalen Portion, bestellte sich einen weiteren Kaffee und trank auch ihn nur zur Hälfte aus. Sein Frühstück wurde aus alter Gewohnheit angeschrieben. Das Trinkgeld legte er neben seinen Teller, bevor er das Café verließ. Er ließ sich in den Mantel helfen, nahm seinen Hut und eilte über die Straße hin zu einem Taxistand, an dem vorgewärmte Wagen standen – die Stimme des Zeitungsjungen im Ohr: »Hat Hilde Paul verführt?«

Der Fahrer, ein bulliger Mann, freute sich über seinen Gast. Frey war ein berühmter Mann mit viel Einfluß. Es war wichtig, sich mit solchen Leuten gut zu stellen. Es entspann sich eine lebhafte Unterhaltung über die Berliner Ringvereine, den gewerkschaftsähnlichen Zusammenschluß von Verbrechersyndikaten.

Sie fuhren über die Bellevuestraße, kreuzten den Tiergarten, überquerten die Spree und erreichten das Kriminalgericht nach einer Viertelstunde. Als Frey den Menschenauflauf auf der Straße sah, wies er den Fahrer an, ihn zu einem Seiteneingang zu fahren.

Das Kriminalgericht im Landgericht befand sich in einem langgestreckten Bau in Moabit. Zwei kupfergedeckte Türme flankierten das mächtige Gebäude, dessen prächtige Eingangshalle mit den aufsteigenden Treppen einen beinahe sakralen Charakter hatte.

Die Mauern des Gebäudes sahen viele berühmte Prozesse, aber so einen Andrang wie an diesem Morgen hatte das Gebäude noch nicht erlebt. Bereits kurz nach sechs, vom Morgengrauen war noch keine Spur zu sehen, fanden sich die ersten Schaulustigen ein. Von da an schwoll die Menge unaufhörlich an. Als die Gerichtsdiener um halb acht kamen, trauten sie ihren Augen nicht. Die Turmstraße war blockiert, alle begehrten Einlaß und stampften unruhig auf ihren Füßen herum, um endlich ins Warme zu kommen. Die Hoffnung, die Menge werde sich in den langen Fluren des Gerichtes ruhiger verhalten, erfüllte sich nicht. Die Menschen drängten zu den Einlaßtüren des Verhandlungssaals, so daß sich die Gerichtsdiener gezwungen sahen, polizeiliche Hilfe zu rufen. Mit Trillerpfeifen und energischen Kommandos machten sich zwei Dutzend Beamte daran, das Chaos zu ordnen. Da die Berliner Polizisten in dem Ruf standen, nicht besonders zart besaitet zu sein, folgte man ihren Anordnungen, wenn auch murrend und mit vielen spöttischen Zwischenrufen. Die Beamten riegelten den Korridor mit eilig herbeigeschafften Bänken ab und errichteten dreifache Sperren, so daß alle Versuche derjenigen, die nicht im Besitz einer gültigen Eintrittskarte waren, in den Saal zu kommen, scheiterten.

Langsam füllte sich der Schwurgerichtssaal, dessen Wände bis zur Decke mit verzierten, dunkelbraunen Eichenholzpaneelen getäfelt waren. Die Geschworenen, fünf Männer und eine Frau, nahmen ihre Plätze ein. Die Journalisten und die Gerichtsreporter bezogen Stellung, auch die beiden Referendare, die Frey unterstützen sollten. Bereits kurz nach neun Uhr waren die Tribünen und der Zuschauerraum dicht bevölkert.

Ein ungeduldiges Gemurmel herrschte im Raum, der mit über vierhundert Personen zum Bersten gefüllt war, eine nervöse, atemlose Spannung richtete sich auf den Moment, in dem der Angeklagte in den Saal geführt werden würde. Auf den Bänken saßen Landtags- und Reichstagsabgeordnete, Justizbeamte, Richter, Staatsanwälte und Rechtsanwälte, Professoren der Medizin, die später als Sachverständige gehört werden sollten, Pädagogen, ein Dramatiker, der die literarischen Versuche Pauls begutachten sollte, Gerichtsreporter und Vertreter aus dem Justiz- und Kultusministerium. Man war sich sicher, daß man einen historischen Prozeß erleben würde.

Die Leitung des Prozesses war dem Landgerichtsdirektor Dust übertragen worden. Dust hätte auch einen guten General abgegeben. Er trug einen kleinen Schnurrbart, die Haare waren am Hinterkopf millimeterkurz geschoren, er hielt sich sehr aufrecht, und ein kleines Doppelkinn deutete auf seine Vorliebe für schweres Essen hin. Dust schien die Korrektheit erfunden zu haben. Vor allem, wenn er seine wallende schwarze Robe trug und sein samtenes Barett auf dem Kopf hatte. Er hatte sich als Verwaltungsbeamter hervorgetan, wurde daraufhin zum stellvertretenden Landgerichtspräsidenten befördert, was bedeutete, daß er nun auch Vorsitzender des Schwurgerichtes wurde. Er war ein Mann, dem es keinesfalls an juristischem Scharfsinn mangelte, dafür aber, wie sich im Laufe der nächsten Tage herausstellen sollte, an der nicht lernbaren Fähigkeit, sich in fremde Menschen und delikate Vorgänge hineinzuversetzen. Seit drei Jahren bereits leitete er Schwurgerichtsprozesse, nicht selten zur Qual aller Prozeßbeteiligten.

Als einer der letzten betrat Frey zusammen mit dem ersten Staatsanwalt Steinbek den Saal. Steinbek trug einen winzigen Scheitel in seinem kurzgeschnittenen Haar. Er war effizient, geradeheraus, und jede Romantisiererei schien ihm fremd. Das Wort Gefühl hatte er durch das Wort Disziplin ersetzt. Ihm zur Seite saßen der zweite Staatsanwalt Dr. Hoffmann und der Urkundsbeamte Kaufhold. Kaum hatten sich die Türen hinter ihnen geschlossen, wurde Paul von zwei Polizeibeamten durch einen Seiteneingang hineingeführt. Alle Köpfe fuhren herum, um einen Blick auf ihn zu erhaschen. Nicht wenige waren überrascht, was sie zu sehen bekamen, weil ihre Vorstellung von dem Angeklagten eine ganz andere gewesen war als dieser blasse, schmale blonde Junge, der nun schüchtern zu der Anklagebank geleitet wurde, vor der sich sein Verteidiger in seiner schwarzen Robe mit seinem blitzenden Monokel postiert hatte. Frey wußte, um was es ging. Er sah sich zu Paul um und nickte entschlossen. Er wollte Paul dem Henker entreißen, denn ein Schuldspruch würde den Tod durch Erhängen bedeuten.

Das Geschehen der folgenden Tage war vor allem durch Pauls Verteidiger Dr. Erich Frey und durch den Vorsitzenden Richter Dust geprägt. Dust war zwar ein fähiger Jurist und Justizverwaltungsbeamter, aber seine mangelnde Sensibilität gegenüber Hilde Scheller und seine Unfähigkeit, Frey Einhalt zu gebieten, führten dazu, daß der Prozeß über alle Ufer trat. Auch schloß er weder die Öffentlichkeit aus, noch erließ er gegenüber der Presse ein beschränktes Schweigegebot. Er begründete dies damit, daß bei einem Ausschluß der Presse die Gefahr bestünde, daß falsche Berichte über die Beweisaufnahme in die Presse gelangen könnten.

Der erste Tag

Mit dem Schrillen der Klingel verebbten alle Gespräche im Saal. Die Flügeltüren wurden geschlossen. Das Interesse aller Anwesenden konzentrierte sich auf Paul, der als erster vernommen wurde. Er steckte in einem abgetragenen Anzug, den ihm ein Mitschüler geschenkt hatte. Die Hosen waren mittlerweile ein Stück zu kurz. In den acht Monaten der Untersuchungshaft war er noch ein bißchen gewachsen. Außerdem trug er eine Weste, ein weißes Hemd, das ihm seine Mutter gebracht hatte, einen unauffällig gemusterten Schlips und ein kleines Einstecktuch. Seine flachsblonden Haare waren nach hinten gekämmt, und sein rundliches Gesicht zeigte einen nachdenklichen Ausdruck. Während der nächsten Tage versenkte er oft die Hände in den Taschen seines Sakkos, oder er lehnte sich mit beiden Armen auf die hölzerne Brüstung der Anklagebank hinter seinem Verteidiger. Blaß und abgemagert stand er Rede und Antwort. Einmal dachte er daran, daß sich zur selben Zeit seine Mitschüler mit der schriftlichen Prüfung zum Abitur beschäftigten, und dann wieder erschienen ihm die Ereignisse der letzten Monate wie ein schlechter Traum.

Frey stellte zunächst den Antrag, seinem Mandanten zu gestatten, aus der Anklagebank herauszutreten, um vor dem Gericht auf einem Stuhl Platz zu nehmen, weil er sonst nicht ungehemmt sprechen könne. Dust lehnte dies mit dem Hinweis ab, daß Paul Richter finden würde, die für menschliche Schwächen und Vergehen volles Verständnis hätten. Paul war nicht verlegen. Ruhig und klar beantwortete er die Fragen des Richters. Seit Wochen hatte er sich auf diesen Tag konzentriert. Oft hatte er Angst, und dann wieder fühlte er sich stark genug, der Welt gegenüberzutreten. In langen Gesprächen mit Frey hatte er ihn des öfteren beschworen, den Dingen ihren Lauf zu lassen. Alles war ihm egal. Er sah keine Hoffnung für sich. Der Gedanke, in die Wohnung der Eltern zurückkehren zu müssen, quälte ihn am meisten. Alles erschien ihm besser als der Blick nach hinten. Obwohl er im Mittelpunkt des Interesses stand, empfand er sich als einen Unbeteiligten, dem das Schicksal eine harte Prüfung auferlegt hatte. Als der Vorsitzende, um den Zeitpunkt der Verhaftung festzustellen, ihn fragte: »Sie sind im Anschluß an Ihre Tat verhaftet worden?«, erwiderte Paul, wie aus der Pistole geschossen: »An meine Tat? Ich habe keine Tat begangen!«

Dust stutzte und korrigierte sich dann lächelnd.

»Gut, also im Anschluß an die Tat, die geschah.«

Paul berichtete über sein Leben, seine Interessen an der Schule und den Drang, etwas zu erleben und in die Welt hinauszuwollen. Nachdem der Vorsitzende seine ersten Fragen gestellt hatte, rief er Pauls Eltern als Zeugen auf. Seine Mutter war von den Ereignissen so mitgenommen, daß sie verzweifelt in Tränen ausbrach. Sie hielt sich nur mühsam aufrecht. Ihr Mann, der im letzten halben Jahr sichtlich gealtert und ergraut war, stützte sie. Paul klammerte sich mit gerötetem Gesicht an der hölzernen Reling fest. Seine Eltern taten ihm leid. Sie hatten es nicht verdient, daß sie nun so ins grelle Licht der Öffentlichkeit gezerrt wurden. Er schilderte das Verhältnis zu seiner Mutter als ein sehr gutes. Sie habe sich immer bemüht, ihn zu verstehen. Ganz im Gegensatz zu seinen Lehrern, deren Hauptinteresse gewesen sei, ihnen den Lehrstoff einzupauken. Er fühlte sich unverstanden in seinen Leidenschaften, mit 17 Jahren hatte er angefangen zu dichten. Seine erste Liebe war unglücklich verlaufen, und nachdem der Versuch auszureißen gescheitert war, lernte er Günther und Hilde kennen. Zusammen vernachlässigten sie die Schule und genossen das freie Leben in Mahlow.

Richter Dust, neben dem der zuständige Staatsanwalt Steinbek saß, lehnte sich vor und ließ seinen Blick durch den Saal schweifen. Er wartete ab, bis sich die immer wieder aufkeimende Unruhe gelegt hatte, und führte dann sein Verhör fort.

»Wie entwickelte sich denn nun die Freundschaft? Wurde sie bald intim?«

»Jawohl. Mit Gerda habe ich nur platonisch verkehrt, mit Ruth habe ich mich geküßt, aber mit Hilde war gar nichts platonisch. Wir waren ganz uns selbst überlassen. Ihre Mutter war verreist, der Vater war nicht da.«

»Haben Sie Hilde liebgehabt?«

Paul sah kurz zu Boden, dann zu der Tür, hinter der er Hilde wußte. Der Gerichtsdiener, der davorstand, starrte nach vorne. Paul spürte, daß alle Blicke auf ihm ruhten.

»Jawohl«, antwortete er mühsam.

»Hat sie Sie auch gerne gehabt?«

»Mir gegenüber hat sie es so gezeigt.«

»Wer hat denn die Dinge vorwärtsgetrieben?« fragte Dust.

»Hilde«, sagte Paul überzeugt, »sie hat das Gespräch darauf gebracht, und ihre Küsse wurden immer drängender.«

»War Hilde sehr sinnlich?«

»Jawohl, sehr«, erwiderte Paul.

Er wollte noch etwas sagen, aber der einsetzende Lärm im Gerichtssaal ließ ihn verstummen. Der Richter unterbrach die Verhandlung für zwei Minuten und las anschließend Notizen und Gedichte aus Pauls konfisziertem Tagebuch vor. Besonders ein Gedicht, das der Richter laut zitierte, sollte sich als belastend herausstellen.

»Auf dem Boden liegt die Leiche / meines Freundes Robert Krause. / Aus der Wunde sickert langsam / Rotes Blut zur grauen Erde. / Neben ihm sitzt stieren Blickes / Er, der ihn gemordet hat. / Es verglimmt die Zigarette / Zitternd in der Mörderhand. / Blutbeschmiert liegt neben ihm / Noch der Dolch, der ihn getroffen, / Der ihm seine Liebste stahl, / Den die Rache jetzt erreichte. / Und mit mattem Flügelschlage / Schwingt sich krächzend fort die Krähe, / Einz'ge Zeugin dieser Tat. / Rot fließt Blut zur grauen Erde, / Es verglimmt die Zigarette.«

Der Richter legte das Buch zur Seite und musterte Paul. »Nun, was sagen Sie dazu?«

»Ich habe es nur mit dem Verstand, nicht mit der Seele geschrieben. Wir saßen zusammen, ein paar Freunde«, versuchte Paul sich zu verteidigen. »Wir sprachen über moderne Literatur. Da sagte ich: Solche Sachen, die jetzt erscheinen, ohne Reim und so grausig, kann man ohne Schwierigkeiten jederzeit machen.«

Zwei weitere Gedichte älteren Datums wurden verlesen, eines davon hatte Paul nachträglich mit »Hilde« betitelt. Dann wandte sich das Verhör Pauls Darstellung der Tatnacht zu. Er schilderte den Ablauf der letzten 24 Stunden, wie sie alle in der Schellerschen Wohnung zusammentrafen, wie er darunter litt, daß Hilde mit Hans zusammen war, und daß er, nachdem Günther gegangen war, sich mit Ellinor in ein Schlafzimmer zurückgezogen habe, da er Trost bei ihr suchte und auch fand.

Die Mittagspause dehnte sich länger aus als vorgesehen. Frey litt unter einer schweren Nierensteinkolik. Er mußte sich hinlegen. Bewaffnet mit Medikamenten und einem elektrischen Heizkissen, kehrte er jedoch bald wieder an seinen Platz zurück.

Das Verhör wendete sich dem weiteren Verlauf der Nacht zu und den beiden Briefen, die sie geschrieben hatten. Als Dust sie vorlas, kehrte eine ungewohnte Stille in den Saal ein.

»Liebes Weltall! Ein winziges Stück Deines Organismus vergeht. Sei nicht böse darüber, Du wirst den Untergang einer Zelle kaum als Verlust empfinden. Tausend andere drängen sich als Ersatz. Die Zeit rollt weiter und weiter, was kümmert sie mein bißchen Leben. Ein kurz aufleuchtender Schein in der Gemeinschaft der Menschen und dann Erlöschen, Staub, Asche. Einer Idee sei mein Tod geweiht: dem Gedanken der Menschheit, kein Klassengegensatz, sondern Rassengegensatz, Weiße contra Schwarze, Gelbe. Sobald uns von der Monde

entier ... ein Empfang bereitet werden soll, würden wir die letzten Konsequenzen ziehen. In diesem Sinne werden Hans und Hilde sterben. Durch unsere Hand. Wir beide, Günther und ich, werden lächelnd aus dem Leben scheiden.«

Nach einer kurzen Pause und einem Schluck Wasser las der Richter den zweiten Brief vor.

»Lieber Fritz, nimm diese Zeilen als den Gruß, den Dir Dein wirklicher wahrhafter Freund zum letzten Mal sendet. Dir mag mein Schritt unverständlich sein, was ich jedoch kaum annehme. Du magst eventuell wenig Wert darauf legen, daß Dich ein Doppel- und Selbstmörder mit seinen letzten Grüßen beehrt. Jedoch, mon cher ami Fritz, verstehe ich mich selbst vollkommen. Ich glaube, daß Liebe mich zur letzten Konsequenz verleitet. Es gibt Mädels von solcher Hingabe, einem so durchdringend süßen Gefühl, daß man nicht von ihnen lassen kann. Lieber Fritz, hiermit bitte ich Dich, Sachwalter meines letzten Willens zu sein. Meinen Anzug sowie sämtliche gangbaren Sachen erhält Günther Dylla. Meine Werke sollen Dir einzig und allein zustehen, ich gebe Dir das volle Recht, sie in meinem Namen zu veröffentlichen. Das war das Geschäftliche. Rein menschlich und freundschaftlich möchte ich Dich bitten, einmal im Jahr meiner zu gedenken. Und wünsche Dir für die Zeit, die Dir zum Leben bleibt, alles auf Erden Erreichbare. Besuche wenigstens einmal im Jahr mein Grab, Fritz. Ich erschieße erst Günther, dann Hilde, während Günther zuerst Hans Stephan erschießt. Dies ist die volle Wahrheit. Nun lache nicht, sondern denke daran, daß mein Schritt die letzte Konsequenz eines vom Leben Getöteten ist. Günther ist vollkommen einverstanden und grüßt Dich wie ich, mein Freund, zum letzten Mal. Paul Krantz.«

Nachdem Dust geendet hatte, herrschte ein bedrückendes Schweigen im Gerichtssaal. Diese Zeilen waren ein klares Geständnis. Steinbek richtete sich triumphierend auf, aber merkwürdigerweise kam Dust gar nicht mehr auf die doppelte Morddrohung zu sprechen, die in dem Brief enthalten war. Er beschäftigte sich intensiv mit der Rekonstruktion der Ereignisse des Morgens. Schließlich aber kam der Richter auf die Motive zu sprechen.

»In dem Brief haben Sie nun geschrieben, daß Sie zuerst Günther Scheller erschießen würden.«

Paul richtete sich auf und wischte seine Hände an seiner Hose ab.

»Wir haben den Plan geändert. Ich sagte ihm, ich sei zu schwach, das zu tun.«

»Warum?«

»Ich hatte kein Motiv, ihn zu töten.«

»Aber die Hilde wollten Sie erschießen?«

»Ja, da hatte ich ja auch ein Motiv. Sie war mir untreu und hatte mich betrogen.«

»Sie waren eifersüchtig, nicht wahr?«

»Eifersucht war es nicht«, sagte Paul. »Ich war nur so traurig, daß Hilde diese Nacht mit Stephan zusammen war, während sie die Nacht zuvor mit mir verbracht hatte.«

»Hat der Angeklagte nicht zu Hilde gesagt«, mischte sich Steinbek ein, »für jeden von uns ist noch eine Kugel im Lauf?«

»Ich habe nur gesagt, es sind noch mehrere Kugeln da, und meinte, ich wollte mich erschießen«, verteidigte sich Paul schwach.

Im weiteren Verlauf des Verhörs über die Vorgänge unmittelbar vor, während und nach der Tat verstrickte sich Paul in Widersprüche. Er begründete sie mit seiner Angst vor Unannehmlichkeiten. Über Günther mochte er keine Beurteilung abgeben. Dann wurde er von Sachverständigen und der Staatsanwaltschaft befragt. Dr. Magnus Hirschfeld wollte wissen, ob der Verkehr mit Hilde sein erster gewesen sei. Das bejahte Paul. Kurz bevor die Beweisaufnahme begann, wies Frey darauf hin, daß Herr Scheller seine Tochter Hilde den Journalisten gegen Entgelt zum Interview vorführt habe. Der Richter rief daraufhin die Eltern Scheller in den Saal und verwarnte sie, wie er ebenso die sensationsheischende Berichterstattung in den Zeitungen scharf kritisierte. Am Nachmittag gegen fünf war Pauls Vernehmung beendet.

Die Beweisaufnahme begann mit einem Paukenschlag. Hilde wurde von einer Jugendpflegerin in den Saal geführt. Selbstbewußt, mit kleinen, schnellen Schritten durchschritt sie den Gang zwischen den Zuschauerreihen, ohne nach rechts und links zu blicken. So als ob sie sich ihren Auftritt wohl überlegt hätte. Sie schenkte Paul, der ihr ebenso wie alle anderen mit den Augen folgte, keinen Blick. Ihre Erscheinung entsprach nicht im geringsten dem Bild, das sich der normale Zeitungsleser von ihr gemacht hatte. Sie hatte weder etwas Verlorenes noch etwas Verdorbenes an sich. Ihre kastanienbraunen Haare waren kurzgeschnitten. Ihre dunklen Augen, ihre schwarzen Brauen und Wimpern bildeten einen Kontrast zu den kindlich geröteten Backen. Einzig ihr trotzig emporgerecktes Kinn ließ Rückschlüsse auf ihren inneren Zustand zu. Nachdem sie den schmal geschnittenen englischen Mantel abgelegt hatte, stand sie in der Mitte des Saals. Sie trug einen blauen Plisseerock und einen weißen Seidenpullover. Da sie mittlerweile 16½ Jahre alt war, konnte sie unter Eid genommen werden. Aber bevor es dazu kam, sprang Frey auf und teilte Dust mit, daß er gegen Hilde wegen Mitwisserschaft an dem Verbrechen bei der Staatsanwaltschaft Anzeige erstattet habe. Sie starrte Frey ungläubig an, als würde ihr erst jetzt bewußt, was in den nächsten Tagen auf sie zukommen würde. Frey führte ungerührt aus, daß sie am Morgen in der Küche die Zettel gelesen und so vom Mordplan erfahren habe, aber nicht eingeschritten sei. Wenn Steinbek schon Paul anklage, so müsse er auch Hilde anklagen. Er stellte den Antrag, Hilde nicht zu vereidigen.

Sein Plan war klar. Hilde war die wichtigste Belastungszeugin. Wenn es ihm gelingen würde, ihre Glaubwürdigkeit zu erschüttern, hätte er viel für Paul gewonnen. Frey behauptete, sie habe nicht die nötige Reife, um die Bedeutung des Eides zu erkennen, und er wolle sie davor schützen, eventuell einen Meineid zu leisten. Das Gericht zog sich zu einer kurzen Beratung zurück und lehnte alle Anträge ab. Es kam zu einem ersten scharfen Zusammenstoß zwischen den Kontrahenten. Der Staatsanwalt erklärte, daß das Auftreten Hildes durchaus den Eindruck der Verstandesreife erweckt habe, ohne daß sie ein Wort gesagt hatte.

»Bevor Sie den Eid leisten, ist es meine Pflicht, Sie darauf aufmerksam zu machen, daß auf Meineid Zuchthaus bis zu zehn Jahren steht ...«, erklärte Dust der verschüchterten Zeugin und korrigierte sich sogleich, »da Sie aber noch nicht achtzehn Jahre sind, unterstehen Sie noch der Jugendgerichtsbarkeit. Sie können also nicht mit Zuchthaus, sondern nur mit Gefängnis bestraft werden.«

Hilde sah ihn starr an, als er ihr die Eidesformel vorsprach und sie sie mit heller Stimme wiederholte. Nachdem sie ihre Personalien angegeben hatte, begann der Richter mit der Befragung. Steinbek stellte den Antrag, die Öffentlichkeit von der nun folgenden Befragung auszuschließen, Dust aber lehnte diesen Antrag ab. Frey atmete auf. Er hoffte, daß der Vorsitzende in seinem Frage-und-Antwort-Spiel nun die intimen Details außen vor lassen würde. Aber er sollte sich täuschen. Das ganze Vorspiel hatte die Spannung im Saal in die Höhe getrieben – über vierhundert Personen lauschten atemlos den Fragen des Richters. Hilde hatte sich noch nie in ihrem ganzen Leben so einsam gefühlt. Ihr älterer Bruder war tot, ihren Eltern warf man vor, sich nicht richtig um die Kinder gekümmert zu haben, alle Freundinnen hatten sich von ihr abgewendet, und nachts, wenn sie allein war, war sie hilflos ihren Ängsten ausgeliefert.

»Wie gestalteten sich Ihre Beziehungen zu Paul Krantz?«

»Mein Bruder hat mir erzählt, daß Paul dichten könne und so schöne Aufsätze mache, da habe ich mich für ihn interessiert«, antwortete sie. »Ich wußte, daß Paul sich zu

Hause nicht wohl fühlte. Ich habe mich nun noch mehr für ihn interessiert. Er war etwas liederlich angezogen, da habe ich seine Anzüge saubergemacht.«

»Haben Sie sich geküßt?«

Ein allgemeines Gemurmel hob an. Hilde hatte ihre Hände verschränkt und spielte nervös mit dem Ring, den sie von ihrer Großmutter geschenkt bekommen hatte. Sie schlug die Augen nieder. Nichts wünschte sie sich mehr in diesem Moment, als unsichtbar zu sein. Sie spürte die vielen Blicke in ihrem Rücken, und sie spürte, wie die prüfenden Augen des Richters und des Staatsanwalts auf ihr ruhten. Es gab kein Entkommen. Der Richter wiederholte seine Frage.

»Ja«, murmelte sie nach langer Pause.

»Ist es dabei geblieben?«

»Wir sind weiter gegangen. Aber niemals hat ein Verkehr stattgefunden. Ich habe Paul aber sehr liebgehabt.«

Mit einem Arm wischte sie sich über das Gesicht. Sie kämpfte mit den Tränen.

»Wer war denn der, sagen wir, aktivere Teil?« insistierte der Richter.

Hilde sah auf den Boden und schwieg.

»Sie müssen uns das sagen!«

»Ich weiß nicht, wie Sie das meinen!« entgegnete sie.

»Hat sich ein sexuelles Empfinden und Begehren bei Ihnen bemerkbar gemacht?«

»Ja.«

»Haben Sie ihrem Drängen nachgegeben?«

»Ja.«

»Haben Sie Krantz Vorwürfe zu machen, daß er sich Ihnen aufgedrängt hat?«

»Nein.« Sie schüttelte den Kopf. »Als er auf dem Boden war, habe ich ihm eine Decke gebracht. Dabei haben wir uns geküßt.«

»Es ist aber nicht beim Küssen geblieben. Waren Sie angezogen?«

Wieder machte sie eine lange Pause.

»Ich hatte nur das Nachthemd an«, sagte sie schließlich.

»Haben Sie sich nicht erheblich sexuell eingelassen? Sie müssen mehr sagen!« hakte Dust nach.

»Als ich bemerkte, daß er das wollte, habe ich ihn weggestoßen«, murmelte sie schließlich leise.

In diesem Augenblick sprang Paul auf, mit hochrotem Kopf, und redete leise, aber lebhaft auf seinen Verteidiger ein. Der Richter hielt Hilde dann noch die Aussage eines Bekannten vor, den sie auch geküßt habe, und fragte sie anschließend nach ihrer Verbindung zu Hans Stephan aus und warum sie ihn angerufen habe. Sie habe doch gewußt, daß er aggressiver als Paul sei. Sie zuckte mit den Schultern und erwiderte, sie habe nicht »an so was« gedacht.

Mittlerweile war es bereits sieben Uhr abends. Frey drehte sich zu Paul herum, der ihn aufgelöst und übermüdet ansah.

»Wir müssen das beenden, Herr Doktor. Ich will alles auf mich nehmen, so kann es doch nicht weitergehen. Das ist zuviel für Hilde.«

Frey legte ihm beruhigend eine Hand auf die Schulter.

»Wir dürfen nicht die Nerven verlieren, Paul ...«

Dust brach die Verhandlung ab und vertagte sie auf den kommenden Morgen, halb zehn.

Der zweite Tag

Der zweite Tag des Mordprozesses begann mit einiger Verzögerung. Der Andrang des Publikums war unvermindert. Der Zugang zum Schwurgerichtssaal war gesperrt und durch eine doppelte Kartenkontrolle gesichert. Paul wurde bereits um halb zehn in die Anklagebank geführt. Er machte einen zuversichtlicheren Eindruck als am Tag zuvor. Er hatte den ersten Tag des Prozesses überstanden, und er war einfach froh, daß die Zeit des Wartens und des

Grübelns ein Ende hatte. Er sprach leise und intensiv mit seinem Anwalt, bis das Gericht um zehn Uhr erschien. Dust teilte mit, daß den Anträgen der Verteidigung stattgegeben werde und daß man als zusätzliche Zeugen die Polizeirätin Wieking und den Polizeivizepräsidenten Weiß hören werde.

Das ganze Geschehen an diesem Tag konzentrierte sich auf Hilde. Sie war die Hauptzeugin, und sie war es, die nach den tödlichen Schüssen als erste das Zimmer betreten hatte. Als sie vor den Richtertisch gerufen wurde, machte sie einen gelassenen Eindruck, nur ihre Hände, die mit den Knöpfen ihrer Jacke spielten, verrieten ihre innere Unruhe. Sie schilderte die Nacht aus ihrer Sicht. Auf Nachfragen des Vorsitzenden gab sie zu, in der Nacht zusammen mit Hans Stephan in einem Bett gelegen zu haben, führte aber zu ihrer Entschuldigung an, daß es nur eine Schlafstelle in der Kammer neben der Küche gegeben habe. Sie sagte aus, daß Paul sie mit den Worten »Du gehst keinen Schritt weiter. Du bleibst hier!« festgehalten habe, als sie Günther in das Schlafzimmer folgen wollte. Paul hielt sich mit beiden Händen wie zur Sicherheit an der Brüstung der Anklagebank fest. Frey wußte, daß Hildes Aussage eine ernste Bedrohung für seinen Klienten sein konnte, und so fragte er genauer nach, bis sich Hilde dahingehend korrigierte, daß Paul sie nicht sonderlich festgehalten habe. Wenn sie zu Frey sprach, traf ihr Blick vor allem Paul, der hinter ihm stand. Hilde konnte sich nicht daran erinnern, wer zuerst ins Schlafzimmer gegangen war. Sie wußte aber noch, daß die Tür zugehalten wurde und daß im nächsten Augenblick die Schüsse fielen. Sie hatte versucht, ihren Fuß in die Tür zu schieben, der dann eingeklemmt wurde, weil jemand die Tür zudrückte. Sie wußte aber nicht, wer das gewesen war.

Man nahm sie ins Kreuzverhör. Einerseits fühlte sie sich von den Fragen in die Enge getrieben, andererseits genoß sie doch auch die Aufmerksamkeit und die Blicke, die ihr zuteil wurden. Sie war, wieder einmal, der Mittelpunkt allen

Interesses. Sie mußte erneut auf Fragen der Sachverständigen, der Verteidigung und des Gerichtes antworten. Frey bemühte sich, Unstimmigkeiten zwischen früheren Aussagen und den eben gemachten festzustellen. Als Dust sie zum wiederholten Mal aufforderte, genau zu erzählen, was sie nun bei ihrem Eintritt in das Schlafzimmer gesehen habe, erlitt sie einen Zusammenbruch. Sie schlug die Hände vor das Gesicht und brach in Tränen aus. Ihr schmaler Körper wurde von heftigem Schluchzen geschüttelt. Betroffenheit machte sich auf den Gesichtern der Zuschauer breit. Dust unterbrach die Verhandlung, nicht ohne Frey mit einem Blick die Schuld für den Zusammenbruch zu geben.

Eine Gerichtsdienerin nahm die aufgelöste Hilde in die Arme und führte sie aus dem Saal hinaus, um ihr ein paar kalte Umschläge zu machen und um sie zu beruhigen. Paul litt unter diesem Anblick. Er fühlte sich schuldig an ihrer Verzweiflung und ihrem Kummer. Seine Wut über die Situation richtete sich nun gegen Frey. Er machte ihm starke Vorwürfe, weil er Hilde so in die Zange genommen hatte. Frey wehrte sich, er wußte zwar, daß Paul recht hatte. Aber was sollte er tun? Er konnte ihn nur verteidigen, wenn er sie angriff. Denn schließlich ging es um Pauls Kopf.

Nachdem Hilde erklärt hatte, daß sie sich fähig fühle, wieder auszusagen, fuhr Frey fort, sie in Widersprüche zu verwickeln, was die Anzahl der Schüsse und ihre ersten Aussagen betraf, die, wie sie zugab, mit Paul abgesprochen worden waren. Steinbek bemühte sich, von Hilde eine Einschätzung des Charakters ihres Bruders zu bekommen, den er für leicht beeinflußbar hielt. Sie sagte, er sei weich und unberechenbar gewesen.

Paul lauschte dem Frage-und-Antwort-Spiel mit leicht hängenden Schultern in der Anklagebank. Nachdenklich und verschlossen starrte er vor sich hin und vermied es, seinen Verteidiger anzusehen. Er verachtete Frey, weil er seine Verteidigung auf Hildes Kosten aufbaute. Natürlich wußte er auch, daß seinem Anwalt nichts anderes übrigblieb. Und so haßte er sich selber für sein Verhalten. Ohne Frey eines Blickes zu würdigen, ließ sich Paul in der Mittagspause von den beiden Justizwachtmeistern in das Untersuchungsgefängnis führen.

Anschließend folgte das Gericht dem Antrag der Staatsanwaltschaft, den Hausarzt Doktor Freund vorzuladen. Dr. Freund, ein gemütlicher Mann mit fliehendem Haaransatz, trat in einem altertümlichen Gehrock vor das Gericht. Er sagte aus, daß er Pauls Verhalten am Morgen nach der Tat als sehr unangenehm und kühl empfunden habe. Frey wollte von ihm wissen, inwieweit er über Hildes Jungfräulichkeit Bescheid wußte. Freund erklärte, das könne er nur unter Ausschluß der Öffentlichkeit sagen. Das aber wollte Dust auf jeden Fall vermeiden. Dr. Magnus Hirschfeld wurde auch in die folgende Debatte verwickelt. Nach langer, eingehender Beratung lehnte das Gericht eine Untersuchung der Jungfräulichkeit Hildes ab, da die Glaubwürdigkeit der Zeugin durch diese Sache nicht beeinträchtigt werde. Der folgende Zeuge, Dr. Gladow, war der Klassenlehrer von Paul und Günther gewesen. Er strich Pauls Begabung heraus, betonte aber auch, daß er ihm des öfteren gesagt hätte, daß es mit genialer Veranlagung allein nicht getan sei. An Günther war ihm im wesentlichen aufgefallen, daß er mehrmals geschminkt zur Schule gekommen war.

Nun trat der Berliner Polizeivizepräsident Dr. Bernhard Weiß nach vorne. Er hatte sowohl Paul als auch Hilde am Tag nach dem Mord vernommen. Weiß, ein kleiner, akkurater Mann, der den Dienstbetrieb der Polizei leitete, galt als hervorragender Kriminalist, aber auch als unerbittlicher Vorgesetzter. Dust nickte ihm kurz zu, bevor er seine Fragen an ihn stellte, denn selbstverständlich kannten sich die Männer.

»Ich bitte Sie, sich zu äußern, ob Sie einer Vernehmung der Hilde beigewohnt haben und was Sie bezüglich der Glaubhaftigkeit des jungen Mädchens wahrgenommen haben.«

»Ich glaube, es war am Tag nach der Mordnacht«, berichtete Weiß mit klarer Stimme. »Mir wurden vom Kriminalkommissar, der die Untersuchung führte, Mitteilungen über den Fall gemacht. Ich interessierte mich aus kriminalpsychologischen Gründen dafür. Ich hörte, daß Krantz Dinge erzählt hatte, die sich in der Nacht zuvor in Mahlow abgespielt hatten, von denen Hilde nichts erzählt hatte. Ich ließ Hilde in das Vernehmungszimmer kommen und vernahm sie selbst. Schon die Haltung, wie dieses Mädchen hereinkam, war mir völlig unverständlich. Sie trat, liebenswürdig lächelnd, ganz harmlos und unbefangen herein. Am Tag nach dem Tod ihres Bruders. Man sah ihr nicht die geringste Erschütterung an. Ich fragte sie, was am Tag vorher geschehen sei. Wo sie den Abend verbracht habe. ›Wir haben zu Hause geschlafen, wie immer‹, erklärte sie. ›Na, besinnen Sie sich mal‹, erklärte ich. Sie lächelte und spielte weiter das harmlose Kind, zuckte mit den Schultern und sagte, sie wüßte von nichts. Daraufhin ließ ich Krantz in das Zimmer führen und konfrontierte die beiden. Als Krantz das wiederholte, was er uns vorher mitgeteilt hatte, verwandelte sich das Wesen Hildes blitzschnell. Die bisher Sanftmütige und Liebenswürdige fuhr wie eine kleine Hyäne auf Krantz los und schrie ihn an: ›Was hast du den Herren hier vorgelogen?‹ Daraus ging mir klar hervor, daß sie ein äußerst unglaubwürdiges Kind sein mußte. Dieses harmlose Verhalten, diese anscheinende Unbefangenheit mußte uns außerordentlich stutzig machen. Wegen des psychologischen Rätsels dieses jungen Mädchens habe ich sie dann gleich der Leiterin der weiblichen Polizei, Kriminalrätin Wieking, übergeben lassen.«

Bereits in der Mitte seiner Aussagen begann Hilde aufgeregt auf der Zeugenbank zu gestikulieren. Dust rief sie noch einmal auf.

»Ich möchte sagen«, erklärte sie, »daß mich der Herr Polizeipräsident nicht gefragt hat, was am Tage vorher passiert sei. Und was mein Auftreten bei der Vernehmung betrifft, so liegt es mir nicht, meine innere Seelenverfassung zu zeigen. Ich war deshalb äußerst liebenswürdig und freundlich. Den Paul habe ich angefahren, das stimmt, ich habe später auch mit ›Ja‹ geantwortet, als man mich fragte, ob ich zu ihm auf den Boden gegangen sei.«

»Erinnern Sie sich nicht«, unterbrach sie Weiß erregt, »daß ich Sie gefragt habe, ob Sie sich nicht schämen, am Tage, nachdem Ihr Bruder und Freund ums Leben gekommen ist, sich hier so zu benehmen?«

Sie sah ihn nur schweigend an.

»Meinem Eindruck nach«, fuhr Weiß fort, »und das muß ich nochmals betonen, ist die Zeugin vollkommen gefühllos gewesen.«

»Ich möchte gerne vom Polizeivizepräsidenten wissen«, meldete sich Steinbek zu Wort, »ob er meint, daß leichtfertiges Benehmen eines Menschen auch auf dessen Unglaubwürdigkeit schließen läßt.«

Bevor sich Weiß äußern konnte, sprang Frey auf.

»Es geht mir nicht darum zu beweisen, daß Hilde gelogen hat. Ich möchte lediglich beweisen, daß junge Menschen, wenn sie dem Tod gegenüberstehen, anders reagieren, als wir Erwachsenen es erwarten. Ist Hilde ein kaltherziges, kaltschnäuziges Wesen? Nein, sie stand unter Schock. Sie hatte Angst, bei etwas Verbotenem erwischt zu werden. Sie will ihren Eltern keinen Kummer machen. Sie will ihren Bruder vorteilhaft schildern. Bleibt nur Paul Krantz. Vielleicht würde sie auch ihn gerne entlasten. Aber sie kann es nicht. Wer ist denn nicht befangen, wenn es um erotische Dinge geht? Wer sagt denn die Wahrheit, wenn man ihn um das Intimste fragt? Es wäre unnatürlich. Aber bitte machen Sie hier keinen Unterschied zwischen Hilde, die unter Eid aussagt, und dem Angeklagten, dem der Eid verwehrt bleibt …«

Frey setzte sich wieder hin. Er hatte ein Plädoyer für Hilde gehalten. Als er Pauls Hand auf seiner Schulter spürte, drehte er sich um. Paul sah ihn ernst an.

»Ich bin so ein Dummkopf«, murmelte er leise.

Dust wies Hilde auf ihren Eid hin, und nach mehrmaligem Insistieren korrigierte sie widerwillig ihre früheren Aussagen.

Als nächste Zeugin wurde die Kriminalrätin Wieking aufgerufen, eine resolute Frau Ende Dreißig, die erste Frau, die eine Abteilung in der Berliner Polizei leitete und allgemein hohes Ansehen genoß. Dust bat sie, ihren Eindruck von Hilde zu schildern.

»Hildegard Scheller», berichtete sie, »kam harmlos, als sei nichts gewesen, zu der Vernehmung. Sie hat ziemlich offen Auskunft gegeben, sich zunächst spontan geäußert, dann aber besonnen und abgeschwächt. So hat sie zum Beispiel zunächst gesagt, sie brauche den Verkehr mit Freunden und habe sich deshalb immer wieder neue gesucht. Sie hat ganz offen zugegeben, daß sie beim Küssen und bei der Berührung mit einem Mann eine Entspannung gefühlt habe. Dann hat sie sich diese Aussage überlegt und gesagt, daß es Liebe sei, was sie zu den Freunden geführt habe. Ich hatte im ganzen den Eindruck, daß sie sich als Mittelpunkt der Affäre sehr interessant vorkam. Ihr Vater hat mir geschildert, wie das junge Mädchen sich bei dem ersten Zusammentreffen benommen hatte. Sie trat der Mutter unbefangen entgegen, und erst als sie sah, daß die Mutter außerordentlich erregt und erschüttert war, hat auch sie angefangen zu weinen.«

»Wie würden Sie die Zeugin insgesamt beurteilen?« wandte sich Frey an die Frau.

»Ich halte sie für außergewöhnlich beeinflußbar, sehr sinnlich veranlagt, und ich bin der Ansicht, daß ihre Glaubwürdigkeit als sehr schwach zu bezeichnen ist.«

Hilde wurde nun aufgerufen, um Stellung zu der Aussage zu nehmen.

»Als ich damals verhört wurde, habe ich nicht gesprochen«, sagte Hilde mit fester Stimme, »sondern ich wurde gefragt. Ist das so und so. Ich habe nicht jedes Wort geprüft, sondern ja und nein gesagt und erst später verstanden, um was es sich eigentlich handelte.«

»Ich muß dem ganz entschieden widersprechen«, meldete sich Kriminalrätin Wieking zu Wort. »Sie hat nicht etwa gestockt, sie hat von sich aus alles erzählt.«

»Finden Sie nicht, daß es an der Zeit ist, mit der Wahrheit herauszurücken?« fragte Dust eindringlich und musterte Hilde scharf durch seine Brillengläser.

»Ich bin über mein Leben gefragt worden«, wehrte sich Hilde, »über sexuelle Dinge wollte niemand was wissen.«

»Wollen Sie, Zeugin Scheller, behaupten«, ergriff Frey das Wort, »daß Frau Polizeirätin Wieking sich auch aus den Fingern saugt, daß Sie ihr gesagt haben, Sie wären aus sexuellem Bedürfnis zu Krantz auf den Boden gegangen?«

»Ich habe das gesagt.«

»Nein, das haben Sie nicht gesagt«, wies Dust sie zurecht, »zuerst haben Sie gesagt, Sie seien heraufgegangen, um ihm eine Decke zu bringen und ihm einen Kuß zu geben. Dann erst haben Sie gesagt, daß Sie aus sexuellem Bedürfnis zu ihm gegangen seien. Warum taten Sie das?«

»Ich kann gar nicht mehr sagen, wie es dazu kam ... ich mußte es einfach tun!«

»Und warum haben Sie Hans Stephan trotz der Gefahr, von Günther entdeckt zu werden, mit ins Schlafzimmer genommen? Sie nahmen keine Rücksicht auf Paul. Und Sie wußten doch, wie es um Günther und Hans stand?«

»Ich hatte Hans plötzlich so gern.« Sie wendete ruckartig den Kopf ab, und ihre Stimme wurde dunkel und herb. »Da war mir alles andere egal!«

Wieder erhob sich ein allgemeines Raunen und Getuschel. Damit war die Verhandlung an einem Ende angekommen. Hilde erschien nach diesem Tag als Zeugin erledigt, und es hatte sich herausgestellt, daß es besser gewesen wäre, Freys Antrag auf eine Nichtvereidigung von Hilde zu folgen. Zu der Frage, ob Paul schuldig war, hatte der Nachmittag kaum beigetragen.

Der dritte Tag

Am Samstag kam es im Reichstag zu Auseinandersetzungen über den Prozeß. Besonders die Deutschnationalen und das Zentrum empörten sich über die Berichte in den Zeitungen. Die Schlagzeilen der Zeitungen griffen das Thema gleich wieder auf: »Krantz-Skandal im Reichstag – Sozialdemokraten greifen Justizminister wegen Prozeßführung an.« – »›Krisis des Erziehungssystems. Krantz-Prozeß enthüllt Schwächen der modernen Schule.« Ein Abgeordneter versuchte das Plenum mit einer Ergänzung des Prozeßgesetzes zu überrumpeln, daß »Prozeßberichte, die geeignet seien, das Geschlechtsgefühl der Jugend zu überreizen oder irrezuleiten, verboten werden sollten«. Der Antrag scheiterte am Widerspruch der Linken. Einer ihrer Abgeordneten führte aus, daß es sich bei diesem Prozeß nicht um eine Frage der Prozeßberichterstattung, sondern der Prozeßführung handele. Er sprach von einem Justizskandal sondergleichen, da der Vorsitzende seine Macht mißbrauche, um eine Verurteilung des Angeklagten zu erzwingen, und ein sechzehnjähriges Mädchen unter Eid nehme und es zwinge, über die »allerdelikatesten Dinge« auszusagen. Dies zeige, daß er seinem Amt in keiner Weise gewachsen sei. Besonders der Gerichtsreporter Sling prangerte die Prozeßführung an und plädierte dafür, daß Prozesse auch immer ein Teil des öffentlichen Rechtslebens seien und daß die öffentliche Meinung in Zukunft in jeden Prozeß einfließen solle.

Die Stimmung wendete sich gegen Richter Dust. Man sprach davon, daß es sich nicht mehr um einen Prozeß gegen Paul Krantz handele, sondern um einen Prozeß über das Liebesleben von Hilde.

Der dritte Tag begann wiederum mit einer großen Überraschung. Frey stellte 30 neue Beweisanträge und forderte die Ladung von nicht weniger als 35 neuen Zeugen sowie die Vertagung des Prozesses. Daraufhin erhob sich Staatsanwalt Dr. Steinbek.

»Ich möchte das Gericht davon in Kenntnis setzen, daß die Staatsanwaltschaft den Nervenarzt Dr. Placzek geladen hat. Dr. Placzek hat Hilde seinerzeit auf Wunsch ihrer Eltern untersucht ...«

Bevor er seinen Antrag weiter ausführen konnte, sprang Frey erregt auf.

»Die Tatsache, daß die Staatsanwaltschaft am dritten Tag des Prozesses einen Sachverständigen lädt, dessen Gutachten ihr im voraus als günstig für Hilde bekannt ist, ist das Unerhörteste, was überhaupt bisher in der Prozeßgeschichte vorgekommen ist. Wir werden unsere Gegenanträge stellen!«

»Nachdem in den gestrigen Nachmittagsstunden auf die Glaubwürdigkeit Hildes ein schwerer Angriff vorgenommen wurde, war die Ladung des Sachverständigen notwendig«, wehrte sich Steinbek.

»Wir haben keinen Angriff auf die Glaubwürdigkeit Hildes unternommen. Die Unglaubwürdigkeit dieser Zeugin ergibt sich aus den Prozeßakten. Aber die Staatsanwaltschaft hat bisher einseitig all das zusammengetragen, was gegen den Angeklagten Krantz und für die Glaubwürdigkeit Hildes, ihrer Hauptzeugin, spricht.«

»Das Gericht hat bereits gestern von der Ladung des Nervenarztes Dr. Placzek Kenntnis erhalten«, meldete sich ein Assessor der Staatsanwaltschaft zu Wort.

»Sie kennen wohl die deutsche Strafprozeßordnung nicht? Paragraph 222, Absatz 2, schreibt vor, daß in erster Linie die Verteidigung davon Kenntnis zu erhalten hat«, erwiderte Frey scharf.

Der Vorsitzende blickte über seine Brille hinweg in den Saal und zog seine Augenbrauen hoch.

»Ich muß zu meiner Verwunderung feststellen, daß der Sachverständige bereits unter uns ist. Dr. Placzek, würden Sie bitte am Zeugentisch erscheinen?«

Ein hochgewachsener Mann mit grauen Haaren in einem schwarzen Anzug erhob sich aus den Besucherbänken und ging nach vorne.

»Ich möchte mich hier verteidigen«, sagte er zu Dust.

»Bisher sind Sie überhaupt noch nicht anwesend, Dr. Placzek«, unterbrach ihn Frey spöttisch.

Nachdem sich die Heiterkeit gelegt hatte, beantragte Frey die Aussetzung des Verfahrens, weil die Verteidigung durch einen Überraschungsantrag der Staatsanwaltschaft in ihren Rechten eingeengt worden sei. Im gleichen Zug beantragte er die Ladung eines Gegensachverständigen und die Ladung einer Reihe von Zeugen, um zu beweisen, daß Paul völlig unter dem Einfluß von Günther Scheller gestanden hatte, daß er bereits Tage zuvor einen Nervenzusammenbruch erlitten hatte und daß der Besitz eines Revolvers bei den Mitgliedern des Jungdeutschen Ordens an der Tagesordnung gewesen sei. Nach einem längeren Disput zwischen der Verteidigung und der Staatsanwaltschaft zog sich das Gericht kurz vor Mittag zur Beratung zurück. Der Antrag auf Vertagung wurde abgelehnt. Insgesamt vier neue Zeugen wurden zugelassen. Dust wendete sich nun wieder an Paul, der blaß und müde in seiner Bank lehnte und den die Aussicht, daß der Prozeß noch länger dauern würde, düster stimmte. Jeden Tag ging er durch ein Wechselbad der Gefühle. Die Heraufbeschwörung der Erinnerungen an die bewußte Nacht belastete ihn, und mehr als einmal stellte er sich die Frage, ob ihm das Ganze wirklich zugestoßen war oder ob man ein übles Spiel mit ihm spielte.

»Waren Sie Mitglied eines Selbstmörder-Klubs?«

Paul strich sich mit einer fahrigen Geste seine Haare zurück.

»Ich habe darüber keine Angaben zu machen.«

»Es ist behauptet worden, Sie wären Mitglied«, hakte Dust nach.

»Ich nicht«, erwiderte Paul entschieden. »Ich begreife auch nicht, wie man jetzt dazu kommt, mich mit einer solchen Vereinigung in Verbindung zu bringen.«

Dust räusperte sich, blätterte in den vor ihm liegenden Akten und wandte sich an den Gerichtsdiener.

»Würden Sie bitte die Zeugin Ellinor aufrufen?«

Die Augen aller Zuschauer drehten sich zu ihr hin, als sie den Saal betrat und in aller Selbstverständlichkeit auf den Zeugenplatz ging. Ellinor trug einen schwarzen, taillierten Mantel und ein über dem Knie endendes Kleid aus blauer Baumwolle. Im Gegensatz zu Hilde sah sie sehr fraulich und älter als 16 Jahre aus. Auch sie trug ihre schwarzen Locken kurz. Nach ihrer Vereidigung erklärte sie, daß sie sich auf keinen Fall einer ähnlichen Gefahr aussetzen wolle, bei der Erzählung ihrer Erlebnisse in den Verdacht des Meineids zu geraten.

»Sie sind mit der Familie Scheller befreundet gewesen?« wollte Dust wissen.

»Jawohl.«

»Sind Sie noch Hildes Freundin?«

Sie zögerte einen Moment.

»Das weiß ich nicht.«

Einzelne Zuschauer lachten, andere schmunzelten über diese Antwort.

»Wie meinen Sie das?«

»Ich kann es nicht sagen. Meine Eltern wollen nicht, daß ich mit ihr verkehre. Und ich weiß nicht, ob das alles wahr ist, was da über Hilde in den Zeitungen steht.«

»Aber Sie kannten Krantz schon lange?«

»Nein, ich kannte ihn erst seit ein paar Wochen und hatte ihn vorher ungefähr fünfmal gesehen.«

»Wußten Sie, daß Hilde und Paul am Tag vorher …«

Bevor Dust den Satz beendet hatte, kam ihm Ellinor schon zuvor.

»Nein!« sagte sie entschieden.

»Haben Sie sich nicht über so etwas unterhalten?«

»Ich habe zu Paul gesagt: Du hast doch Hilde eigentlich lieb. Aber er meinte, er hätte mich viel lieber. Ich habe es ihm aber nicht geglaubt.«

»Was haben Sie sonst noch getan?«

»Wir haben uns geküßt.«

»Sonst noch was?«

Jetzt war es um ihre Geduld geschehen.

»Nein«, brach es unvermittelt und heftig aus ihr heraus, so daß klar wurde, daß sie nicht in der Lage sein würde, auf weitere Fragen zu antworten. Ihre Augen hefteten sich auf den Holzboden zwischen ihren Füßen. Dust befragte sie über den weiteren Verlauf des Morgens. Ellinor wich seinen Fragen aus. Sie sagte, daß der Zeitraum, in dem sich die Ereignisse abspielten, so ungeheuer kurz gewesen sei, daß sie über manche Einzelheiten keine Rechenschaft geben könne. Sie könne auch nicht sagen, inwieweit sie Erlebtes und Gesehenes mit Schlüssen verwechsele, die sie später nach vielen Gesprächen mit wechselnden Personen gezogen habe. Sie wurde nun nach den Erlebnissen der Nacht und des Morgens befragt. Wieder kam man zu dem strittigen Punkt, ob Hilde ihren Fuß in die Tür gestellt hätte.

»Haben Sie gesehen, daß Hilde versucht hat, ihren Fuß zwischen die Tür zu stellen?« fragte Dust.

»Nein, das könnte ich nicht sagen ...«, wich sie aus.

»Vor dem Untersuchungsrichter haben Sie aber gesagt, Paul hätte die Tür geschlossen. Erst dann seien Sie mit Hilde ins Badezimmer gegangen. Und dann seien die Schüsse gefallen.«

Ellinors Hände hatten sich in ihrer Jacke verfangen. Ihre Stimme wurde ganz leise, und ihr unruhiger Blick richtete sich nach innen, als ob sie hoffte, sich damit vor Verletzungen schützen zu können.

»Ich habe solche Angst, weil ich vereidigt worden bin. Ich kann mich jetzt nicht mehr darauf besinnen ... das müssen Sie doch verstehen.«

Frey bat darum, eine Frage an die Zeugin richten zu dürfen.

»Sie befanden sich also Ihrer Erinnerung nach mit Hilde im Badezimmer. Was machten Sie denn im Badezimmer?«

»Hilde wusch sich die Hände«, sagte Ellinor und wischte sich über die Augen, weil sie weinen mußte. »Wenn ich nicht den Eid geleistet hätte, dann könnte ich freier reden ... Aber wenn ich nicht mehr weiß, dann kann ich doch nicht mehr sagen ...«

Dust rief Hilde auf. Zum ersten Mal standen sich die beiden Mädchen vor Gericht gegenüber. Hilde stand beherrscht, aufrecht und mit offenem Blick im Saal, während Ellinor nur zwei Meter neben ihr mühsam um ihre Fassung rang und nicht wußte, wohin mit den Händen.

»Ellinor, von der ganzen Badezimmerangelegenheit hat weder Paul Krantz noch Hilde ein Wörtchen erzählt. Wie erklären Sie sich das?«

»Dann müssen sie es beide vergessen haben«, murmelte sie mit tränenerstickter Stimme. Sie wagte es nicht, ihre Freundin anzusehen.

»Und was sagen Sie dazu?« fragte Dust Hilde.

»Meiner Meinung nach haben wir auf dem Korridor und nicht im Bad gestanden, als geschossen wurde«, kam es sofort von ihr zurück.

Trotzig reckte sie ihr Kinn in die Höhe. Dust blickte ein wenig unsicher zum Staatsanwalt. Jedes der Mädchen vertrat eine andere Meinung. Hätte Hilde recht, dann würde Paul wahrscheinlich zum Tode verurteilt werden, wenn man aber den Aussagen Ellinors folgte, dann fiele eines der Hauptbelastungsmomente weg. Steinbek aber rührte sich nicht.

Dust bat Ellinor fortzufahren. Ihre eigene Erzählung nahm sie nun sichtlich mit, obwohl sie gefaßt auf alle Fragen antwortete. Als sie schilderte, wie sie den in der Ecke zwischen Schrank und Wand hängenden Hans entdeckte, war es endgültig um ihre Beherrschung geschehen. Sie sackte zusammen, schlug die Hände vor das Gesicht und brach in Tränen aus. Schluchzend sagte sie nur, daß Hans tot gewesen sei. Einen Moment lang stand sie wie versteinert da, in sich gekehrt, überwältigt von ihren Erinnerungen, die sie abschütteln wollte und deren Bilder sie doch immer wieder einholten.

Mühsam richtete sich Ellinor wieder auf, streckte sich, rieb sich das Gesicht und versuchte ihre Tränen zu bekämpfen. Nachdem sie sich gefangen hatte, erzählte sie mit stockender Stimme, daß Hilde außer sich war und daß sie rief: »Ellinor, das war der einzige, den ich wirklich geliebt habe!«

Ein großes Raunen ging durch die Zuschauermenge, Ellinor brach in Tränen aus, fing sich aber diesmal schneller als beim ersten Mal. Sie überstand die restliche Befragung aufrecht, zögerte allerdings ein ums andere Mal in ihren Aussagen und nahm manches, was sie vorher bereits gesagt hatte, zurück. Dust beraumte eine Pause an. Ellinor verließ den Saal und stürzte sich ihrer Mutter in die Arme. Sie schluchzte hemmungslos auf, und die ganze Spannung, die sich in ihr angestaut hatte, entlud sich.

Frey hatte mit Sorge beobachtet, daß auch Paul immer schwächer wurde. Frey, der selber keine Kinder hatte, hatte Paul in sein Herz geschlossen, und manchmal kam es ihm vor, als ob er ihn besser kannte als Paul sich selbst. Er bat, die Verhandlung auszusetzen und ihn von einem Arzt untersuchen zu lassen. Es stellte sich heraus, daß Paul während der letzten Tage kaum gegessen und getrunken hatte. Paul durfte sich eine halbe Stunde in einem Nebenzimmer hinlegen. Man brachte ihm einen Kaffee. Dust redete ihm väterlich zu, die Zähne zusammenzubeißen. Er machte ihm auch Vorwürfe, als Paul zugab, im Gefängnis geraucht zu haben, und er erinnerte ihn an sein Versprechen, mit dem Rauchen aufzuhören. Der Arzt reichte Paul eine Zigarette, die der ausgesprochen dankbar annahm. Um einem weiteren Schwächeanfall vorzubeugen, wurde für ihn eine Trage mitten in den Saal gestellt. Als er sich wieder halbwegs bei Kräften fühlte, kehrte er in die Anklagebank zurück.

Am späten Nachmittag wurde der Kriminalkommissar Liepick vernommen, der das erste Verhör mit Paul und

Hilde geleitet hatte. Er bestätigte, daß Paul stark geraucht hatte und daß er bei der ersten polizeilichen Vernehmung äußerst langsam mit der Wahrheit herausgekommen sei, immer ausgewichen sei, lauernd gesessen habe und nur zugegeben habe, was ihm nachgewiesen wurde. Als der zweite Staatsanwalt Hoffmann mit scharfer Stimme einwarf, daß Paul also gelogen habe, ging ein entrüstetes Gemurmel durch den Saal. Liepick entgegnete, daß Paul offensichtlich aus Angst gelogen habe. Seiner Meinung nach hatten sich Paul und Hilde in ihren Aussagen abgesprochen.

Anschließend wurde der Oberstudiendirektor Dr. Burhenne, Pauls Schulleiter, vernommen. Er hielt Paul für einen Phantasten, einen, der gerne auch mal angab, aber nicht sehr willensstark und vor allem kein kaltblütiger Mörder sei. Sein Urteil über Paul war eindeutig: »Krantz war, das kann ich wohl sagen, nicht sehr leistungsfähig. Auch hat es ihm zu Hause an einer starken erzieherischen Hand gefehlt. Sein Übergangszeugnis, das ich ihm übrigens ins Untersuchungsgefängnis habe zustellen lassen, ist charakteristisch. In Religion, Deutsch, Französisch und Englisch war er gut, in Mathematik und Erdkunde genügend, in Handschrift und Turnen mangelhaft.« Er gab an, Pauls Klassenkameraden befragt zu haben, wer ihm eine solche Tat zutraue. Hier erhob der Staatsanwalt Einspruch. Dust lehnte aber ab. Als Burhenne mitteilte, daß keiner aus der ganzen Klasse Paul für den Täter halte, atmete Frey auf. Mit einem Schlag hatte er 27 Leumundszeugen bekommen, die für die Glaubwürdigkeit seines Mandanten sprachen.

Der Direktor von Hildes Schule sagte, daß sie ein intelligenter Mensch sei, der gewußt habe, wann er sich zurückziehen müsse. Er meinte jedoch eine gewisse Hemmungslosigkeit in ihrem Verhalten bemerkt zu haben, vor allem was den Verkehr mit Jungen betraf.

Freys Versuch, die Staatsanwaltschaft davon zu überzeugen, die Anklage fallenzulassen, weil, wie er sagte, die Aussage der Hauptbelastungszeugin zusammengebrochen sei, scheiterte. Staatsanwalt Steinbek erklärte, daß er nicht die Absicht habe, jetzt eine Erklärung abzugeben. Er hielt also an der Mordanklage fest. Und damit zwang er Frey, am nächsten Tag etwas sehr Ungewöhnliches zu tun. Paul, der zusehends schwächer wurde, erklärte am späten Nachmittag, daß er sich nicht mehr in der Lage sehe, dem Prozeß zu folgen, und nach kurzer Rücksprache mit einem anwesenden Arzt vertagte Dust den Prozeß auf Dienstag vormittag.

Der vierte Tag

In den drei Tagen, die bisher vergangen waren, mehrten sich die Stimmen, die einen Abbruch des Prozesses forderten. Man sprach von beklagenswerten Umständen: Alkohol, dem Revolver, der unberechenbaren Phantasie halbwüchsiger Jugendlicher. Das Justizministerium legte dem ersten Staatsanwalt Steinbek nahe, die Mordanklage fallenzulassen. Am frühen Dienstagmorgen kam es zu ersten Verhandlungen in Moabit, die Sitzung begann mit einstündiger Verspätung. Frey lud wiederum achtzehn Zeugen, die am Samstag abgelehnt worden waren. Paul war seine Unruhe anzusehen. Die Hände hinter dem Rücken verschränkt, patrouillierte er hinter der Anklagebank von einer Seite zur anderen. Dust wandte sich an Frey.

»Halten Sie denn wirklich die Einvernahme aller Zeugen für notwendig, Herr Verteidiger?«

»Angesichts der zweifellos veränderten Rechtslage stelle ich hiermit den Antrag ...«, er legte eine kunstvolle Pause ein, »... den Angeklagten aus der Haft zu entlassen. Der Angeklagte befindet sich seit Juni in Untersuchungshaft, und jeder Tag, den er früher in der Freiheit erlebt, ist für ihn ein ungeheurer Gewinn.«

Alle Blicke wendeten sich nun Steinbek zu, der sich bemühte, die Kontrolle über das Geschehen zu behalten.

»Ich bitte, den Antrag des Verteidigers abzulehnen, weil ich nicht einsehe, warum er jetzt, zwei oder drei Tage vor Ende des Prozesses, aus der Haft entlassen werden soll.« Er holte tief Luft. »Ich kann dem Herrn Verteidiger aber sagen, daß ich die Anklage wegen Mordes nicht mehr aufrechterhalte ...«

Polternd fiel der Stuhl um, auf dem Paul gesessen hatte. Zum ersten Mal seit acht Monaten fühlte er sich wie von einer zentnerschweren Last befreit. Frey verstummte, Dust beriet sich flüsternd mit seinen Beisitzern, und der ganze Saal hielt den Atem an. Paul sah starr nach vorne. Endlich ergriff Dust das Wort.

»Das Gericht hebt den Haftbefehl gegen den Angeklagten auf. Es liegt kein Fluchtverdacht mehr vor.«

Mit einem Schlag löste sich die ganze Spannung in Pauls Gesicht. Das Publikum raunte, manche klatschten. Paul strahlte, rot geworden bis zu den Haarwurzeln. Mit zwei Schritten war er an der Tür, die die Anklagebank vom Saal trennte. Mit einem selbstverständlichen Griff öffnete ihm einer der Wachtmeister die Tür.

»Angeklagter!« rief Dust, ausnahmsweise lächelnd. Paul blieb verdutzt stehen. »Bleiben Sie doch in der Anklagebank. Das Urteil stempelt den Mann, nicht der Platz, auf dem er sitzt.«

Paul entschuldigte sich mit einem knappen Kopfnicken und kehrte hinter die Barriere zurück. Dust wendete sich Frey zu.

»Nachdem die Staatsanwaltschaft die Anklage wegen Mordes fallengelassen und den Angeklagten aus der Haft entlassen hat, können wir doch nun wohl auf eine weitere Befragung von Zeugen verzichten?«

»Nur, wenn auch die Anklage wegen gemeinschaftlichen Totschlags fallengelassen wird«, entgegnete Frey bestimmt.

Steinbek aber hatte keinesfalls die Absicht, das zu tun. Er räusperte sich nur ärgerlich, und auch Dust bedachte Frey mit einem mißgestimmten Blick. Die plötzliche Leichtigkeit, die in den Prozeß Einzug gehalten hatte, war wie weggewischt. Weiter ging es mit den Zeugenvernehmungen.

Pauls Mutter wurde ein zweites Mal aufgerufen. Sie war eine einfache Frau mit breiten Hüften und einem breiten Gesicht, die ihr Leben ihren Kindern gewidmet hatte. Die Anstrengungen und Aufregungen der letzten Jahre, der letzten acht Monate, waren ihr nur zu deutlich anzusehen. Sie hatte tiefe Ringe unter den Augen, und ihre Haut war fahl. Unsicher stand sie in einem schlichten dunklen Kleid vor dem Richter. Auf Freys Intervention hin wurde ihr ein Stuhl gebracht. Sie schien nicht in der Lage, die Fragen stehend zu beantworten. Sie berichtete, daß Paul bis zum Alter von sechs Jahren bei seinen Großeltern aufgewachsen war. Die verwöhnten ihn und hielten ihn für ein Wunderkind. Schon im Alter von drei Jahren konnte er lange Gedichte auswendig, und es hieß, daß er mal ein großer Mann werde. Prompt gab es ein paar Lacher im Saal. Frau Krantz sah sich verwundert um. Anschließend sprach sie über eigene Selbstmordgedanken und daß sie einmal im Anschluß an einen feuchten Abend zu ihm gesagt habe: »Lieber Junge, überlege dir das genau, und laß dich nicht so gehen. Die Jungen haben alle Revolver. Eines Tages bist du dran. Dann zieht einer den Revolver, und du als der Dumme und Arme hast die Sache auszubaden.« Ihre Augen wanderten immer wieder zu ihrem Sohn hin. Sie fieberte erkennbar dem Moment entgegen, ihn in die Arme nehmen zu können.

Anschließend wurden eine Reihe von Pauls Klassenkameraden nach seinem Charakter befragt. Sie standen ohne Vorbehalte zu ihm. Dust resümierte, daß Hans Stephan ohne Günthers Haß noch am Leben wäre. Die wirklichen Motive ließen sich wahrscheinlich nie ergründen, denn dazu hätte man Günther befragen müssen. Ein weiterer Zeuge berichtete über das gespannte Verhältnis zwischen Hans und Günther und sagte, daß Günther unaufrichtig gewesen sei und ihn schlechtgemacht habe. Hilde widersprach hier, sie sagte, daß alles darauf angelegt sei, sie schlechtzumachen, und brach in Tränen aus. Sie beruhigte sich aber schnell wieder, und die Sitzung wurde für die Mittagspause unterbrochen.

Frey und Paul verließen durch einen Seiteneingang das Gerichtsgebäude, um der Menschenmenge zu entfliehen, die sich bereits wieder gebildet hatte, um einen Blick auf den Angeklagten zu erhaschen. Als sie eine Stunde später wiederkehrten, hatte sich die Ansammlung noch verstärkt. Nun sagten Nachbarn, Nachhilfeschüler und sogar der Besitzer der Badeanstalt in Mahlow über Paul und Günther aus. Besonderes Interesse erregten noch die Aussagen der Eltern Scheller. Frau Scheller verteidigte ihren Sohn und führte seine Aussagen auf seinen Hang zur Angeberei zurück.

»Was können Sie uns über Ihre Tochter sagen?« wollte Dr. Hirschfeld wissen.

»Hilde ist sehr impulsiv, offen und aufrichtig. Sie hat ein etwas jungenhaftes Wesen. Sie hat mir immer alles gesagt, was sie erlebt hat.«

»Worauf ist denn das merkwürdige Verhalten Ihrer Tochter bei der Polizei zurückzuführen, das von verschiedenen Polizeibeamten kritisiert wurde?« schaltete sich Steinbek in die Befragung ein.

»Hilde ist sehr sprunghaft in ihren Empfindungen«, erklärte Frau Scheller, »und dann muß man auf dem Polizeipräsidium besonders gut zu ihr gewesen sein. Sie sagte selbst zu mir: Ich bin viel lieber auf dem Polizeipräsidium als zu Hause, zu Hause habe ich furchtbare Angst. Ich mußte sie überallhin begleiten. Sie war nicht einmal imstande, das Licht im Korridor allein anzuknipsen, so furchtsam war sie, und wenige Wochen später fand ich sie an der Stelle im Schlafzimmer, wo Günther gelegen hatte. Da kauerte sie auf dem Boden, die Hände in den Fußboden gekrallt, und weinte furchtbar.«

»Ist es richtig, daß Ihre Tochter viel getanzt hat und vergnügungssüchtig ist?« fragte Steinbek.

»Nein, das ist nicht wahr«, hielt Frau Scheller dagegen, »sie hat nur des öfteren Schülerbälle besucht und nur in unserer Begleitung.«

»Hat sie Ihnen von ihren Erlebnissen mit Hans Stephan und Paul Krantz erzählt?«

»Jawohl!«

»Und was haben Sie dazu gesagt?« mischte sich Frey in die Befragung ein.

Sie drehte sich halb zu ihm um und sah ihn traurig an.

»Was soll ich ihr sagen, wenn sie mir von diesen Dingen erzählt? Ich habe versucht, mit ihr zu reden, sie zur Vernunft zu bringen. Was hätte ich denn sonst tun sollen?«

Die Vernehmung des Vaters der Geschwister verlief ohne größere Zwischenfälle. Er betonte, wie wichtig es ihm und seiner Frau gewesen sei, ihre Kinder frei aufzuziehen, und daß er ja schlecht seinem Sohn, der bereits 19 Jahre gewesen sei, etwas hätte vorschreiben können. Die angebliche Autofahrt nach Paris wurde lange erörtert. Auf hartnäckiges Nachfragen von Frey mußte Otto Scheller zugeben, daß er die beiden Jungen einmal beim Trinken in Mahlow überrascht hatte. Nachdem sich zwei Sachverständige über den Alkoholgehalt des Schellerschen Obstweines ausgelassen hatten, wurde der Zeuge Fritz Karowski aufgerufen.

Er sagte aus, daß Paul sich weniger von seinem Verstand als von seinem Gefühl leiten ließ und daß er ihn für sehr schwach halte, während Günther sich immer durchzusetzen versuchte. Er beendete seine Aussage damit, daß Günther einmal gesagt habe, er wolle Hans Stephan eins auswischen, so daß der zeitlebens daran denke.

Im folgenden kam es in einigen Punkten zu einer langen Diskussion zwischen Frey und Dust. Frey wollte bestimmte Fragen zugelassen haben, Dust weigerte sich. Noch war kein Ende dieser Machtprobe abzusehen. Keiner der Kontrahenten schien bereit zurückzustecken, und jeder erwartete von dem anderen, daß der der Klügere sein würde.

Die Mittagszeitungen verkündeten in großen Lettern die Haftentlassung von Paul Krantz. Für den nächsten Tag waren die Sachverständigengutachten angesetzt. Nachdem die Sitzung geschlossen worden war, nahm ein Justizwachtmeister Frey beiseite und flüsterte ihm zu, daß auf der Straße Mädchen und Frauen mit Blumensträußen ständen. Frey wußte, daß Paul weiterhin angeklagt war und daß es seiner Strategie nicht guttun würde, wenn man Paul bereits als Sieger feiern würde. Also lotste er Paul und seine Mutter zum zweiten Mal an diesem Tag durch die weitverzweigten Gänge des Gerichts zu einem anderen Ausgang. Dort warteten bereits sein Wagen und ein Taxi. Paul verabschiedete sich mit einem innigen Händedruck von seinem Anwalt, sah sich glückstrahlend um und sprang in das Taxi. Frey blickte ihnen erleichtert nach. Aber er hatte sich zu früh gefreut. Am selben Abend erreichte ihn der Anruf eines befreundeten Kriminalkommissars.

Paul saß mit seinen Eltern in einer Loge im »Haus Vaterland«, dem Tanzpalast am Potsdamer Bahnhof. Paul hatte den Wunsch geäußert, dorthin zu gehen. Man hatte ihn vom Leben ausgeschlossen, und er hatte das Gefühl, als müsse er jede Sekunde, die er im Untersuchungsgefängnis verbracht hatte, doppelt nachholen. Zu groß war seine Sehnsucht nach der heftig pulsierenden Großstadt, dem Strom des Lebens, nach Musik, den Lichtern und dem Anblick der Frauen, als daß er einen Moment länger hätte darauf verzichten können. Nahezu stumm und ungläubig saugte er mit den Augen alles in sich auf, was ihm vorenthalten worden war, bis der Kriminalkommissar, von Frey eingespannt, auftauchte und Paul samt seinen Eltern davon überzeugte, daß es besser sei, nach Hause zu fahren, um jedes weitere öffentliche Aufsehen zu vermeiden.

Der fünfte Tag

Der Zuschauerraum war immer noch voll besetzt, wenn auch das Gedränge auf den Gängen etwas nachgelassen hatte. Es kam so, wie Frey es befürchtet hatte. Der Staatsanwalt Steinbek brachte die Tatsache zur Sprache, daß man Paul gestern im »Haus Vaterland« gesehen hatte, wo er sich angeblich feiern ließ, und führte dies als Beweis dafür an, wie schädlich die Haftentlassung sei. Doch letztendlich verzichtete Steinbek auf eine Beweiserhebung über den Vorfall. Frey wollte zwei weitere Sachverständige zu Wort kommen lassen, zwei Ärzte, die bezeugen sollten, daß angesichts der genossenen Alkoholmenge von Paul und Günther nicht von einer ernsthaften Verabredung zum Mord die Rede gewesen sein konnte. Dust lehnte diese Ladung mit dem Hinweis ab, daß ja bereits alle Bänke besetzt seien und daß man neue Stühle aufstellen müßte. Freys Verblüffung dauerte nur einen Moment, dann holte er zum Gegenschlag aus. Er erklärte sich bereit, auf weitere Sachverständige zu verzichten, wenn der Staatsanwalt die Anklage auf Verabredung zum Mord fallenließe. Aber Steinbek ging wieder nicht auf das Angebot Freys ein.

Im folgenden äußerte sich der Medizinalrat Dr. Hommerich über die Wirkung der Schüsse auf Günther und Hans. Letzterer wurde von zwei Schüssen getroffen. Der erste durchdrang das Gehirn und wirkte sofort tödlich. Der zweite ritzte die Hauptschlagader und verletzte die Wirbelsäule. Dieser Schuß war auch tödlich, aber nicht sofort. Beide Schüsse wurden aus der Nähe abgegeben. Der Schuß, der Günther tötete, war ein Gehirnsteckschuß, der durch das Stirnhirn drang, dann an der Schädeldecke abprallte und ins Großhirn drang. An der Einschußstelle waren deutliche Merkmale von Pulverablagerung zu sehen, so daß eine sehr hohe Wahrscheinlichkeit für einen Selbstmord spreche. Nach dem Schießsachverständigen, der aussagte, daß insgesamt vier Schüsse aus der Waffe abgegeben wurden und daß Günthers Verletzung mit ziemlicher Sicherheit auf Selbstmord schließen lasse, wurde Seemann, Pauls Lehrer aus dem Untersuchungsgefängnis, aufgerufen. Er äußerte sich über Pauls stets vorhandenes Minderwertigkeitsgefühl. Einmal hatte ihm ein Lehrer gesagt, er sein »ein degenerierter Germane«, und darauf habe sich Paul gerne berufen, natürlich auch, wenn es um seine Trinkfestigkeit ging. Seemann betonte noch einmal, daß er, nach den Erfahrungen, die er mit ihm im Gefängnis gemacht hatte, Paul für nicht durchsetzungsfähig halte. Er hielt Paul für einen »Geführten«, das habe man auch an den Zellengenossen gesehen. An dieser Stelle hakte Steinbek ein.

»Wie kann denn ein Zellengenosse darüber urteilen, wer der Willensstärkere ist?« wollte er wissen.

Seemann strich sich seine ergrauten Haare zurück.

»Gerade in einer Zelle kann man sehen, wer der Nachgiebigere ist. Krantz hat immer nachgegeben. Er hat das getan, was die anderen ihm befohlen haben.«

»Weiß der Zeuge«, schaltete sich Frey in die Vernehmung ein, »daß der Herr Staatsanwalt Mitglied der Strafvollzugsbehörde ist, und hat Sie nicht die Frage des Staatsanwaltes gewundert ...?«

»Ich weiß nicht, was diese Frage hier soll!« unterbrach Dust den Verteidiger.

Frey sprang auf und rückte erregt sein Monokel zurecht. »Ich bitte Sie, mich nicht immer zu unterbrechen. Ich habe das Recht, eine Frage zu stellen. Sie können sie höchstens beanstanden.«

Jetzt entlud sich die aufgeladene Spannung der letzten Tage. Keiner der beiden Kontrahenten hatte bisher nachgegeben, und die Frage, wer der Platzhirsch war, stand immer noch ungeklärt im Raum. Dust hatte seine aufkeimende Wut gegenüber dem seiner Meinung nach selbstherrlich und aggressiv auftretenden Verteidiger bisher unterdrückt, nun gelang es ihm nicht mehr.

»Ich muß Ihnen wieder sagen«, entgegnete er ebenso erregt, »daß Ihr Ton ungehörig ist!«

»Ich mache Sie darauf aufmerksam, Herr Vorsitzender, daß Ihr Betragen einem Verteidiger gegenüber ebenfalls ungehörig ist!« schnappte Frey zurück. Schon seit Tagen beschwerte er sich bei seinen Referendaren und allen, die es hören wollten, über die knöcherne und unflexible Haltung des Vorsitzenden, der keinerlei Einfühlungsvermögen zu kennen schien.

Zum ersten Mal in diesem Prozeß hielt es nun auch Dust nicht mehr auf seinem Sitz. Er sprang auf und stülpte sich das samtene Barett mit den silbernen Borten des Landgerichtsdirektors über. Er bebte vor Empörung.

»Ich muß mich darüber schlüssig machen, ob ich Ihnen noch weiter das Wort geben kann oder ob ich Ihnen das Wort entziehen muß. Das Gericht zieht sich zur Beratung zurück!«

Dust drehte sich abrupt herum und stürmte aus dem Saal, in seinem Schlepptau die Beisitzer und die Geschworenen. Der Gerichtssaal verwandelte sich in einen Bienenkorb, in dem jemand mit einem Stock herumstochert. Überall wurde diskutiert, die Journalisten stürzten aus dem Saal, um die letzte Schlagzeile – Schwere Zusammenstöße im Krantz-Prozeß – an ihre Redaktionen durchzugeben, kleine Grüppchen bildeten sich, und es wurden sogar Wetten abgeschlossen, ob und wann der Prozeß zu Ende geführt werden würde. Paul hatte das Geschehen ratlos und ängstlich verfolgt. Aber nachdem ihm sein Verteidiger einen Blick zugeworfen hatte, beruhigte er sich.

Nach einer guten halben Stunde öffnete sich die Tür zum Richterzimmer. Dust kehrte auf seinen Platz zurück, jeglicher Lärm im Saal verstummte. Er erklärte mit kühler Stimme, ohne Frey eines Blickes zu würdigen, die Frage des Verteidigers für unzulässig. Ferner verkündete er, daß das Gericht empört sei über den Ton der Verteidigung. Frey schlug vor, daß das Gericht eine Ordnungsstrafe verhängen solle. Dust erklärte, daß man sich darüber später schlüssig werden würde, woraufhin Frey entgegnete, daß er in Erwägung ziehe, nach diesen Vorgängen die Verteidigung niederzulegen.

Nachdem die Fronten nun abgesteckt waren, ging die Befragung der Sachverständigen weiter. Zu klären war die Frage, inwieweit Paul zum Zeitpunkt der Tat zurechnungsfähig war oder nicht.

Als erster wurde der Medizinalrat Dr. Mahrentholz aufgerufen. Er erklärte, daß Paul ein Phantast sei, an Depressionszuständen wegen seiner sexuellen Unerfülltheit litte und daß für ihn die Nacht mit Hilde sehr wichtig gewesen sei, für Hilde dagegen nicht. Franz Cramer, Professor der Psychiatrie der Universität Berlin, bescheinigte Paul anschließend eine schwächliche, »neuropathische Konstitution«. Aus der »Diskrepanz zwischen Phantasietätigkeit und Willensleistung« käme es bei ihm zu einer »Disharmonie der Persönlichkeit«. Als dritter Sachverständiger wurde Eduard Spranger in den Zeugenstand gerufen, Professor für Philosophie und Pädagogik an der Universität Berlin. Er war ein renommierter Experte für die Psychologie der Jugendlichen. Sein Wort hatte Gewicht.

»Ich kann kein psychiatrisches, sondern nur ein psychologisches Gutachten erstatten«, führte er aus. »Krantz ist in eine Atmosphäre der Geistigkeit versetzt worden, als er in die höhere Schule kam. Als Phantast ist er nicht zu bezeichnen, er hat nur das Bestreben, sich eine ideale Welt aufzubauen. Seine Flucht ist mehr, wie seine Mutter es auch bezeichnet, eine ›Bildungsreise‹, denn kein schlechter Zug ist bei ihm auf dieser Reise hervorgetreten. Sein Tagebuch zeigt zwei Züge, die bei den meisten Jugendlichen vorhanden sind. Zunächst der starke Zug zum Aufbau einer idealen Welt und die schwere Erschütterung, wenn diese Welt zusammenbricht. Der zweite Zug ist die Neigung, bei Eintritt einer Krise alles über Bord zu werfen und dem Leben ein

Ultimatum zu stellen. An den Aufbau einer idealen Welt und eine ideale Liebe hat Krantz sehr stark geglaubt. Züge von Energie sind bei ihm sehr wenig zu finden. Die Gedichte, die er schrieb, sind nicht immer Ausdruck von real Erlebtem. Auch Selbstmordgedanken sind daher unter Jugendlichen keine anormale Erscheinung. Die Liebe zu Hilde war rein sinnlich. Sie war von Gott und dem Teufel zugleich bewohnt. Das ist das schlimmste, wenn sich in einer jugendlichen Seele diese beiden Dinge vermischen. Aber er hat in diesem Mädchen nicht die Enttäuschung eines Ideals erlebt. Was in der Nacht über den Mord geschrieben wurde, kann man nicht als einen Plan bezeichnen. Die beiden jungen Leute haben sich dauernd ›wir‹ genannt. Sie fühlten sich verbunden, wie nur ganz junge Menschen und die Boheme sich verbunden fühlen. Bei ihrem Plan überlegten sie, wie sie ihn stilisieren wollten. Das aber tun Mörder nicht. Alles war halb ernst und halb Theater. Ich kann nicht beurteilen, wieweit man bei den Vorgängen am Montagmorgen Überlegungen annehmen kann. Es ist aber meiner Ansicht nach nicht möglich, die Psyche eines Jugendlichen in Übereinstimmung zu bringen mit einem juristischen Paragraphen. Dem Angeklagten ist bisher noch nicht die Majestät der Moral und der Verantwortung für ein Menschenleben klargeworden. Die Öffentlichkeit muß nun begreifen, wie groß die Verantwortung ist, die sie gegenüber den heutigen Jugendlichen trägt.«

Eduard Spranger sprach gesetzt und flüssig. Nur hin und wieder sah er auf den Zettel, den er in seiner rechten Hand hielt. Frey hatte sich in seiner Bank zurückgelehnt. Das Publikum war, bis auf vereinzelte Huster, verstummt. Und allmählich schien sich in dem ganzen Saal die Erkenntnis durchzusetzen, wie wenig das Gericht in der Lage war, über einen solchen Fall zu urteilen.

Nachdem der Sachverständige geendet hatte, warf Frey dem Richter einen schnellen Blick zu. Aber er hatte sich getäuscht. Dust ging ungerührt zum Alltag über. Er erklärte die Vernehmung der Sachverständigen für abgeschlossen. Frey erbat sich darauf hin eine Pause, um sich darüber klarzuwerden, ob er nach den Vorkommnissen des Morgens weiterhin die Verteidigung für Paul übernehmen würde. Dust beraumte zehn Minuten an. Frey verließ den Saal und tauchte erst eine halbe Stunde später wieder auf. Nachdem er sich sicher war, daß sich alle Aufmerksamkeit auf ihn konzentriert hatte, verlas er eine Erklärung:

»Der Vorsitzende hat mich, wie bereits mehrfach im Prozeß, während der Fragestellung unterbrochen. Dieses ist unzulässig, da der Vorsitzende nur das Recht hat, die bereits fertig formulierte Frage zu beanstanden. Gegen dieses Vorgehen des Vorsitzenden muß ich Einspruch erheben. Der Vorsitzende hat seiner Empörung über das Verhalten des Verteidigers gegenüber dem Gericht Ausdruck verliehen. Diese Erklärung war unnötig und überdies unberechtigt, da das Verhalten des Vorsitzenden nicht nur einer Herabsetzung der Würde des Verteidigers, sondern auch des Anwaltsstandes in der Öffentlichkeit gleichkommt. Ich sehe mich infolgedessen genötigt, die Verteidigung des Angeklagten Krantz niederzulegen.«

Nachdem er geendet hatte, faltete Frey den Zettel, den er im Anwaltszimmer geschrieben hatte, zusammen und steckte ihn in eine Tasche seiner Anwaltsrobe. Einen Moment lang sahen ihn alle ungläubig an. Niemand hatte seine Drohung, die Verteidigung niederzulegen, ernst genommen. Am allerwenigsten Paul selber, der sich nun blaß an die Anklagebank klammerte und sich darüber klarzuwerden versuchte, was das für ihn bedeutete.

Dust erhob sich langsam, ließ seine Augen durch den Saal schweifen, verharrte kurz bei Frey, so daß sich eine Zornesfalte in seine Stirn schlich, und räusperte sich. Erst einmal, dann ein zweites Mal. Frey hatte sich bereits wieder gesetzt, als Dust endlich das Wort ergriff.

»Ich unterbreche die Verhandlung auf unbestimmte Zeit.«

Er griff nach seinem Barett und drehte sich herum, um im Richterzimmer zu verschwinden, als ihm plötzlich etwas einfiel und er sich zu Paul umwandte.

»Sie sind jetzt ohne Verteidiger, Angeklagter. Soll ich einen Offizialverteidiger für Sie bestimmen, oder wollen Sie ihn sich selbst wählen?«

Paul sah sich hilflos um, noch etwas blasser und schmaler geworden.

»Ich möchte mir selbst einen Verteidiger suchen«, sagte er mit dünner Stimme.

»Dann müssen Sie ihn aber gleich nennen!« forderte ihn Dust auf.

»Das kann ich nicht!« erwiderte Paul. Er suchte den Blick von Frey, der aber wandte ihm nur sein scharfes Profil zu.

»Ich gebe Ihnen anderthalb Stunden Frist«, stieß Dust unmutig hervor und verschwand im Richterzimmer. Vorher sprach er noch kurz mit einem Justizwachtmeister, der sich daraufhin schnell in Richtung des Anwaltszimmers in Bewegung setzte. Dort traf er nur auf den Rechtsanwalt Dr. Artur Schulz, einen anerkannten, aber beileibe keinen großen Verteidiger.

Frey hatte mit Schulz Stunden zuvor gesprochen. Er hatte ihn gebeten, für ihn die Verhandlung zu übernehmen. Schulz hatte zunächst abgelehnt. Er war der Verhandlung nicht gefolgt, und aufgrund der Vielzahl der vorliegenden Aussagen und Akten sah er keine Chance, sich in das Verfahren einzuarbeiten. Es würde ihn mindestens eine Woche Zeit kosten, sagte er. Frey aber bat ihn inständig, die Verteidigung zu übernehmen, und so erklärte sich Schulz schließlich dazu bereit. Als nun der Justizwachtmeister in das Anwaltszimmer kam, stieß er nur auf ebendiesen Anwalt und nahm ihn mit in das Richterzimmer. Am Nachmittag beschäftigte man sich im Gerichtssaal mit den Voraussetzungen für eine Fortführung des Prozesses. Schulz stimmte zu, die Verteidigung zu übernehmen. Dust setzte den Wiederbeginn der Verhandlung auf Sonnabendvormittag um 9.30 Uhr fest. Schulz erklärte, daß es für ihn vielleicht nötig sein werde, am Sonnabend neuerdings eine Aussetzung der Verhandlung zu beantragen. Das hieß, daß aufgrund des folgenden Sonntags der gesamte Prozeß für mehr als vier Tage unterbrochen würde. Und das wiederum bedeutete, daß dann der Prozeß gegen Paul geplatzt wäre. Denn die Strafprozeßordnung bestimmte, daß nach mehr als viertätiger Pause das Verfahren abgebrochen und wieder neu aufgenommen werden mußte. Also würde alles von vorne beginnen!

Für zusätzliche Komplikationen sorgte eine Erklärung, die die medizinischen Sachverständigen abgeben ließen: Auch sie hielten Paul für außerstande, Wesentliches zur Information des neuen Verteidigers beizutragen.

Paul war wie vor den Kopf geschlagen. Er wechselte kein Wort mehr mit Frey und kehrte in die Wohnung seiner Eltern zurück. Ihm war der Boden wieder unter den Füßen weggezogen worden. Kaum war er in der Wohnung, der er immer hatte entfliehen wollen, angekommen, war es um seine Selbstbeherrschung geschehen. Körperlich und nervlich am Ende, brach er zusammen. Man überführte ihn in ein städtisches Krankenhaus. Dort erklärte der behandelnde Arzt nach einer eingehenden Untersuchung, daß Paul bereits der bisherigen Verhandlung keineswegs gewachsen gewesen war und daß er außerstande sei, dem neuen Verteidiger Schulz innerhalb der nächsten zwei Tage die nötigen Informationen zu geben.

Paul wurde in das Auguste-Viktoria-Krankenhaus verlegt. Niemand außer seiner Mutter, nicht einmal sein Verteidiger Schulz, durfte ihn besuchen. Somit steckte der Prozeß in einer Sackgasse. Um ihn zu Ende zu bringen, mußte man höchstwahrscheinlich eine neue Verhandlung ansetzen. Die Beweisaufnahme würde von vorne beginnen, und was das für alle Beteiligten bedeutete, lag klar auf der Hand.

Zwei Tage Pause

Paul verbrachte den Donnerstag im Bett. Er genoß die Pflege, die unverhoffte Ruhe, und er sah oft aus dem Fenster. Das Fehlen der Gitterstäbe, die über acht Monate lang seine Blicke bestimmt hatten, war immer noch ungewohnt für ihn. Er fühlte sich schwach und ausgelaugt, und das, was vor ihm lag, erschien ihm unsicherer denn je. Der große Schwurgerichtssaal im Landgericht in Moabit war verwaist. Niemand stand auf der Straße, die Absperrungen in den Gängen waren in die Keller geräumt, und nur ein einziger Justizwachtmeister patrouillierte in der großen Eingangshalle.

Doch die Ruhe war nur scheinbar, denn die Frage, wie es mit dem Prozeß weitergehen würde und welches Urteil Paul zu erwarten hatte, wurde überall diskutiert. In den Zeitungen, im Justizministerium, im Präsidium des Landgerichtes und natürlich auch bei der Staatsanwaltschaft. Die Anklage hatte ursprünglich auf Mord und Verabredung zum Mord gelautet. Die Anklage wegen Mordes hatte die Staatsanwaltschaft fallengelassen. Über die Frage der Verabredung zum Mord stritt man sich. War Paul zurechnungsfähig gewesen? Konnte man ihn deswegen schuldig sprechen? Dem Fachpublikum schien ein Freispruch keineswegs gewiß. Man vertrat den Standpunkt, daß Paul wegen Beihilfe zum Totschlag verurteilt werden müsse – für den eine Strafe zwischen sechs Monaten und 15 Jahren vorgesehen war. Einig jedoch war man sich in der Feststellung, daß man weder eine Anklage hätte erheben müssen noch dürfen. Einzelne Stimmen meinten sogar, daß Frey den Prozeß bewußt gesprengt habe, um eine Basis für einen Freispruch von Paul zu schaffen.

Und was tat Rechtsanwalt Dr. Erich Frey? Er lag ebenso wie Paul im Bett und gönnte sich die dringend benötigte körperliche Ruhe. Auch ihn hatten die Anstrengungen der letzten Tage mitgenommen. Bisher hatte ihn kein Prozeß so beansprucht. Körperlich wie auch seelisch. Manchmal meinte er, daß auch sein eigenes Schicksal von dem Urteil des Gerichtes abhinge. Neben seinem Bett stand ein Tisch, auf dem sich die Unterlagen des Prozesses stapelten, und ein Telefon, das pausenlos klingelte. Journalisten und Anwälte, der neue Offizialverteidiger Schulz, Mitarbeiter des Gerichtes, alle riefen sie bei ihm an, um ihn einerseits über den Fortgang der Verhandlungen zu informieren und um andererseits herauszubekommen, was sich bei ihm Neues getan hatte. Gegen Abend meldete sich zum wiederholten Mal Pauls neuer Verteidiger. Er informierte Frey, daß der Vorsitzende Dust am Sonnabend eine kurze Verhandlung an Pauls Krankenbett durchführen wolle, falls der auch dann noch krankgeschrieben wäre. Frey war aber auch im Bilde über Pauls Gesundheitszustand. Er wußte, daß der Direktor des Krankenhauses, Professor Glaser, diesen Vorschlag kategorisch abgelehnt hatte.

Der Abend des 16. Februar verlief ruhig. Paul holte versäumten Schlaf nach, und Frey versuchte die Schmerzen, die ihm seine Nierensteine machten, mit einer Heizdecke zu lindern. Am Freitag geschah gegen Mittag dann etwas Merkwürdiges. Frey hatte sich gerade aus dem Bett erhoben und gewaschen, als einer seiner Referendare ihm aufgeregt die frisch gedruckte Zeitung vorlegte. Frey beugte sich über das Blatt, zog den Gürtel seines brokatenen Morgenmantels fester zu und las die Schlagzeile: »Justizminister vermittelt im Krantz-Prozeß – Dr. Frey zur Übernahme der Verteidigung bereit«.

»Das ist ja hochinteressant«, murmelte Frey, »wer weiß denn da mehr als ich?«

Der Referendar sagte, er habe bereits in der Redaktion nachgefragt. Dort habe man sich auf einen Ministerialrat Dr. Meister aus dem Justizministerium berufen. Nachforschungen ergaben, daß es im gesamten Justizministerium keinen Dr. Meister gab.

Während Frey noch darüber nachsann, was sich hinter dieser Geschichte verbergen konnte, klingelte erneut sein Telefon. Das Auguste-Viktoria-Krankenhaus war in der Leitung, Professor Glaser. Er teilte Frey mit, daß Paul außer sich sei vor Freude und ihn gebeten habe, ihn auf jeden Fall für morgen, Samstag, verhandlungsfähig zu schreiben. Der Arzt wollte von Frey natürlich wissen, wie es sich damit verhalte. Frey wiegelte ab, trug dem Arzt auf, Paul nichts zu sagen, und kam, wie verabredet, um halb vier in die Klinik.

In dem Moment, als er in das Vorzimmer trat, ging die Tür zu dem Zimmer von Professor Glaser auf. Der erstaunte Frey sah sich dem Vorsitzenden des Schwurgerichtes, Richter Dust, und seinen zwei Beisitzern gegenüber. Die beiden Kontrahenten wahrten die Form und schüttelten sich die Hände. Fast schien so etwas wie gegenseitige Anerkennung in dieser Geste mitzuschwingen. Der Professor geleitete Dust hinaus. Frey mochte nicht an einen Zufall glauben. Nach einem kurzen Gespräch verzichtete er darauf, Paul zu besuchen, obwohl der Professor noch einmal beteuert hatte, daß die beste Medizin, Paul verhandlungsfähig zu machen, Freys Zusage wäre, wieder die Verteidigung zu übernehmen. Aber Frey wollte sich noch nicht festlegen. In den frühen Abendstunden erhielt er einen weiteren Anruf, und daraufhin fuhr er mit einem Taxi in das Restaurant »Hiller«.

»Hiller« war eines der gediegensten Weinrestaurants Berlins in bester Lage. Es war berühmt für seine mit schwerem Teppich ausgelegten Gästezimmer, in die man sich für vertrauliche Gespräche jedweder Art zurückziehen konnte. An diesem Abend betrat Frey, der das Restaurant gut kannte und mit Namen begrüßt wurde, das Zimmer Nr. 3. Dort warteten bereits ebenso viele Männer ungeduldig auf ihn. Zigarrenrauch hing in der Luft. Erneut schüttelte Frey die Hand von Dust. Dem zur Seite saß der Leiter der Justizpressestelle und ein Rechtsanwalt der Anwaltskammer, der Frey unterstützen wollte. Frey orderte eine Flasche »Piesporter Goldtröpfchen«, auf Dusts Intervention hin aber brachte der Kellner vier halbe Flaschen. Nun ging es für beide Parteien darum, eine Lösung zu finden, bei der niemand sein Gesicht verlieren würde. Die Gespräche zogen sich über eine Stunde lang hin. Kein Ausweg schien sich aufzutun. Dust weigerte sich kategorisch, etwas von seinen Äußerungen zurückzunehmen. Frey versuchte ihm ein ums andere Mal klarzumachen, daß es ihm weniger um seine gekränkte Ehre ging als darum, von den anderen Gremien des Gerichtes, dem Staatsanwalt und dem Vorsitzenden, als ebenbürtiger Partner anerkannt zu werden. Als gerügter Anwalt wollte er nicht aus dem Prozeß aussteigen. Keiner der Vorschläge schien für den anderen akzeptabel. Der Zigarrenrauch wurde dichter, die Stimmung wurde angespannter, und auch Freys Nierensteine meldeten sich wieder. Frey hatte sich schon fast dazu entschlossen zu gehen, als ihm plötzlich eine Idee kam. Er riß eine Seite aus seinem Notizbuch und notierte in seiner leicht fliegenden, nach rechts fallenden Schrift ein paar Zeilen, die er Dust reichte. Dust schob seine Brille nach oben und las bedächtig den Zettel. Mit einem anerkennenden Lächeln gab er Frey den Zettel zurück. Er sprach davon, daß dies das Ei des Kolumbus sei. Die vier Männer unterschrieben Freys Notiz, die am nächsten Morgen als erstes im Gericht verlesen werden sollte. Frey eilte zum Telefon, um Paul von der Neuigkeit zu unterrichten. Eine Schwester teilte ihm mit, daß Paul schlafe. Außerdem ließ sie ihm von Professor Glaser bestellen, daß Paul bereits wisse, daß Frey die Verteidigung wieder übernehmen werde. Auf seiner Fahrt nach Hause grübelte Frey darüber nach, welche Rolle der Professor in diesem undurchsichtigen Spiel gespielt hatte und was passiert wäre, wenn sie nicht zu einer Einigung gelangt wären …

Samstagmorgen. Halb zehn. Wieder war der Schwurgerichtssaal im Landgericht Moabit bis auf den letzten Platz gefüllt. Nur die Anklagebank stand verwaist da. Paul hatte nämlich in einem Liegestuhl vor ihr Platz genommen. Er war immer noch sehr blaß, aber die Anspannung war von ihm gewichen, seit ihn Frey am Morgen aus dem Krankenhaus abgeholt hatte. Professor Glaser hatte ihm zu seiner medizinischen Unterstützung einen Arzt und eine Schwester mit einer Reiseapotheke zur Seite gestellt. Dust und seine Beisitzer bezogen ihre Plätze. Dust legte wie jeden Morgen sein Barett sorgfältig links neben die Akten, bevor er einen Blick in die Runde warf. Staatsanwalt Steinbek nickte ihm kurz zu. Ebenso wie der Offizialverteidiger Schulz, der noch auf dem Platz des Verteidigers stand.

Nachdem Dust die Sitzung eröffnet hatte, erhob sich Frey, der auf einem Platz seiner Referendare gesessen hatte.

»Ich melde mich wieder als Verteidiger«, erklärte er.

Die Reaktionen des Saales bestätigten Frey in der Richtigkeit seiner Entscheidung. Dust musterte seinen Kontrahenten, schob seine Brille hoch und strich mit der rechten Hand über das Papier, das die vier Männer am Abend unterzeichnet hatten.

»Mit Befriedigung nimmt das Gericht zur Kenntnis, daß der frühere Verteidiger Dr. Frey die Vertretung des Angeklagten wieder übernommen hat. Der Erledigung dieses Prozesses kann das nur förderlich sein. Dadurch erübrigt sich die Stellung eines Offizialverteidigers. Ich danke Herrn Rechtsanwalt Dr. Schulz, daß er bemüht war, sich in den schwierigen Fragenkomplex dieses umfangreichen Prozesses in so kurzer Zeit einzuarbeiten.«

Frey lauschte den Worten Dusts mit ausdruckslosem Gesicht. Mit diesen paar Zeilen war sein Ruf wiederhergestellt worden, ohne daß der Vorsitzende Schaden genommen hatte. Rechtsanwalt Schulz stand auf und räumte den

Platz des Verteidigers, den Frey mit der Miene eines siegreichen Feldherren wieder betrat. Die Verhandlung konnte weitergehen.

Die Sachverständigengutachten waren noch nicht abgeschlossen. Als erster wurde Professor Goldbeck aufgerufen, ein leicht gebeugter Mann in den Siebzigern mit wallenden weißen Haaren. Ein Justizwachtmeister stützte ihn, als er sich behutsam vor dem Richtertisch auf einem Stuhl niederließ. Ernst Goldbeck war ein renommierter Psychologe, er war sogar einmal der Griechisch-Lehrer von Frey gewesen.

»Der Angeklagte ist leicht zu verstehen«, erhob Goldbeck seine klare, ausdrucksstarke Stimme, »es war ein musikalisches, ein hochgesteigertes Haus, in dem er aufwuchs. Menschen, die in einem solchen Haus aufwachsen, sind mehr gefährdet als die, die in einem unmusikalischen Hause leben. Ein Geiger zum Beispiel ist noch weitaus mehr gefährdet als ein Bläser. Das schlimmste für den Angeklagten war die Tatsache, daß er bei seinen Großeltern aufwuchs. Daß das gute Menschen sind, wissen wir. Aber eben zu gut. Leicht gehen solche älteren Menschen dazu über, das ihnen anvertraute Kind zu stark zu verwöhnen und zum Wunderkind zu erziehen. Es gibt keinen Zug bei dem Angeklagten, den ich selber nicht zu gut verstehen würde, denn auch ich komme aus einer musikalischen Familie. Jeder gesunde Junge will Dummheiten machen. Wenn ein Mensch in seiner Jugend keinen Unsinn macht, dann macht er ihn hinterher. Und das hat der Angeklagte getan. Im reifen Alter platzte es aus ihm heraus, in gefährlicher, explosiver Form. Einmal hat er den ›Faust‹ als seine Bibel bezeichnet. Das zeigt seinen Erlebnishunger. Krantz war ein gestauter Mensch, der sich befreien mußte. Zudem ist er ja auch ein Dichter. Aber nun zu der bewußten Nacht, vor der er 17 Stunden geschlafen haben soll. Da kann man nicht mehr von Schlaf sprechen, sondern eher von einem Rauschzustand, einem erotischen

Traumzustand. Nach einem solchen Schlaf ist man nicht erfrischt, sondern gerädert. Krantz war also in keinem normalen Zustand. In den 35 Stunden vor der Tat hat er nichts zu sich genommen außer einem Brötchen. Und natürlich Alkohol, Zigaretten und Kaffee.

Für die Mordnacht charakteristisch war das frei umherschwebende Grauen. Hilde hat selbst gesagt, sie sei die ganze Nacht die Angst nicht losgeworden. Der erste Schuß, der Krantz knapp verfehlte, trug zu der Atmosphäre aus Zigarettenrauch, Kaffee und Alkohol bei. In dieser Stimmung wurde dann der Brief an das Weltall geschrieben. Da kann man nicht mehr von einer klaren Entscheidung des Menschen reden. Dieser Brief zeigt, daß man weder bei Günther Scheller noch bei Paul Krantz von klarem, rationalem und zielbewußtem Denken ausgehen kann. Ein Sachverständiger hat gesagt, daß im Morgengrauen an sich schon ein dämonischer Zwang liege. Auch ist niemand, der um vier Uhr berauscht ist, um sieben bereits wieder nüchtern. Wenn ich berücksichtige, daß Krantz kein Wirklichkeitsmensch ist, wenn ich mir überlege, was er erlebt hat, so bin ich der Überzeugung, daß er nicht im Vollbesitz seiner geistigen Kräfte war. Und deshalb ist der § 51 auf ihn anzuwenden …«

Die Frage, ob und wann Paul in der Nacht zurechnungsfähig war, und die nach seinem Charakter beschäftigte nun wieder die Sachverständigen und das Gericht. Zwischen den unterschiedlichen Parteien kam es zu keiner Einigung. Manche billigten ihm Unzurechnungsfähigkeit nur für die Nacht zu, andere auch für den Morgen. Die endlosen Erklärungen und Debatten erschöpften Paul, obwohl er in seinem Liegestuhl saß. Seine Gesundheit ließ ihn wieder im Stich. Er klagte plötzlich über Herzrasen und einen Schweißausbruch. Die Verhandlung wurde unterbrochen. Paul wurde von dem Arzt und der Schwester in das Anwaltszimmer gebracht. Nach einstündiger Pause kehrte

Paul zurück, sah aber noch so mitgenommen aus, daß Frey den Antrag stellte, vorerst ohne ihn weiterzuverhandeln. Dem Antrag wurde stattgegeben. Paul kehrte in das Anwaltszimmer zurück. Als nächster Sachverständiger wurde Dr. Magnus Hirschfeld aufgerufen. Hirschfeld sprach nun über Pauls sexuelle Entwicklung. Er referierte über die Reizbarkeit des Nervensystems während der Pubertät und über Pauls starke sexuelle Minderwertigkeitsgefühle. Er sprach von seiner geistigen Frühreife einerseits und von seiner körperlichen Unreife andererseits – was sich eben gerade gegenüber Hilde als verhängnisvoll ausgewirkt habe. Er schloß damit, daß man aufgrund von Pauls Charakter und seinen sexualpsychologischen Eigenarten annehmen müsse, daß er sich nicht nur in der Nacht, sondern auch am Morgen in einem Zustand befunden habe, der die freie Willensbestimmung gemäß § 51 ausschloß. Man könne ihm eine bewußte oder beabsichtigte Teilnahme am Totschlag nicht zutrauen. Es entspräche mehr seiner Natur, Tinte statt Blut fließen zu lassen. Günther hielt er für ein ungelöstes Problem, er hielt ihn für den Eigenwilligeren und Stärkeren der beiden, ohne konkrete Aussagen über seine sexuelle Ausrichtung machen zu können.

Anschließend traten alle medizinischen und psychologischen Sachverständigen noch einmal auf und gaben ihr Urteil darüber ab, ob und inwieweit Paul in der Nacht, in der die Schüsse fielen, zurechnungsfähig gewesen war. Lang und breit erging man sich über die inneren Vorgänge bei Paul, ob er ein Psychopath oder einfach betrunken gewesen sei, und die Frage nach einem planmäßigen Handeln kehrte immer wieder in den Mittelpunkt des Interesses zurück. Schließlich wurde aber auch an diesem Tag die Beweisaufnahme geschlossen, ohne daß man zu einem endgültigen, gemeinsamen Beschluß gekommen wäre. Als nächster Prozeßtag wurde der kommende Montag festgelegt. Dann war es an der Zeit, die Plädoyers zu halten.

Der siebte Tag

Der Saal war bereits kurz nach neun Uhr gefüllt. Die Wachtmeister hatten alle Hände voll zu tun, des Gedränges Herr zu werden. Die Anspannung war den Beteiligten ebenso wie den Zuschauern anzumerken. Nur Paul war noch nicht eingetroffen. Sein Aufbruch aus dem Krankenhaus hatte sich verzögert. Frey, nervös, aber voll konzentriert, erklärte, daß er verhandlungsfähig und auf dem Weg zum Gericht sei, und so beschloß man, in seiner Abwesenheit zu verhandeln. Staatsanwalt Steinbek machte einen ausgeschlafenen und kampfeslustigen Eindruck. Er hatte sich für sein Plädoyer ein Pult aufstellen lassen, hinter das er nun trat. Zum Zeichen dafür, daß er bereit war, räusperte er sich, und Dust bat ihn, mit seinem Plädoyer zu beginnen.

»Zwei unreife, moralisch defekte Primaner beschließen, einen ebenso moralisch defekten jungen Mann und ein ebensolches Mädchen zu erschießen. Die Motive dieser Tat sind bei dem einen Haß, bei dem anderen Eifersucht. Der Plan kam nur halb zur Ausführung. Die Beweisaufnahme beruht auf den Angaben des Angeklagten, der Hilde Scheller und ihrer Freundin Ellinor Ratti. Sie hätte wesentlich kürzer gefaßt werden können, aber es ist nicht die Schuld der Staatsanwaltschaft, daß dieser Prozeß so ein Aufsehen erregt hat ...«

Steinbek kam auf die Vorgänge im Juni zurück und ging noch einmal auf den Ablauf ein. Er hob hervor, daß Paul nach der Tat kaltblütig in die Küche gegangen sei, Weingläser abgewaschen habe und sich mit Ellinor verabredet habe. Bei den Befragungen der Polizei habe er alles geleugnet, nur unter dem Druck des Beweismaterials habe er die Tat zugegeben.

»Was nun Hilde Scheller als Zeugin anbelangt, so ist gegen ihre Glaubwürdigkeit mit schwerstem Geschütz vorgegangen worden. Für jede Minute hat sie ihr Handeln motivieren und erklären müssen, was man von einem 16jährigen Mädchen nun wirklich nicht erwarten kann. In den wesentlichsten Punkten aber ist sie glaubwürdig. Sie hat unter Eid ausgesagt, und der Angeklagte hat ihr nicht widersprochen.«

Nach einem kurzen Exkurs über die Strafprozeßordnung wandte sich Steinbek den Geschworenen zu.

»Die Anklage warf Krantz drei Delikte vor: gemeinsamen Mord, Verabredung zum Mord und unbefugten Waffenbesitz. Ohne Zweifel ist eine Verabredung zum Mord erfolgt. Das geht schon aus den Angaben des Angeklagten und den Briefen hervor. Alles spricht dafür, daß Scheller und Krantz mit Überlegung gehandelt haben. Nach dem Strafgesetz brauchen diejenigen, die sich verabreden, nicht selbst an der Tat beteiligt zu sein. An sich sind also die Tatbestandsmerkmale des § 49b erfüllt, und der Angeklagte wäre demnach mit mindestens einem Jahr Gefängnis zu bestrafen. Nun muß aber nach der Rechtsprechung des Reichsgerichtes festgestellt werden, daß der Wille der Verabredenden ernsthaft darauf gerichtet war, ein Verbrechen zu begehen. Nach den Sachverständigen aber bestehen zumindest Zweifel, ob eine wirkliche Absicht vorlag. Beide, Günther Scheller und Paul Krantz, standen unter der Wirkung des Alkohols. Deshalb habe ich Zweifel an der Ernsthaftigkeit der Verabredung, und daher beantrage ich Freispruch von der Anklage wegen der Verabredung zum Mord. Die Anklage wegen Mordes habe ich bereits fallengelassen. Aber der Angeklagte hat sich der Mittäterschaft am Totschlag schuldig gemacht. Er hielt Hilde Scheller fest, als sie ins Schlafzimmer gehen wollte. Er forderte nicht seine Waffe zurück. Er sah zu, wie Günther Scheller die Waffe hob und die tödlichen Schüsse abgab. Er tat nichts, um sie zu verhindern ...«

Bei diesen Worten betrat endlich Paul in Begleitung des Arztes und der Krankenschwester den Saal. Leicht vornübergebeugt, sein Sakko mit einer Hand zuhaltend, eilte er zu seinem Platz hinter Frey und glitt auf seine Bank. Mit einem schnellen Kopfnicken signalisierte ihm Frey, daß er bestens vorbereitet war. Steinbek wartete ab, bis sich die Unruhe gelegt hatte.

»Was seine Zurechnungsfähigkeit im Moment der Tat betrifft, so kann ich mich nicht dem pädagogischen Sachverständigen anschließen, sondern muß mich auf das Urteil der Ärzte und Psychiater berufen. Die Ansicht, die ich hier ausspreche, deckt sich mit der Ansicht der Ärzte: Der Angeklagte ist für seine Tat verantwortlich. Ich beantrage daher, ihn des gemeinschaftlichen Totschlags für schuldig zu erklären. In bezug auf die Strafzuweisung ist allerdings zu berücksichtigen, daß ihm mildernde Umstände zuzubilligen sind. Der Angeklagte ist nicht nur ein Opfer seiner Erziehung und seiner psychischen Veranlagung, er ist auch ein Opfer seiner Zeit, die die Jugendlichen überschätzt. Der Angeklagte ist keine Persönlichkeit, er ist ein Erziehungsobjekt. Ich beantrage daher für die Tat des Totschlages ein Jahr Gefängnis und wegen des unbefugten Waffenbesitzes, der hier so großen Schaden angerichtet hat, einen Monat Gefängnis und bitte, eine Gesamtstrafe von einem Jahr und einer Woche Gefängnis zu bilden, wofür sechs Monate und eine Woche durch die Untersuchungshaft als verbüßt angesehen werden.«

Steinbek klappte mit einem Schwung seine Unterlagen zu und kehrte auf seinen Platz zurück. Frey musterte die Gesichter der Geschworenen und versuchte in ihnen eine Reaktion auf die Rede des Staatsanwaltes zu entdecken. Aber alle hielten sich bedeckt. Jetzt war es an ihm, sich für Paul in die Bresche zu werfen. Er blickte ein letztes Mal auf seine Notizen und erhob sich. Alle Augen hingen an ihm. Er wußte, daß der Moment gekommen war, in dem Pauls weiteres Leben ganz in seinen Händen lag, und er wußte, daß er bestens vorbereitet war.

»Ich frage nicht wie der Herr Staatsanwalt: Was ist geschehen? Ich frage: Was ist Jugend? Und darauf antworte ich mit dem Wort Goethes: ›Jugend ist Trunkenheit ohne Wein.‹ Ich habe mich gestern nicht mit juristischen Formulierungen, sondern mit den Lieblingsschriftstellern des Angeklagten beschäftigt, Goethe und Heine. Bereits im Vorverfahren hätte man die Anklage einschränken können. In diesem Fall geht es um Gefühle. Man hätte ganz anders an den Fall herangehen müssen. Indem man die Jugendlichen als moralisch defekt schildert, wird man der Sache nicht gerecht. Wenn Sie, Herr Staatsanwalt, das tiefe Gefühl Ihrer eigenen Sachverständigen, insbesondere des Professors Spranger, für diese drei Menschen berücksichtigt hätten, dann hätten Sie niemals diese Behauptung aufgestellt.

Natürlich geht es um die Frage, ob der Angeklagte schuldig ist oder nicht. Alles, was die Staatsanwaltschaft vorgebracht hat, dient nur dazu zu beweisen, daß dem Angeklagten die Tat zuzutrauen sei. Aber folgt daraus, daß er es auch getan hat? Nein! Die Anklage auf Mord ließ die Staatsanwaltschaft fallen, weil sie nicht mehr haltbar war. Aber auch der Antrag auf gemeinschaftlichen Totschlag läßt sich nicht im entferntesten aufrechterhalten. Es gibt mehrere Entscheidungen des Reichsgerichtes, die dahingehen, daß die bloße Anwesenheit einer Person bei der Tat noch kein Grund sei, Mittäterschaft anzunehmen.

Sie werfen mir vor, Herr Staatsanwalt, Hilde Scheller bloßgestellt zu haben. Aber das mußte ich tun, denn die Anklage steht und fällt mit Hilde Scheller, und erst jetzt stützt sich die Staatsanwaltschaft nicht mehr auf sie. Paul Krantz hielt Hilde Scheller fest. Bedeutet das etwas für den Totschlag? Erst eine halbe Stunde später erschoß Günther Scheller Hans Stephan. Was hatte Krantz damit zu tun? Er war ein Mitläufer, kein Beteiligter. Er hat gesagt: Um mich nicht lächerlich zu machen, weil ich nicht feige erscheinen wollte, bin ich hineingegangen. Das sind die wirklichen Motive …«

Frey beschäftigte sich nun ausführlich mit der Frage der

juristischen Mittäterschaft und des Vorsatzes. Er bestritt, daß Paul einen wirklichen Vorsatz oder den Willen zur Mittäterschaft hatte.

»Können wir uns überhaupt«, fuhr er leidenschaftlich fort, »in den Zustand der Jugendlichen hineinversetzen? Darum geht es doch. Ihre Annahme, daß der Angeklagte den Vorsatz zum Mord wiederaufgenommen hat, steht auf tönernen Füßen. Als Günther Scheller in das Schlafzimmer ging, konnte Paul Krantz nicht daran denken, daß er die Tat ausführen würde. Er wußte nicht, daß Günther Scheller den Hans Stephan vorher im Spiegel entdeckt hatte. Er folgte ihm, versuchte ihn abzulenken. Die Briefe lagen ein paar Stunden zurück. Ein neuer Tag war angebrochen. Was im Schlafzimmer folgte, war eine plötzliche Explosion Günther Schellers, seines angestauten Zornes auf Hans Stephan, von der Paul Krantz keine Ahnung hatte. Hätte er die Pistole Günther Scheller aus der Hand schlagen können? Das kann man nicht sagen. Daß er es nicht tat, bedeutet aber niemals eine aktive Mitwirkung an der Tat. Mit der Psyche eines Jugendlichen ist die Totschlagsanklage nicht in Einklang zu bringen. Das Motiv der Eifersucht zählt nicht mehr.«

Freys Blicke wanderten nun über die Gesichter der Geschworenen, so als wolle er jedem einzelnen direkt ins Gewissen reden.

»Paul Krantz hatte die ganze Nacht lieb mit Hilde Scheller gesprochen, mit Hans Stephan sogar eine Zigarette geraucht. Wie kann man da annehmen, daß er wollte, daß Günther Scheller den Hans Stephan erschoß? Nie und nimmer. Aus einer moralischen Schuld läßt sich keine juristische Schuld folgern. Aus all den Gründen, die ich vorgetragen habe, beantrage ich die Freisprechung des Angeklagten!«

Frey hatte sein Plädoyer beendet. Er sah sich herausfordernd um. Nur selten waren seine Blicke zu seinen Notizen zurückgekehrt, den Großteil hatte er frei vorgetragen, ohne den Vorsitzenden oder die Geschworenen aus den

Augen zu lassen. Steinbek blieb dabei, daß der Angeklagte aus Freundschaft und Eifersucht bereit war, mit Günther Scheller zusammen Hans Stephan zu töten. Frey hielt ein letztes Mal scharf dagegen.

»Juristisch kann von einer Mittäterschaft nicht die Rede sein. Ich erwarte, daß das Gericht sich frei macht von dem Blendwerk jener Öffentlichkeit, die an Paul Krantz ein Exempel statuiert sehen will, vom Blendwerk der Anklage und vom Blendwerk der Kronzeugin Hilde Scheller. Wenn das Gericht Gerechtigkeit üben will, dann muß es den Angeklagten freisprechen.«

Dust übergab nun das Wort an Paul. Paul erhob sich vorsichtig, er war immer noch schwach. Während er sprach, hing sein Blick irgendwo in weiter Ferne hinter den Wänden des Gerichtes.

»Ich habe den Worten meines Verteidigers nichts hinzuzufügen. Auch ich bitte um Freispruch. Bitte nehmen Sie mir nicht die Möglichkeit, als Mann wiedergutzumachen, was ich in meiner Jugend moralisch gefehlt habe.« Dust erhob sich und stülpte sich sein Barett über.

»Das Gericht zieht sich zur Beratung zurück. Sie wird mehrere Stunden in Anspruch nehmen. Der Saal wird solange geräumt …«

Langsam strömten die Menschen aus dem Gerichtssaal. Auf den Fluren und auf den Treppen bildeten sich dichte Trauben, in denen erregt über das zu erwartende Urteil diskutiert wurde. Frey verschwand im Anwaltszimmer und ordnete seine Unterlagen. Selten war er vor einer Urteilsverkündung so nervös gewesen. Mit seiner ganzen Person hatte er sich in den letzten Tagen für einen Freispruch von Paul eingesetzt. Aber hatte er genug getan? Paul war in den letzten Monaten fast so etwas wie ein Sohn für ihn geworden, und er hatte seine Entscheidung, Pauls Verteidigung zu übernehmen, keinen Augenblick bereut. Paul saß mit seinen Eltern in einem kleinen abgetrennten Raum, der von einem Justizwachtmeister vor allzu neugierigen Journalisten beschützt wurde. Sie sprachen wenig, und wenn, dann nur über Vergangenes. Die Zukunft war zu unsicher, als daß sie gewagt hätten, über sie zu sprechen. Paul rauchte eine Zigarette und war dankbar für den Kaffee, den man ihm brachte. Manchmal dachte er daran, wie sein Leben wohl weitergehen würde, aber er hatte keine klare Vorstellung davon. Alles wurde überschattet von der Angst, wieder hinter den Gittern von Moabit zu verschwinden.

Die Beratung des Gerichtes dauerte fast vier Stunden. Auf der Straße vor dem Gebäude begann sich eine große Menschenmenge zu versammeln. Das Gebäude wurde abgesperrt, und die Kontrollen vor dem Saal wurden verschärft. Endlich schrillte die Glocke. Es war genau fünf Uhr, als das Gericht erschien. Dust schritt würdig zu seinem Platz. Nicht die geringste Regung in seinem Gesicht deutete auf eine persönliche Anteilnahme hin. Es wurde totenstill im Saal, als Dust die Schreibmaschinenblätter zur Hand nahm, auf denen das Urteil stand.

»In der Schwurgerichtssache gegen Paul Krantz ergeht folgendes Urteil: Der Angeklagte Paul Krantz wird wegen verbotenen Waffenbesitzes zu drei Wochen Gefängnis verurteilt. Im übrigen wird er freigesprochen. Die Strafe wird auf die erlittene Untersuchungshaft angerechnet. Es konnte nicht bewiesen werden, daß Paul gewußt hat, daß Hans sich noch im Schlafzimmer aufgehalten hat. Daher kann man weder vorsätzliche Täterschaft noch wissentliche Beihilfe zum Totschlag annehmen. Auch die Unterlassungstäterschaft scheidet aus, da für Paul keine Pflicht bestanden hat, den Revolver von Günther zurückzufordern.«

Dust machte eine kunstvolle Pause und blickte zu Paul hinüber. Er strahlte. Ein winziges Lächeln kroch in Dusts Züge, bevor er mit der Urteilsbegründung fortfuhr. Frey schloß triumphierend die Augen und sackte auf seinen Stuhl.

Dust holte in der Urteilsbegründung weit aus. Von Pauls Werdegang über die Anfänge des Kennenlernens von Hilde und Paul bis zu einer minutiösen Schilderung der Vorgänge in der Nacht im Juni rollte er den Fall noch einmal auf. Abschließend stellte er fest, daß mit diesem Urteil ein Strafverfahren seinen Abschluß finde, das in weitestem Maße Aufsehen in der Öffentlichkeit erregt habe und mit Recht erregen durfte ...

Nachdem er die Sitzung geschlossen hatte, brach der Saal in laute Jubelrufe aus. Vier Polizisten nahmen Paul in die Mitte, um ihn aus dem Gebäude zu geleiten. Nur mit äußerster Mühe konnten sie ihm einen Weg durch das Gedränge bahnen. Blumen wurden geworfen, man ließ Paul hochleben, und immer wieder schrie man bravo. Auch vereinzelte Schimpfworte mischten sich in das Getöse. Als ein Polizist die Tür zur Straße aufstieß, ging der Trubel erst richtig los. Paul preßte sich die Hände auf die Ohren, denn der Lärm erschien ihm unerträglich.

Er verfluchte den Moment, als er sich bereit erklärt hatte, für seinen Freund die Pistole zu hüten.

»Man muß sich di[illegible]
Kunden des Aufbau-
Verlages als glückliche
Menschen vorstellen.«

[illegible]

[illegible]

[illegible]